—————— 阅读之前 没有真相

午夜文库

柯林·德克斯特
莫尔斯探长系列

柯林·德克斯特
Colin Dexter 1930—

  德克斯特生于林肯郡的斯坦福德，就读于斯坦福德中学。完成了皇室通信兵团的服役期之后，他到剑桥大学基督学院攻读古典学，并于一九五八年获得荣誉硕士学位。毕业后，他在东米德兰兹郡开始了自己的教师生涯，一九六六年，他开始受到耳聋的困扰，不得不离开了教师岗位，接受了牛津大学地方考试院高级助理秘书官的职务——他后来一直担任这项职务，直到一九八八年退休。

  德克斯特从一九七三年开始写推理小说，在一九七五年出版的《开往伍德斯托克的末班车》中，他把莫尔斯探长这一角色介绍给了世人。这位暴躁易怒的侦探醉心于填字游戏、英国文学、桶装鲜啤酒和瓦格纳的音乐，而这些其实就是德克斯特自己的嗜好。主人公莫尔斯探长是英国泰晤士河谷警察局的高级警官，工作地点位于牛津，年龄约五十多岁，单身。从社会政治角度看，莫尔斯探长是一个有趣而复杂的人物，在一定程度上代表了上世纪后半叶英国上层白人男性的形象。他智力超群，目光敏锐，充满自信，诙谐幽默，而与权力机关和上级的关系又若即若离，被视为最后一位"绅士侦探"。该系列描写的侦探故事主要发生在牛津，涉及大量牛津大学师生和牛津普通市民的日常生活，牛津悠久的历史与独特的文化也渗透其中。小说描述的侦探故事对于了解上世纪下半叶英国中小城市的主要社会矛盾以及人民生活状况也有着重要价值。

三十三集电视连续剧《莫尔斯探长》从一九八七年上映至二〇〇一年，其成功也为德克斯特赢得了更多赞誉。牛津市与牛津大学一直把莫尔斯探长系列当做重要的旅游卖点。在牛津有专门以莫尔斯探长为主题的旅游项目，在欧美各国旅游者中很受欢迎。同阿尔弗雷德·希区柯克一样，德克斯特在绝大多数剧集里都友情客串过。最近，独立电视台的二十集新连续剧《刘易斯》描写的就是他在莫尔斯探长系列里创造的身强体健的刘易斯警探（现在已经是探长）这一角色。同《莫尔斯探长》里一样，德克斯特在其中客串了一个把紫罗兰花递给探长的人。

德克斯特多次受到英国推理作家协会嘉奖：一九七九年的《众灵之祷》和一九八一年的《耶利哥的亡灵》为他赢得了两座银匕首奖；一九八九年的《妇人之死》和一九九二年的《林间道路》为他赢得了两座金匕首奖；一九九七年，他荣获钻石匕首终身成就奖。一九九六年，短篇小说《伊文思参加普通证书考试》为他赢得了麦卡维提奖。一九八〇年，他当选为仅限邀请侦探协会的成员。

在侦探小说史上，柯林·德克斯特与雷吉纳德·希尔和彼得·拉弗希齐名，被誉为"英国古典推理三大巨匠"。"莫尔斯探长"系列是继福尔摩斯探案系列之后最成功的一套英国侦探小说，同时在美国也享有盛名。一九九〇年，英国侦探小说家协会（CWA）的会员对福尔摩斯之外的所有英国侦探进行投票，莫尔斯探长当选为"最受喜爱的侦探"。二〇〇〇年，德克斯特凭借在文学领域的贡献荣获大英帝国勋章。

二〇〇一年九月，林肯大学授予德克斯特荣誉文学博士学位——这项高等学位通常授予那些学术成就突出或者拥有其他功绩的人。

＊作者像拍摄者为 Niall O'Leary/Millenium Images。

柯林·德克斯特主要作品

1975	Last Bus to Woodstock
1976	Last Seen Wearing
1977	The Silent World of Nicholas Quinn
1979	Service of All the Dead
1981	The Dead of Jericho
1983	The Riddle of the Third Mile
1986	The Secret of Annexe 3
1989	The Wench is Dead
1991	The Jewel That Was Ours
1992	The Way Through the Woods
1993	The Inside Story
1993	Neighbourhood Watch
1993	Morse's Greatest Mystery
1994	The Daughters of Cain
1996	Death is Now My Neighbour
1999	The Remorseful Day
2010	Cracking Cryptic Crosswords — a Guide to Solving Cryptic Crosswords

众灵之祷
Service of All the Dead

（英）柯林·德克斯特 著

徐晋 许懿达 译

新星出版社 **NEW STAR PRESS**

献给约翰·普尔

宁可在我神殿中看门,不愿住在恶人的帐棚里。

——《诗篇 84:10》①

---

① 本部小说的主要情节围绕圣公会(基督教安立甘宗)教堂发生,因此所有译名均采用基督教译名。

目录

1　编年记第一卷
37　编年记第二卷
227　鲁思之书
245　启示录

编年记第一卷

1

莱昂内尔·劳森牧师与最后离开老教堂的艾米丽·沃尔什－阿特金斯夫人轻轻地握了手,夫人纤细的手上戴着光滑的手套。劳森牧师知道自己身后的长凳上已经空无一人。星期天的礼拜都是这样:其他衣着光鲜的女士交头接耳地谈论宴会和夏季凉帽,风琴手演奏乐曲终章,脱下长袍的唱诗班少年把圆领T恤塞进喇叭裤里,这个时候,沃尔什－阿特金斯夫人总会跪在祭台前面再祷告几分钟,这种对万能上帝的虔诚甚至在劳森牧师看来都略微有些夸张。

然而劳森非常清楚,这位老夫人有太多需要感谢上帝的东西。她虽然已经八十一岁高龄,看东西有些模糊,但是仍旧体态轻盈,思维敏捷,足以让人羡慕。她的家在牛津北部,是一幢典型的上流社会老年贵妇居住的房子,高大的栅栏和枞树把房子同尘世的喧嚣隔离开来。客厅的前窗涂着考究的银漆,散发出淡淡的熏衣草香味,从这里眺望出去,园丁精心照料的小径和草坪一览无余,社区工人每天早上都会悄悄拾起年轻人随地乱扔的可口可乐易拉罐、牛奶瓶和薯片袋，沃尔什-阿特金斯夫人觉得，这些举止怪异、堕落不堪的年轻人根本没有资格在街上走路，更不用说混迹于她深爱的牛津北部的街上。这幢房子的租金极其昂贵，但是沃尔什-阿特金斯夫人从不缺钱，每个星期天的早晨，她都会把一张五英镑的纸币折好，用褐色的信封小心地装起来，然后轻轻放在教堂的奉献盘上。

"牧师，谢谢您的教导。"

"上帝保佑您！"

十年前，劳森被任命为圣弗里德斯维德教区的牧师，从那时起，这段简短的对话就没有丝毫改变，但是这种对话在牧师和教民之间根本算不上什么交流。劳森牧师刚开始任职的时候，对于夫人所说的"教导"隐约感到不安，因为他觉得自己在诵读经文篇章的时候从来没有什么特别的传道热情，上帝让他这样一个倾向高教会派①的人做这种电报式布道是个不恰当的安排，甚至让他有些反感。不过，无论劳森牧师说什么，沃尔什-阿特金斯夫人都像听到他吟唱天堂之声一样，每个星期天的早晨，她都会向这位不容置疑的福音信使表达自己的感激之情。完全出于偶然，劳森牧师在自己的第一次礼拜之后就想到了"上帝保佑您"这句简单的话，今天，沃尔什-阿特金斯夫人又像往常一样把这句充满魔力的话和自己的《公祷书》②一起紧紧抱在胸前，迈着轻快的步子走到圣贾尔斯路上，一直为她开车的出租车司机会在殉教者纪念碑③旁边狭窄的停车带上等她。

---

①高教会派（High Church），圣公会的教派，在信仰和礼仪方面与天主教最为相似。
②公祷书（*The Book of Common Prayer*），圣公会的祈祷用书，是圣公会信仰的重要特征。
③殉教者纪念碑（Martyrs' Memorial），位于圣贾尔斯路南端，为纪念十六世纪在牛津殉教的三位主教而建。

圣弗里德斯维德的牧师扫视了一眼炎热的街头。他不需要在这里久留，但奇怪的是，他好像不愿回到阴暗的教堂里。十几个日本游客沿着对面的人行道漫步，身材矮小、戴着眼镜的导游断断续续地哼唱着这座城市古老的魅力，直到这队游客闲逛到电影院门口，他唱歌的音节还能听得见，电影院老板正在自豪地向客人推荐欣赏欧洲式换妻游戏的机会。当然劳森对这种露骨的描述毫无兴致；他的心思在其他事情上。他从肩膀上小心取下白绸衬里的兜帽（剑桥大学文学硕士的象征），转身望着卡尔法克斯，那里的公牛酒吧已经开门营业了。不过酒吧对他也没有多大的吸引力。当然，他在某些宗教仪式上也会偶尔喝点甜雪利酒；然而天使长最后吹响号角的时候①，如果劳森的灵魂会受到任何责罚，那么肯定也不是因为酗酒。劳森不想弄乱细心梳理的分头，他把长长的白法衣提过头顶，慢慢踱进教堂。

风琴师保罗·默里斯先生已经演奏到最后几节，劳森听出那是莫扎特的曲子，除他之外，教堂主厅里只剩下布伦达·约瑟夫斯夫人。这位风韵犹存的女士有三十四五岁——不会超过四十岁，她穿着一件绿色的无袖连衣裙，坐在教堂的后面，裸露在外的黝黑手臂搭在长椅背上，指尖轻轻抚摸着光滑的椅子表面。劳森从旁边走过的时候，她微笑致意；劳森微微点了一下油光发亮的头，有些随意地表示祝福。两个人在布道之前已经正式问候过，现在似乎都不想继续先前例行公事般的交谈。回到祭衣室②之前，劳森稍微停留了一下，把一个松脱的跪垫重新挂到长椅脚下，这个时候，他听到风琴那侧的门砰的一声关上了。可能有些太吵闹？有些太匆忙？

---

① 《新约·启示录》记载，世界末日到来时，会有七位天使依次吹响号角，人的灵魂接受最后审判。
② 祭衣室（vestry），教堂里牧师更换祭衣的房间，同时也存放一些礼拜物件。

劳森走进祭衣室的时候,帘子突然拉开,一个头发姜黄、满脸雀斑的孩子险些和他撞了个满怀。

"慢点,孩子。慢点!这么急着干吗?"

"对不起,先生。我只是忘了……"他上气不接下气地说,右手抓着一管吃了一半的水果软糖,然后偷偷藏到背后。

"希望你没有在我布道的时候吃?"

"没有,先生。"

"不是说你吃了,我就一定要责备你。我的布道有时候有点乏味,你觉得呢?"劳森严师般的口吻变得柔和起来,他拉着男孩的手,轻轻抚摸他的头发。

彼得·默里斯是风琴师的独子,他抬头望着劳森,小心地咧嘴笑了笑,声音很轻。他完全没有察觉到牧师语气的细微变化;不过他明白现在没事了,于是沿着座椅的后排跑开了。

"彼得!"孩子赶紧停下脚步,环顾四周,"要我跟你说多少次?不要在教堂里面跑!"

"是的,先生。呃——我是说,我不跑,先生"。

"不要忘了合唱团下星期六的郊游。"

"当然不会,先生"。

劳森注意到,之前,彼得的父亲保罗·默里斯和布伦达·约瑟夫斯正在北侧的门廊里窃窃私语,但是现在他已经跟着儿子悄悄溜出了门,布伦达好像正在庄重地注视着圣洗池[①]:一三四五年落成,简明旅游指南将其视为"值得关注的景物"之一。劳森转过身,走进祭衣室。

哈里·约瑟夫斯是教堂的管理员,他已经快要收拾妥当。每次礼

[①]圣洗池(font),教堂里的大型石制碗状容器,用于盛放洗礼所用的圣水。

6

拜之后，他都会在教堂登记簿的相应日期后面记下两组数字：首先，会众的人数，精确到五个人；其次，献祭盘中的钱数，精确计算到最后半便士。从大部分计算结果来看，圣弗里德斯维德教堂可以算作颇为兴旺的机构。信徒主要是社区里的富人，大学放假的时候，教堂里甚至可以坐满一半。因此，教堂管理员要计算这笔钱的总数，然后由牧师亲自核对，再汇入教会在高街上的巴克莱银行开设的第一账户，这当然不是小数目。上午的收入按照面额放在祭衣室劳森的写字台里：一张五英镑钞票，大约十五张一英镑钞票，二十余个五十便士的硬币，还有其他一些小面额的硬币，这笔钱整齐地堆放在那里，金额一目了然。

"今天又有甚多会众，哈里。""甚多"是劳森最喜欢使用的词。虽然神学界对上帝是否有很大兴趣清点礼拜人数这个问题一直有些争议，但是在世俗的意义上，只要布道的对象至少在数量上颇为强大，就值得欢欣鼓舞；而且"甚多"似乎是个恰当的中性词，可以模糊"多"和"神"之间的区别，前者是纯粹的算数统计，后者是更有灵性的计算结果。

哈里点点头，起身让劳森进来。"如果您愿意，先生，可以尽快核对一下金额。我算出来今天的会众有一百三十五人，捐献一共有五十七英镑十二便士。"

"今天没有给半个便士的吧，哈里？我想唱诗班的某些孩子应该已经牢记我的话了。"他像银行职员那样熟练灵巧地迅速点清了英镑纸币，然后用手指数过那堆硬币，就像是在坚振圣事[①]上摩顶的主教。清点的数目丝毫不差。

[①] 坚振圣事（Confirmation），圣公会的礼仪之一，象征人通过洗礼与上帝建立的关系获得巩固。

"说不定哪天，哈里，你想让我吃惊，然后点错数目。"

约瑟夫斯猛然扭过头，盯着劳森的脸，牧师正在教堂登记薄的右边一栏签下自己的名字，脸上的表情温和而亲切。

牧师和管理员一起把钱放在古老的亨特利和帕尔默①饼干罐里。它看起来不像什么伟大财富的金库，但是教会最近一次开会讨论安全问题的时候，没有人提出更好的建议，当然，有人认为他们可以换一个类似的年代稍新的罐子，这样人们就会更加坚信，这个放在约瑟夫斯后面的敞口容器里装的不是什么贵重东西，只不过是上次联谊会上吃剩下的几块生姜饼干或者竹芋饼干。

"那么，我先走了，牧师。我的妻子一直在等我。"

劳森点点头，看着管理员离开。是的，布伦达·约瑟夫斯在等她的丈夫，她必须等。六个月之前，哈里因为醉酒驾驶被判有罪，就是因为有劳森的求情，地方治安官才会相对仁慈地轻判他五十英镑罚款和吊销执照一年。约瑟夫斯一家住在沃尔福库特村，在市中心北面三英里左右，星期天往返其间的公共汽车比献祭盘上的五英镑钞票还要稀少。

祭衣室的窗口在教堂南侧，劳森坐在办公桌前，茫然凝视着窗外的墓地，风化的灰色墓碑东倒西歪、摇摇欲坠，模糊的碑文早已长满青苔，或者被几百年的风雨磨蚀殆尽。他满脸愁容，忧心忡忡，这是因为今天早上的献祭盘里本来应当有两张五英镑钞票。不过，或许这是因为沃尔什-阿特金斯夫人终于用光了自己储备的五英镑纸币，只好在献祭盘里放了五张一英镑纸币？但是，如果真是这样，那就是她第一次这么做——这些年的第一次。不会。还有一种更可能发生的情

---

① 亨特利和帕尔默（Huntley & Palmer），英国一家历史悠久的饼干制造商，成立于一八二二年。

况，这种情况让劳森非常不安。但是还有极小的可能是他弄错了。"你们不要论断人，免得你们被论断。"①不要论断——至少等到证据确凿的时候。他掏出钱包，从里面拿出一张纸条，当天上午早些时候，他在上面记下一张五英镑的钞票的序列号，把钞票密封在棕色的信封里，然后放在献祭盘里。然而就在两三分钟之前，他还检查了哈里·约瑟夫斯放在饼干罐里的那张五英镑纸币的最后三位数字：不是他早先记下的数字。

好几个星期以来，劳森都在怀疑这种事情，现在他已经得到证据了。他知道自己应该当场让约瑟夫斯把口袋掏出来；这是他作为牧师和朋友（朋友？）的责任，约瑟夫斯身上某个地方肯定能找到刚从奉献金里偷来的五英镑纸币。最后，劳森低着头，盯着一直握在手里的纸条，读着上面写的序列号：AN50 405546。他缓缓抬起头，再次凝望着墓地。天空突然乌云密布，半小时之后，他走到自己圣艾比斯街牧师住宅的时候，空气中仿佛可以闻到大雨的气息。就像有人关闭了太阳的电源。

---

①出自《新约·马太福音》第七章第一句。

2

　　虽然哈里·约瑟夫斯还在假装熟睡,但他已经听到妻子不到七点就起床的动静,而且能猜到她的每一步动作。她在睡袍外面套上长罩衫,走到厨房,灌满开水壶,然后坐在桌前,抽今天的第一根烟。两三个月之前,布伦达又开始吸烟了,哈里相当反感。她的呼吸带着混浊的气息,塞满烟头的烟灰缸也让他感到非常恶心。人们在烦恼或者紧张的时候才会拼命抽烟,不是吗?香烟真的是毒品,就像大口吃阿司匹林,大瓶喝酒,花大笔钱赌马……他翻了个身,趴在枕头上,烦心事再次淹没了大脑。

　　"茶。"她轻推他的肩膀,把茶杯放在他们两张床中间的床头柜上。

　　约瑟夫斯点点头,咕哝了一声,然后翻过身来,望着自己的妻子站在梳妆台前,慢慢从头顶脱下睡衣。她臀部周围现在有发福松弛的迹象,不过腿形仍然优雅,胸部饱满而结实。但是她在镜子面前短暂裸体的时候,约瑟夫斯并没有正视她。过去几个月,每当他注视她身体的时候,他都会越发感到尴尬,就像闯入了别人已经不再公开请他分享的私人领地。

他坐起身,轻啜了一口茶,看着她拉上那件深棕色裙子的拉链,然后问道:"报纸来了吗?"

"我已经拿上来了。"她弯着腰,在脸上涂涂抹抹了一番。约瑟夫斯对梳妆打扮实在没有兴趣。

"夜里雨真大。"

"现在还在下。"她说。

"对花园是好事。"

"嗯。"

"早餐做了吗?"

她摇了摇头。"不过熏肉还有不少,要是你——"(她撅起嘴,涂上淡粉色的唇膏)"——还有一些蘑菇。"

约瑟夫斯喝完了茶,靠在床上。七点二十五分,布伦达五分钟之内就会出门。她在伍德斯托克路南端的拉德克利夫医院上早班,两年前她重新开始在那里做护士。两年前!就是在那件事情之后……

她走到床边,轻吻了一下丈夫的前额,端起茶杯,向门外走去。几乎就在同时她转身回来。"哦,哈里,我差点忘了,今天我不回来吃午饭。你自己做点吃的好吗?我真的要去城里买东西。不过不会太晚,最晚三点钟的样子,我想是的。我会带点好吃的茶点。"

约瑟夫斯点点头,什么也没说,她还站在门口。"你要什么吗——从城里,我是说?"

"不用。"他在床上静静倚了几分钟,听着她在楼下的动静。

"再见。"

"再见。"前门喀的一声关上了。

"再见，布伦达。"

他掀起被子，从床上爬起来，透过窗帘的边缘向外窥去。他看到一辆阿列格罗①被小心地倒了出来，来到安静而潮湿的路面上，车尾突然喷出一股蓝色的尾气，然后开走了。拉德克利夫医院离这里刚好二点八英里。约瑟夫斯很清楚。曾经有三年的时间，他沿着同样的路线，开车去医院南侧的办公室——他结束了二十年的军旅生涯之后曾经在那里做公务员。但是两年之前，因为政府削减公共开支，机关被迫裁员，七个人里解雇了三个，包括他自己。这件事仍然让他怨恨不已！他不是年龄最大的，也不是最缺乏经验的。但他是老员工中最缺乏经验的，也是缺乏经验的员工中年龄最大的。数额小小的遣散费，小小的告别晚会，还有找到新工作的小小希望。不，这样不对：找到新工作几乎没有希望。当时他已经四十八岁。按照某种标准，可能足够年轻。但是他要慢慢接受令人沮丧的现实：人们不再需要他。无精打采地赋闲一年多之后，他为萨默顿②的一家药店工作了一段时间，不过这家分店最近倒闭了，他的合约也自然终止，但是他几乎是欣然接受。他——这个做过皇家海军陆战队的上尉，在马来西亚丛林里同恐怖分子英勇搏斗过的人——现在要礼貌地站在药店柜台后面，把处方递给某些脸色苍白、皮包骨头的年轻人，或是在突击进攻中撑不到五秒钟的人。还有，经理一直坚持，他还要在交易时加上一句"谢谢您，先生！"

他从沉思中回过神来，然后拉开窗帘。

路的前方有一群人在公交车站排队等车，他们撑起雨伞抵挡细密

---

① 阿列格罗（Austin Allegro），英国雷兰汽车公司于一九七三年到一九八三年之间生产的汽车品牌。
② 萨默顿（Summertown），牛津北部的郊区，是传统意义上的高级住宅区。

的雨水，这些雨水缓缓渗入浅黄色的田野和草坪。他的头脑里突然浮现出以前在学校里吟诵过的诗句，适合他的心情，而且好像与自己凄凉的前景相称：

> 然后穿过蒙蒙细雨，抑郁难挨；
> 空荡的街巷，开启虚空的日子。①

他搭上十点半的公共汽车去萨默顿，然后走到一家合法的投注店，仔细研究灵菲尔德公园②的投注表。他注意到某些奇怪的巧合："风琴手"的赔率是二赔三，而"可怜的老哈里"是一赔四。他很少受到姓名的过多影响，但是他过分依靠投注表，回想起了自己的潦倒人生。他怀疑如果自己更加成功，"可怜的老哈里"的赔率也应该更高。赛马投注的时候，"风琴手"一直都是大家的首选之一，而"可怜的老哈里"甚至没有被提及。约瑟夫斯走过投注店墙上钉着的一系列日报：好几份报纸都提到了"风琴手"；好像没有一份支持"可怜的老哈里"。约瑟夫斯凄凉地笑了笑；两匹马可能都不会率先撞线，但是……为什么不？冒一次险吧，哈里！他在方形的白色投注单上写了几笔，然后和投注金一起推到柜台对面：

> 灵菲尔德公园：下午四点
> 两英镑获胜：可怜的老哈里

大约两年前，他有一次去超市买了两罐烤豆，明明递上了一张五

---

① 出自英国诗人丁尼生的诗作《黑房子》。
② 灵菲尔德公园（Lingfield Park），位于萨里郡灵菲尔德村，是一处大型赛马场。

英镑钞票，收银员却以为他只付了一英镑，所以找错了钱。他当时的抗议最终换来一次彻底的点账，以及半小时紧张的等待，直到最后证明他是对的；从那时开始，他就更加小心，每次支付五英镑纸币都会记住最后三位数字。现在他还是这样做，等待找零的时候，默念三位数字：五四六……五四六……五四六……

上午十一点二十分，蒙蒙细雨基本停了，他沿着伍德斯托克路缓缓踱步。二十五分钟之后，他站在拉德克利夫医院的某个私人停车场面前，一眼就认出了自家的车。他从密集的车丛中挤过，站在轿车旁边，透过副驾驶位置的窗户向里望去。里程表上的数字是二五六二二。数字吻合：她离开家之前的尾数是六一九。如果她遵循所有正常人的路线，从这里走到牛津市中心，那么她到家的时候，里程表应该显示六二五——最多六二六。他在一棵枯萎榆树的后面找了个合适的观察地点，看了看表，然后等待着。

十二点二分，耳鼻喉科门诊部的塑料门帘被掀开，布伦达·约瑟夫斯从里面出来，轻快地走向汽车。他可以非常清楚地看到她。她打开车门，坐了几秒钟，然后身体前倾，对着后视镜打量自己，接着从手提包里拿出一小瓶香水，轻轻喷在脖子上，首先是右边，然后是左边。她没有系安全带，笨手笨脚地从狭小的空间中把车倒出来；然后亮起右转方向灯，从停车场驶上伍德斯托克路；然后亮起左转方向灯（左转！），汇入向北的车流，朝着远离市中心的方向驶去。

约瑟夫斯知道她要去哪里。开到北环路的环岛，穿过五英里车道，然后开上基德灵顿路。他也知道自己要做什么。

电话亭里没有人，虽然电话号码本早已被窃，但是他知道号码，于是拨了出去。

"喂？"（一位女士的声音。）"我是基德灵顿的罗哲·培根学校。

请问有什么事?"

"请问默里斯先生——保罗·默里斯先生——可以接电话吗?我想他是你们学校的音乐老师。"

"是的,他是。请稍等。我要查一下课表,看看……请稍等……没有。他现在有空。我要看看他在不在办公室。请问您怎么称呼?"

"呃,琼斯先生。"

不到半分钟,她回到电话旁边。"恐怕他现在不在学校里,琼斯先生。需要留个口信吗?"

"不用,没关系。您能告诉我午餐时间他会在学校里吗?"

"请等一下。"(约瑟夫斯听到翻纸的沙沙声。当然,她不需要这样麻烦,他知道。)"不,他不在今天的午餐名单上。他通常都在,但是……"

"没关系。很抱歉打扰您了。"

他又拨了另一个号码——另一个基德灵顿的号码,他感到心怦怦直跳。他要让这对坏男女吓一跳!要是他能开车的话!电话响了很久,他开始怀疑……这时候,有人接了电话。

"您好?"(只有这句话。别的没有。声音有些紧张?)

"默里斯先生?"(他轻易地换成少年时代的约克郡口音。)

"是——是的?"

"这里是供电局,先生。我们可以过去一下吗,先生?我们……"

"今天,您是说?"

"是的。午饭时间,先生。"

"呃——呃——不行,恐怕不行。我刚到家,要拿——呃——拿本书。刚好接到您的电话。但是我该回学校了——呃——马上就回。有什么问题吗?"

约瑟夫斯慢慢挂上电话。这可以让这个混蛋好好想想!

两点五十分,布伦达回到家里,他正在一丝不苟地修剪着女贞篱笆。"嗨,亲爱的。今天好吗?"
"哦。老样子,你知道。不过我买了一些好吃的茶点。"
"太好了。"
"吃过午饭了吗?"
"一口面包和奶酪。"
她知道他在说谎,因为家里没有奶酪。当然,除非他又出门了……她突然感到一丝不安,然后拎着购物袋匆匆走进家门。
约瑟夫斯继续细心修剪,邻居家和他家就隔着这道高大的篱笆。他并不着急,等到他刚好站到汽车副驾驶窗前的时候,才漫不经心地扫了一眼仪表盘。里程表的读数是二五六三三。
同往常一样,晚餐之后他来清洗餐具,但是过一会儿他还需要做个小小的调查。因为他知道得清清楚楚,他的妻子肯定会找理由提前上床睡觉。不过,似乎有些奇怪,他几乎感到满意:现在是他在掌控所有事情。(或者,至少这是他的想法。)
她正当其时,没错——就在英国广播公司一台的新闻提要之后,"我想去洗个澡,然后早点睡觉了。哈里——我感到有点累。"
他点头表示理解:"要我给你倒杯阿华田吗?"
"不用,谢谢。我肯定倒头就睡。但还是谢谢。"她把手放在他肩上,轻轻捏了一下,脸上的一丝自责和悔恨稍纵即逝。
浴室传来哗哗的水花声,约瑟夫斯回到厨房,向垃圾桶里看去。那里有四个挤压成小球状的白色纸袋塞在垃圾底下。真粗心,布伦达！真粗心！他今天早晨检查过垃圾桶，现在里面多了四样东西，四个白色纸袋，都来自基德灵顿的优质超市。

第二天早晨，布伦达离开之后，他给自己倒了杯咖啡，烤了几片面包，坐下来翻看《每日快报》。灵菲尔德公园下了一夜大雨，很多热门赛马都失利了，专栏里面没有任何恭维那些非常不可靠的赛马预测的陈词滥调。他看到"风琴手"在八匹赛马中排名第七的时候，不怀好意地笑了；而"可怜的老哈里"，居然赢了！赔率是一赔十六！哇！这到底不是乏味的一天。

3

　　这个星期的最后一节课很算得上令人满意的结尾。普通教育证书的音乐课上只有五个女生,她们相当努力地学习,而且盼望取得好成绩。她们坐在那里,身体前倾,笨拙而谦恭,《第九十号钢琴奏鸣曲》的乐谱放在膝盖上面,保罗·默里斯模糊地记得吉列尔斯演奏的贝多芬如何美妙。但是这种美感在脑海中一闪而过,过去几个星期以来,这已经不是他第一次怀疑自己是否真的适合做教师。无疑,这些学生肯定都能在普通教育证书的考试中取得好成绩,因为他已经让她们牢牢记住了这些作品——作品的主题、发展和再现。但是他知道,无论是他自己对作品的展现,还是这些学生对作品的欣赏,里面都没有什么真正的共鸣;令人沮丧的是,最近还有的强烈热情现在只剩下了轻松的背景听音。从音乐到缪扎克[①]——短短三个月之内。

[①] 缪扎克(Muzac),一种通过线路向机场、商场、餐馆等播放的背景音乐。

默里斯开始从事这份教师工作（差不多三年之前）主要是为了尝试忘掉那可怕的一天，那位年轻警官告诉他，他的妻子在车祸中不幸遇难；他去小学接彼得的时候，看到儿子的眼睛里涌出沉默而悲伤的泪水；他只能用无奈、困惑的愤怒与带走妻子的扭曲而残酷的命运搏斗——经过几个茫然和绝望的星期之后，这种愤怒终于变成了坚定的决心，无论何时何地，都要不惜一切代价来保护自己的独子。儿子是他在世界上唯一的依靠。默里斯逐渐相信自己应当离开，而搬家的决心——无论搬到哪里——变得愈加强烈，每星期《泰晤士教育增刊》的空缺岗位专栏都在提醒他尝试新的街道、新的同事、新的学校——甚至新的生活。他最后决定去牛津郊区的罗哲·培根综合学校，轻松的面试仅仅持续了十五分钟，他立刻租到了一幢安静的半独立别墅，周围的邻居都很友善——但是他的生活和以前差不多。至少，在他遇到布伦达·约瑟夫斯以前是这样。

通过彼得，他和圣弗里德斯维德教堂建立了联系。彼得的一个朋友是唱诗班的积极分子，没过多久彼得自己也加入了。年老的唱诗班指挥快要退休的时候，大家都知道彼得的父亲是位风琴手，他也毫不犹豫地接受了教堂让他接班的邀请。

下课铃声响起，本星期的学习结束，吉列尔斯正在轻轻弹奏最后几节音符。一位长腿、大骨架、黑头发的女孩留了下来，问默里斯这个周末能否把唱片借给她。她比默里斯稍高，他凝视着她乌黑发亮、慵懒多情的眼睛，内心再次荡起一股涟漪，几个月前他还怀疑自己不会再对任何女人动心。他从唱片机转盘上小心取下唱片，平稳地插进唱片套里。

"谢谢您。"她轻轻地说。

"周末愉快，卡罗尔。"

"您也是，先生。"

他看着她从讲台走下楼梯，然后穿过大厅，高跟鞋发出蹬蹬的响声。多愁善感的卡罗尔会怎么过周末？他不知道。自己该怎么过？他也不知道。

布伦达的事情发生在三个月之前。他以前当然见过她很多次，因为她在星期日早晨的祷告之后总要留下来等丈夫一起回家。但是那个早晨不同寻常。她没有像往常那样坐在教堂的后排，而是直接坐在他身后唱诗班的座位上；他演奏的时候，透过风琴架上的镜子饶有兴趣地打量着她，她的头微微偏向一侧，脸上带着有些惆怅又有些满足的微笑。最后的长音消逝在空荡荡的教堂里的时候，他转过身来面对着她。

"您喜欢吗？"

她静静地点了点头，抬起眼睛看着他。

"您想听我再弹一遍吗？"

"您有时间吗？"

"为了您，当然。"他们四目相接，那一刻，世界上好像只有他们两个人。

"谢谢。"她轻声说道。

回想起来，第一次的短暂相处现在还是默里斯心潮澎湃的源泉。她站在他身边替他翻乐谱，不止一次，两个人的手臂轻轻碰擦……

这就是如何开始的，而且默里斯告诉自己，这一切必须结束。但是他做不到。那个星期日的晚上，她的面庞一直在他的梦里浮现，接下来的一个星期，每天晚上她都会让他魂牵梦绕。那个星期的星期五，他给她的医院打了电话。大胆、无法改变的决定。很简单，他问她能否和自己见面——就是这样；她只是简单答道"是的，当然可以"——

这几个字就像六翼天使欢乐的颂歌那样一直在他的头脑里回荡。

随后的几个星期里,他逐渐明白了一个可怕的真相:为了拥有这个女人,他几乎会做任何事情。不是因为他对哈里·约瑟夫斯有任何恶意。他怎么会呢?只是疯狂而毫无理智的嫉妒,无论布伦达说什么,无论她如何可怜兮兮地请求他,都完全无法缓和。他希望约瑟夫斯退出——他当然希望!但是直到最近,他清醒的头脑才接受了自己面临的残酷现实。他不仅希望哈里退出:他非常乐意看到他死去。

"您还要再待一会儿吗,先生?"

说话的是勤杂工,默里斯并不想解释什么。现在已经四点一刻了,彼得已经回家了。

星期五的晚餐通常是炸鱼和薯条,随便倒上一点醋,再抹上厚厚的番茄酱,饭后,他们一起站在厨房的水池旁边,父亲洗盘子,儿子擦干。虽然默里斯一直在认真思考自己要说的事情,真正开口却并不容易。以前他从来没有机会和儿子谈论性方面的问题,但是有件事情相当确定:现在他必须这么做。他极为清楚地记得(当时他只有八岁),警察找过隔壁的两个男孩,随后本地一个牧师被带上法庭,被判有罪,接着锒铛入狱。他想起那些当时学会的新词,他的同学也都学会了那些词,然后在厕所的角落里为那些词大笑:恶心的词汇总是在他年轻的头脑里浮现,就像从满是爬虫的肮脏水塘里捞出来的一样。

"我想我们过几个月就可以给你买那辆公路赛自行车了。"

"真的,爸爸?"

"你要答应我爱惜它……"

但彼得没有在听。他的头脑像比赛时的自行车那样飞速转动,脸上闪耀着喜悦的光芒……

"什么，爸爸？"

"我说，你期待明天的郊游吗？"

彼得老实地点点头，但是没有太大热情。"恐怕回来的路上我会有点厌烦，就像去年那样。"

"我要你向我保证一件事情。"

又是保证？听到父亲严肃的语调，儿子疑惑地皱起眉头，毫无必要地用抹布一遍遍擦着盘子，等待某些成人的信息，保密，而且可能不中听。

"你知道，你还是个小孩子。可能你觉得自己已经长大了，但是你要学的东西还有很多。你明白，你在生活里遇到的某些人可能很好，而另一些不好。他们可能看上去很好，但是——但是，他们其实完全不是好人。"这些话听起来没有什么信心。

"你是指骗子吗？"

"没错，从某种意义上来说，他们是骗子，但是我指的是那些坏到底的人。他们喜欢用——那些很奇怪的事情来满足自己。他们不正常，和大多数人不一样。"他深吸了一口气，"我像你这么大的时候，其实更小一些的时候……"

彼得漠不关心地听着这个小故事。"你是说他是个怪人吗，爸爸？"

"他是个同性恋。你知道这是什么意思吧。"

"当然知道。"

"听着，彼得，如果有个男人做任何那种事情——任何事情！——你都不能理他。明白吗？而且，还有，你一定要告诉我。好吗？"

彼得尽力去理解，但是警告似乎很遥远，同他有限的生活经验没有关系。

"你知道，彼得，不仅是人的问题——抚摸，"（那个恶心的词让人战栗）"或者那种事情。还有人们开始谈论的事情，或者——或者那种照片——"

彼得张大了嘴，布满雀斑的脸颊里的血液仿佛凝固。那就是父亲说的事情。上次是两个星期之前，他们三个少年俱乐部的朋友去牧师家里，坐在乌黑发亮的长沙发上，有点新奇和兴奋。那里就有那些照片——幅面很大的黑白照片，表面光洁，栩栩如生。但是那些不只是男人的照片，劳森先生谈论这些照片——相当自然地谈论。不管怎样，他经常在报刊亭的架子上看到类似的图片。他站在水池旁边，手里抓着抹布，感到越发迷惑。然后他听到父亲的声音，嘶哑而难听，然后感到父亲在拍他的肩膀，生气地晃着他。

"你听见了吗？快说给我听！"

但是彼得什么也没有告诉父亲。他就是做不到。到底有什么要说的呢？

4

豪华长途汽车定于上午七点三十分离开谷物市场①,默里斯和其他瞎操心的父母一样,反复检查午餐袋、游泳装备和零花钱。彼得已经和两个兴奋异常的朋友一起舒服地坐在后排座位上,劳森再次清点人数,确定参加远足的人全部到达,终于可以出发。司机一圈圈地转着硕大的方向盘,慢慢操纵着庞大的汽车驶上博蒙特路,默里斯最后看见哈里·约瑟夫斯和布伦达·约瑟夫斯夫妇并肩坐在前排座位上,一言不发,劳森叠起自己的塑料雨衣,放在头顶的行李架上,彼得正在开心地聊天,同大多数男孩一样,不屑于或者忘记了挥手告别。全体出发前往伯恩茅斯。

圣弗里德斯维德教堂南面的大钟指向七点四十五分,默里斯走向卡尔法克斯,穿过王后路,走到圣埃博街区的尽头,站在一幢细长的

---

①谷物市场(Cornmarket),牛津市中心的主要商业街。

三层楼房面前。楼房的外墙刷着水泥，明黄色的栏杆把它和街道隔开。高大的木门守卫着通往前门的小径，门上钉着薄薄的通告牌，上面写着"圣弗里德斯维德教堂和牛津教区"几个字，大写的字母已经退色。大门半开着；默里斯忐忑不安、犹豫不决地站在空荡的街道上，送报男孩吹着口哨，骑着自行车从他身旁经过，把一份《泰晤士报》塞进前门。里面没有人取报纸，默里斯从门口慢慢地走开，然后又慢慢地走了回来。顶楼昏黄色的霓虹灯表明有人在里面，他小心地走到前门口，轻轻敲响了丑陋的黑色门环。里面没有动静，他又敲了两下，声音稍微响些。杂乱陈旧的牧师住宅里肯定有人。可能是顶楼的学生？可能是管家？他把耳朵贴在门上，还是听不到任何响动；他推门的时候感到自己的心怦怦直跳。门上了锁。

  房子后面是八九英尺高的围墙；大门上用白漆潦草地涂着"禁止停车"的字样，表明这里通向某个地方，默里斯扭动金属门环，发现门没有锁。他走了进去。修剪得有些潦草的草坪旁边有一条小径，紧贴着高大的石墙，默里斯轻轻关上身后的门，走到后门前面，怯生生地敲了两下。没有人应门，也没有声响。他扭动门把手。门并没有锁。他打开门走了进去。有几秒钟，他站在宽敞的走廊里一动不动，像短吻鳄那样直视前方。客厅对面的前门投信孔里斜插着那份《泰晤士报》，就像横眉竖目的怪兽喷水嘴的舌头，整座房子死一般沉寂。他强迫自己更为自然地呼吸，然后环视四周。左侧的门虚掩着，他蹑手蹑脚地走过去，向里面张望。"有人在吗？"这几个字说得很轻，但是给他带来一种奇怪的自信，因为如果有人在里面，那么他显然在试图引起这个人的注意。里面肯定有过人，或者不久之前还有人。塑料薄板贴面的餐桌上放着一把餐刀，上面涂满油腻腻的黄油和果酱，孤零零的盘子上面剩下一些面包屑，还有一个大茶杯，里面是凉透的茶渣。

这些剩下的东西无疑是劳森的早餐。但是默里斯看到电炉还开着，上面的烤烧架耀眼地闪烁着橙红色的光芒，这时候，他的后背又感到一阵战栗的恐惧。周围还是一片诡异的沉寂，厨房挂钟的滴答声更加衬托出死寂的气息。

他回到客厅，悄悄登上宽阔的楼梯，尽量轻手轻脚地走到梯台上。只有一扇门开着，但一扇就够了。黑色的皮革沙发摆放在房间一侧，地上铺着地毯。他轻轻地走到窗边的卷盖式书桌前面。书桌上了锁，但是钥匙就在桌面上。里面放着两页字迹工整的书写纸——他在上面读到下次布道的经文和注释——下面有一把裁纸刀，刀把奇妙地做成了耶稣受难像的形状，刀口在默里斯看来邪恶般地锋利——而且似乎没必要这样。他试了试左边第一个抽屉——所有抽屉都可以顺利打开，而且显然都有清白正当的用途；右边上面的三个抽屉情况相同。但是最底下的抽屉上了锁，而且到处都找不到钥匙。

默里斯是个有远见的窃贼，早已料到锁闩不会听话，他从口袋里摸出一把小凿子，用了十多分钟的时间，终于打开了最底下的抽屉，不过周围的长方形框架也被凿削到不可修复的程度。抽屉里面是个旧巧克力盒，默里斯解开了十字形橡皮筋。突然，一阵轻微的响动让他起身查看，圆睁的双眼里充满恐惧。

站在门口的是个满脸肥皂沫的男人，右手抓着一把剃须刀，左手攥着脖子上一条肮脏的粉色毛巾。有一秒钟，默里斯感到震惊几乎压倒了恐惧，因为他的第一印象是这个人就是劳森本人。但是他马上意识到自己弄错了，原本快要崩溃的逻辑很快恢复了正常。这个人的身高和体形同劳森相仿，没错。但是脸形清瘦一些，头发更加灰白；最后说话的时候，他的声音也和劳森相去甚远，他的声音和用词好像要掩盖一种高雅之言和粗俗之语的奇怪组合：

"请问，你到底在这儿搞什么，哥们儿？"

默里斯当即认出了他。他是那些经常在波恩广场或者布拉斯诺斯巷聚集的辍学者之一。其实劳森曾经带他到教堂来过几次，有些流言说他们两人是亲戚。有人甚至怀疑这个人就是劳森的兄弟。

伯恩茅斯天空晴朗，阳光明媚，但是寒风还在嗖嗖地吹着，布伦达·约瑟夫斯坐在打开的帆布躺椅上，羡慕其他度假者可以温暖而舒适地坐在条纹挡风罩后面。她感到很冷，百无聊赖——因为哈里在车上说的那句话而感到非常烦躁："真遗憾默里斯不能来。"就是这句。就是这些……

精力过剩的男孩在四周上蹿下跳：玩沙滩足球（哈里的安排），跑到海里嬉戏，在岩石上爬上爬下，大口灌着可乐，大口吞下三明治，嘎嘣嘎嘣地嚼着薯片，然后跑回海里。但是对她来说——空洞而无趣的一天！她的正式身份是聚会的"护士"，因为总有人会感到不舒服或者磕伤膝盖。但是她本来可以整天都和保罗在一起。整天！而且没有危险。上帝啊！她根本无法想下去……

远处的海面在阳光的照耀下波光粼粼，但是沿着海岸，翻滚的浪花溅起了很多泡沫。今天不适合划独木舟，不过那些不知疲倦的戏浪的孩子们可以尽情享受，劳森和他们一起开心嬉闹，水花四溅，他的皮肤就像鱼腹一样白皙。布伦达觉得这一切都显得纯正无邪，她真的无法相信教堂里的那些闲言碎语。不是因为她很喜欢劳森，不过她也不讨厌他。其实她曾经多次想到，劳森肯定怀疑自己和保罗之间有点什么，但是他什么也没说——迄今为止。

哈里顺着海滨大道散步去了，她很高兴可以独自待着。她试着去看报纸，但是海风把报纸吹得颠来倒去，她把报纸折好，放回手提袋里，又把手提袋放在咖啡罐、三文鱼三明治和白色比基尼的旁边。是的。这身比基尼真可惜……最近几个月里，她越来越注意自己的身材，她会享受年轻小伙子直愣愣地盯着她看的感觉。她这是怎么了……

大约一个小时之后，哈里回来了，他显然喝了酒，但是她什么也没说。作为对英国夏天的妥协，他换上了一条旧短裤——他自称和战友在马来西亚丛林追击恐怖分子时穿的肥大宽松的军裤。他的双腿变得更加纤细，特别是大腿周围，但是仍然肌肉强健。比保罗的腿结实，但是……她从浮想联翩之中回过神来，掀开包着三明治的锡纸。

当丈夫慢慢咀嚼罐装三文鱼的时候，她把眼神从他身上移开。她到底怎么了？这个可怜的人，现在他吃东西都会让她感到有些反胃。她必须做些什么，她知道。马上就得去做。但是她能做什么呢？

布伦达·约瑟夫斯不是在伯恩茅斯郁郁寡欢的那天——尽管就是在那之后不久——认清了自己头脑中徘徊已久的丑陋现实：她现在非常憎恨自己嫁的这个人。

"你听说有人好像在偷奉献金吗？这只是谣言，但是……"第二天早晨，默里斯第一次听到这种窃窃私语；但是他认为——就像其他很多人认为的那样——天堂高等法院已经掌握了每周一次的盗窃行为的铁证，现在只需要一点尘世的佐证。现在——肯定——只有两个明显的机会，还有两个可能的嫌疑人：祭坛上的劳森和祭衣室里的约瑟夫斯。演奏到圣歌倒数第二段的时候，默里斯把风琴镜稍稍往右挪了一点，调整好高度，这样就能清楚地看到织满锦缎的祭坛布上的巨大镀金十字架；接着他看到劳森高举着奉献盘，然后放下来，身体微微前倾,赐福祈祷,最后把盘子递给教堂管理员。默里斯一直看不清劳森的手,但是他什么都没有拿——默里斯可以发誓。因此肯定是约瑟夫斯这条卑鄙的蛀虫!可能性大得多——独自一人在祭衣室里点钱。是的。但是……但是,如果教堂资金确实被盗,除了他们两人之外,还有没有其他窃贼?那个教会军[①]旅店的邂逅的男人,那个今天早上又和约瑟夫斯并肩坐在教堂后排座位上的人,那个劳森视为朋友的人——还有默里斯前一天早晨在牧师寓所遇到的人。

几分钟之后,他轻轻合上风琴盖,沃尔什-阿特金斯夫人最后站起来的时候,他欢快地对她说了句"早上好"。不过他其实一点也不快乐;他慢慢走向教堂中央的通道,看到布伦达·约瑟夫斯正在圣水池旁边等他,但他心里并不是完全在想她。就像劳森一个星期以前一样,他现在满腹忧愁。

[①] 教会军(Church Army),圣公会的教会组织,由平信徒志愿加入,主要从事社会福利和康复工作。

5

  同一周的星期三,她站在书店的橱窗前,明显放慢脚步,仔细查看一本本厚实的样书,好像并没有人注意她。"只是看看。"她告诉店员。她当然知道下面会发生什么:他会从伍德斯托克路的公共汽车站顺着南大街(克伦威尔①曾经在那里召集过圆颅党②)走过来,向右走上班布里路,然后走进地毯店对面的合法投注站。他已经这么做了。她也知道,他过一会儿就会出来,因为他要回家吃午饭——和她吃午饭——大约一点钟;不过在此之前,他还要去见一个人,不是吗?

  上午十一点二十分,哈里·约瑟夫斯终于出现了,他的妻子悄悄溜到一排垂直堆放的油毡后面窥视着他。他回到南大街,按下过路信号灯的按钮,等待穿过班布里路。就是她想的那样。她愧疚地向店员

---

① 奥立弗·克伦威尔(Oliver Cromwell, 1599—1658),英国军人和政治家,在英国资产阶级革命中率领议会军推翻英王查理一世,建立英吉利共和国,并成为首任护国公。
② 圆颅党(Roundheads),十七世纪中叶英国议会中的清教徒成员,因不留长发而得名。

说了声"谢谢您",然后离开了书店。他迈着略有些外八字的步伐走向牛津北部的时候,她就保持一定距离跟在他后面,他的棕色西装在行人之中非常醒目。他很快就会右转(她知道的真多!),走进曼宁联排屋;她跳着穿过几辆婴儿车的时候,他已经不见了。他应该走向联排屋的右侧,向前七八座房子,然后他会在那里停下(没错!),顺着小路走到某个门口。她不但知道门牌号码,还知道住在那里的女人是谁;她甚至知道她头发的颜色和样式——过早发灰的长发,就像一个星期之前的某天她在哈里西装上发现的那根头发一样。鲁思·罗林森!这是那个女人的名字,她住在十四号,她的丈夫就要去见她;这些都和莱昂内尔·劳森告诉她的一样。她匆匆回到萨默顿的停车场,刚好来得及回到拉德克利夫医院,告诉护士长自己牙医预约的时间比预想的长了很多,而且她明天就会补上这段时间。

她开车驶向牛津的时候,翘起的嘴角带着极大满足的微笑。

接下来一个星期三的晚上八点,鲁思·罗林森听到北门"咔嗒"一声打开的时候,几乎没有怎么留意。人们经常进来看看,欣赏圣水池,甚至点燃蜡烛祈祷;她站在南面走廊的柱子后面,默默地用湿布擦着木质座椅。这个陌生人——不管他是谁——现在站着一动不动,因为他脚步的回声已经消失在空旷而昏暗的教堂里。现在正是这个地方变得有些可怕的时候——也是鲁思准备回家的时候。她的年龄非常模糊,可能在三十五六岁到四十八九岁之间,她用手背轻抚了一下苍白的前额,重新整理了一缕杂乱的头发。她已经做得够多了。每星期两次,星期一和星期三,她都要花两个小时在圣弗里德斯维德教堂(通常是上午),清洗地板,擦拭座位,抛光烛台,挑落枯花;每三个月,还要清洗和熨烫所有的祭袍。她做这么多工作的动机并不清楚,至少鲁思自己不清楚:有时候她甚至怀疑自己的动机来自某种病态的需要,就是想从苛责严酷、吹毛求疵和自我膨胀的母亲那里避开一会儿,母亲和她住在一幢房子里;其他时候,特别是星期天,她感到自己的动机来自更深的源泉,因为她发现自己的精神世界极为喜爱圣歌弥撒,特别是帕莱斯特里纳①的作品,然后她就会走到上帝的祭坛面前,怀着惊叹与赞美的神秘感领取圣体②。

脚步声再次响起,顺着中间的走廊越来越近,她从长椅的上面望过去。他看起来有些眼熟,不过现在正侧身对着她,有那么一会儿,她认不出他是谁:他的深色西服好像用的是考究的布料,不过显得松松垮垮,还有些破旧;他的脸上(就她能看到的而言)留着短短的灰色胡须。他朝长椅那里扫了一眼,先看左边,再看右边,最后盯着圣坛的台阶。他在找什么东西——还是什么人吗?鲁思本能地感到他最好不要发现她的存在,她用抹布非常非常安静地擦掉闪闪发亮的肥皂泡。

北门再次"咔嗒"一声打开了,她更加大胆地把沾满肥皂沫的抹布浸在脏水里;但是她的身体几乎立刻在水桶上面僵住了。

"你来了,然后呢?"

"你小点儿声!"

"这里没有人。"

新来的人走进中间的走廊,两个人就在那里站着。他们窃窃私语,但还有只言片语飘到了鲁思的耳朵里,她清楚地听懂了这段可怕的对话。

---

① 乔万尼·达·帕莱斯特里纳(Giovanni da Palestrina, 1525—1594),意大利文艺复兴时期作曲家,创作过大量宗教音乐。
② 圣体(Host),指圣公会在举行弥撒时使用的无酵面包,象征耶稣基督的身体。

"……给你的钱已经够多了,你别想再拿一个便士……"

"……告诉过你,默里斯先生。这只是帮我渡过难关,就是这样。而且我肯定你不希望我告诉我哥哥……"他的声音好像是高雅之言和粗俗之语的奇怪组合。

鲁思的脑海里浮现出"勒索"这个肮脏的词汇;正当她想继续听的时候,门又开了,走进几个游客,其中一个很快开始瓮声瓮气地赞美"那个可爱的小圣洗池"。

漫长的学校假期已经过去了一半,八月的阳光还在炙烤着大地。布伦达·约瑟夫斯和哈里·约瑟夫斯夫妇在腾比[①]住了一周;劳森在苏格兰休完短假,刚刚回来;彼得·默里斯去了童子军营地;他的父亲正在装饰楼梯间——还有其他一些事情。

下午一点半,他坐在德丁顿的老牛酒吧,认定自己不应该再喝了。不管怎样,他还要开车回家。而且他还有送一位旅客的责任。

"我想我们该走了。"他说。

卡罗尔点点头,把第三杯"杯杯香"[②]一饮而尽。她从一开始就感到和他在一起有些尴尬,而且他对她说话的方式也没有多少吸引力——说得那么自然!这么令人生厌!这完全不是她预想的。或者说不是她希望的。当然,她以前来过酒吧——来过好几次,但仅仅是看着同学在点唱机前面说说笑笑。但是这次不知为什么,整件事情就是个极大的错误;可事情完全不应该是这样……

---

①腾比(Tenby),位于威尔士西南部的彭布罗克郡,是海滨度假胜地,有始建于十五世纪的圣玛丽教堂。
②杯杯香(Babycham),英国一种甜味梨子汽酒。

汽车停在酒吧后面沥青停车场的最远处，默里斯礼貌地为乘客打开车门，然后坐到驾驶位上，插进钥匙点火。

"今天的事你不会和任何人提起，对吧？"

"当然不会。"

"谁也不要告诉。"

"我不会告诉任何人。"她说着，眨了眨明亮的蓝眼睛，流露出无趣而失望的神情。

默里斯深吸了一口气。"把安全带系上，我的姑娘。注意安全——"

他侧过身，帮她整理好别扭的安全带，感到自己的手臂贴在她柔软的胸部上。他握住了她的手，几乎带着父亲般的慈爱；她转过头对着他，他轻轻亲吻了她，感到她丰满的嘴唇温柔地压在他的嘴唇上。他原先没有指望更多，但是他还在亲吻，因为姑娘的嘴唇温柔地——而且洞悉一切！——凑了过来。然后他继续亲吻，长久品味感官的欢愉。他把胳膊放在座位上，让她和自己靠得更近，然后她的舌尖小心翼翼地试图滑进他的嘴里，阴燃的火种变成炽烈的火焰。她热切地握住他的手，放在裸露的大腿上，她的双腿慢慢张开，充满诱惑，就像圣徒在祈福仪式上张开的双臂。

旁边的车位倒入一辆轿车的时候，他们才内疚地分开，默里斯开车驶向基德灵顿，把她送到村庄的北边——他之前接她的地方。

"你想什么时候过来看我吗？"这是回来的路上他们两人说的第一句话。

"你想什么时候呢？"

"我不知道，"他的喉咙非常干涩，"现在？"

"好的。"

"你从这里过去要多久？"

"十分钟。"

"你最好从后门进来。"

"好的。"

"我想要你,卡罗尔!"

"我想要你,先生。"("先生"!上帝啊!他这是在做什么?)

"越快越好。"

"我会的,您别担心。"

他在厨房里打开了一瓶博若来酒①,从客厅里抓了两个酒杯,然后又看了看手表。五分钟又过去了。快点,卡罗尔!……他已经在头脑里解开她白衬衫前面的纽扣,慢慢把手滑进去,爱抚她的胸部……他深吸一口气,几乎在绝望地等待。

终于他听到了怯怯的敲门声,他朝后门走去,就像马上要被带进伊甸园大门的人那样快乐。

"下午好,"劳森说,"希望我没有打扰您?我可以进来和您谈谈吗?是件——呃——是件比较重要的事。"

---

① 博若莱酒(Beaujolais),法国东部薄若莱地区出产的一种红葡萄酒。

编年记第二卷

6

如果不是因为自己的拖拉和犹豫,莫尔斯探长本来应当正在巡游希腊的岛屿。三个月之前,当时还是一月份,他同"城镇和学袍"旅行社讨论过复活节的订票情况,拿回家一本彩页手册,打电话询问银行经理德拉克马[①]的现行汇率,买了一本小巧的现代希腊语会话手册,甚至又想去找自己的护照。他从来没去过希腊,而且现在他还是个单身汉,已经四十七岁,不过他的灵魂里还有足够的浪漫,想象自己和几个过气的女明星在波浪幽蓝的爱琴海畔悱恻缠绵。但是现在不可能了。相反,这个寒冷的四月初,星期一上午九点多钟,他站在牛津北部的一个公共汽车站前,即将开始两星期的休假,同时想象着其他人如何安排自己的生活,如何做出决定,甚至如何提笔写信。

公共汽车还没有来。

[①]德拉克马(drachma),希腊的旧货币单位。

一位大腹便便的孕妇推着一辆摇摇晃晃、快要散架的折叠式婴儿车走进了站台，从车里抱出婴儿，又把头凑过去哄着另一个年龄稍大的孩子——莫尔斯觉得那孩子已经展现出成熟罪犯的强烈潜质。"不要朝他们扔砖头，杰森！"

杰森！杰森和阿尔戈号的船员扬帆前往达达尼尔海峡……莫尔斯觉得自己完全不需要提醒——其实是那天早晨的第二次提醒；牛津电台刚刚播放了对圣弗里德斯维德教堂新任牧师的采访，他在帕特摩斯岛的一座修道院里住了两个星期，最近才回来。

莫尔斯站在旁边，让杰森令人敬畏的母亲先上车。她询问到圣弗里德斯维德的价钱，然后伸出一只手在钱包里摸索，其他乘客无言以对地望着她，就像《阿戈西》①里的主人公在最近的座椅套上蹭了自己的脏鞋那样。

莫尔斯当然知道圣弗里德斯维德在哪里——谷物市场旁边那排教会建筑中的一座……去年秋天那里曾经发生过一些比较奇怪的事情……那个时候他正好借调到西非工作八个星期……

"去哪里，伙计？"

"呃……（莫尔斯已经有一年多没有坐过公共汽车）圣弗里德斯维德，谢谢。"完全可以在那里下车参观阿什莫里安博物馆②，他计划在展厅里待上一个小时左右，最好再看提埃坡罗③的作品，还有乔尔乔涅④的作品。

---

① 《阿戈西》（*Argosy*），美国的庸俗杂志，已于一九七八年停刊。
② 阿什莫里安博物馆（Ashmolean Museum），牛津大学的博物馆之一，始建于一六七五年，主要收藏考古文物、绘画、印刷品和银器。
③ 乔万尼·提埃坡罗（Giovanni Tiepolo, 1969—1770），意大利画家，威尼斯画派的重要代表人物，擅长建筑物装饰画。
④ 乔尔乔涅（Giorgione, 1478—1510），原名乔尔乔·卡斯泰尔弗兰克，意大利画家，擅长湿壁画。

但是那天早晨他什么都没有看。

正当杰森夫人费力地从行李架上取下婴儿车的时候,那个得意扬扬的小捣蛋鬼已经开始在街上闹腾,很快就从教堂的栏杆上扯下一张告示。

"我告诉过你多少次了,杰森!"她大声责备,使劲揪住小家伙的耳朵,终于把这个哇哇大叫的淘气包拖走了。

告示上写着"圣弗里德斯维德复活节义卖"。就是这些。日期、时间和地点的细节都和杰森一起消失得无影无踪。

莫尔斯既不相信上帝的存在,也不相信命运的安排。他从来不清楚自己应该如何理解这类事情;而且就像托马斯·哈代那样,他的人生哲学只不过是一些混乱印象的堆积,就像对魔术表演迷惑不解的男孩一样。然而,他事后回想起来,仿佛命中注定一般,那个上午他好像只能去完成一项使命。此刻,他似乎被某种不可抗拒的力量推动着,走过人行道,打开圣弗里德斯维德教堂北侧门廊的门,去完成那项使命。

7

学童时代，莫尔斯花过几先令买了一本建筑方面的书，而且逛过很多教堂，认真追寻过从早期英国风格[①]到哥特风格[②]的演变过程。但是这种热情就像其他很多热情一样非常短暂。他站在静谧的拱顶之下，顺着中间的走廊望向祭坛，身后右侧的祭衣室门帘紧拉，这些建筑特点大都已经让他感到陌生；他虽然对教堂略有了解，但是头脑里仍然感到令人发狂的空白——就像站在鸭塘旁边失忆的鸟类学家。一圈蜡烛环绕在某位圣徒的神龛周围，星星点点的烛光偶尔投射到旁边闪闪发光的十字架上。空气中弥漫着浓烈的熏香味。

莫尔斯慢慢走向祭坛，意识到这里没有自己想象的那么安静。他可以听到某处传来微弱而有节律的沙沙声，就像教堂里的老鼠在墙根

---

①早期英国风格（Early English），指十三世纪盛行的建筑风格，特点为尖拱门和肋穹隆。
②哥特风格（Gothic），十二世纪到十五世纪盛行的建筑风格，特点为尖拱、肋拱穹顶和飞扶垛。

乱窜，但是老鼠的声音不会这么有节奏。莫尔斯突然意识到这里还有别人。一个满头灰发的人从前排座位下面抬起头，对着在身旁停下脚步的访客默默地点了点头。她用手背擦了擦苍白的前额，轻轻捋了一缕垂下来挡住视线的头发，然后弯下腰继续工作，木质地板上的肥皂泡沫在她的抹布下面解体，她擦洗另一块地板的时候，水桶嘎嘎作响。

"早上好！"莫尔斯低下头看着她，温和地微笑，"你们这里好像没有那些观光介绍手册——您知道，告诉人们该看什么。"

"没有。我们上星期发完了，但是牧师正在印一些新的。"

"牧师？是劳森先生，对吗？"

"不，不是他了。"她那双棕色的大眼睛警惕地看着他，她的样子很快显得比他原先想的年轻很多，"现在的牧师是米克尔约翰先生。他是去年十一月到任的。"

"我肯定是和另外哪个教堂弄混了。"

"不，劳森先生曾经是这里的牧师。"她迟疑了一下，"他去年十月就去世了。"

"哦，上帝啊。真不幸。"

两个人沉默了几秒钟。

"我以为您知道他去世了。"她平静地说。

莫尔斯愉快地对着她眨了眨眼，"是吗？"

"您也是个记者吧？"

莫尔斯摇摇头，告诉她自己的身份。他是基德灵顿泰晤士河谷警察局总部的警官——不是圣阿尔代路市警察局的警官。他只是大概听说了这个案子，并没有亲自参与调查；其实，当时他不在国内。

"您和这个案子有什么关系吗？"他问道。

"其实和我有关，没错。"

"您说什么？"她说话的声音非常轻，莫尔斯向她靠近了一步。

"谋杀案发生的那天晚上我在教堂里。"

"我明白了。您可以对我说说这件事吗？"她在退色的牛仔裤上擦干了双手，然后站了起来，牛仔裤膝盖的地方已经磨得很薄。"请稍等。"

她走路的姿态带着天生的优雅，莫尔斯饶有兴趣地看着她走到教堂后面，一分钟之后就回来了，手上提着一个棕色的提包。她借这个机会梳理了散乱的头发，莫尔斯开始意识到，她以前应该是个颇为迷人的女性。

"给您。"她递给他一个廉价的棕色信封，里面装着几张《牛津邮报》的剪报，莫尔斯坐在她对面的长椅上，小心翼翼地打开了这沓薄薄的纸。第一张剪报的日期是去年的九月二十七日星期二：

教堂管理员在礼拜时遇害

昨天晚上教民唱最后一首颂歌的时候，H.A.约瑟夫斯先生在谷物市场圣弗里德斯维德教堂的祭衣室里被捅死。负责调查此案的牛津市警察局贝尔高级探长告诉本报记者，约瑟夫斯先生是圣弗里德斯维德教堂的两个管理员之一，遇袭时他刚刚拿走奉献金，正在清点数目。

警方抵达时，奉献盘和奉献金都已经不翼而飞。贝尔探长声称，如果抢劫是唯一动机，那么谋杀就是极大的悲剧，因为只有十几个人参加晚间礼拜，奉献金不会超过两或三英镑。

好几位教民都听到了教堂后面的骚动声，但是在约瑟夫斯先生大声呼救之前，没有人怀疑那里发生了严重事件。教堂牧师

L.劳森先生立刻停止礼拜,叫来了警察和救护车,但是约瑟夫斯先生在他们到达之前就已经不幸遇难。

杀手使用的凶器是一把暗淡无光、铸成十字架形状的金色刀具,刀刃打磨得非常锋利。警方急切希望认识这把刀具的人提供信息。

约瑟夫斯先生今年五十岁,已婚,住在沃尔福库特的河港草滩路。他来到牛津之前是皇家海军陆战队的正式军官,曾经在马来西亚服役。此后他在国内税务局工作,两年前离任。他没有子女。陪审团将于下周一审理死因。

莫尔斯又把这篇报道快速浏览了一遍,有几个地方让他有些困惑。
"您和他很熟吗?"
"您说什么?"这位女士停下手里的活,径直望着他。
"我是说您和约瑟夫斯很熟吗?"
她的棕色眼睛里闪过一丝不安?她第一次听到这个名字吗?
"是的,我和他比较熟。他是这个教堂的管理员。报纸上说了,不是吗?"
莫尔斯不再多说,又开始看第二张剪报,日期是十月四日星期二:

审理迷局

昨日,H.A.约瑟夫斯先生上周在圣弗里德斯维德教堂被刺身亡一案的审理在二十分钟的听证之后休庭,但是法庭此前已经得到了一些令人震惊的证据。约瑟夫斯先生的验尸报告表明他的胃部残存剂量足以致死的吗啡,但是致死的直接原因明显还是刺伤。

先前，基德灵顿霍姆路三号的保罗·默里斯先生提供了正式指认的证据。他是礼拜仪式的风琴手，约瑟夫斯先生遇害的时候，他正在演奏最后一首颂歌。

另一位目击者是萨默顿曼宁联排屋十四号的鲁思·罗林森小姐，她表示人们演唱最后一首颂歌的时候，她听到了祭衣室里传出一些声音，转过头的时候，看到约瑟夫斯先生大声呼救，然后摔倒在祭衣室的门帘边。

牛津市警察局的贝尔高级探长先生告诉验尸官，目前他再也无法提供本案的任何确证，但是相关讯问还在进行。验尸官向死者的妻子布伦达·约瑟夫斯夫人表达了最深切的慰问。

葬礼将于本周四下午两点半在圣弗里德斯维德教堂举行。

叙述简单，但是足够有趣，不是吗？这个可怜家伙的内脏里为什么会有吗啡？肯定有人非常急切地想要杀死他，而且这个人还在逍遥法外——无拘无束地在街上——可能就在牛津的街上闲逛。案犯也可能是个女人，他提醒自己，顺势扫了一眼走廊。

莫尔斯好奇地环视四周。他就坐在距犯罪现场几码远的地方，想象着当时的场景：风琴正在演奏，几位教民站在旁边，低头看着自己的颂歌本——虽然只有一分钟。风琴在哪里？他站起来，走上祭坛宽阔而平缓的台阶。是的。就在那里，左手边两排唱诗班座位的后面，风琴前面的蓝色大罩布完全可以让风琴手藏在里面；风琴上还有一面镜子，固定在顶部键盘的上方。因此，无论风琴手背对大家，避开了多少人的视线，他都可以将牧师和唱诗班一览无余，而且只要他想，还可以看到教民——只要稍微转动一下镜子……

莫尔斯坐在罩布后面的风琴座位上，朝镜子里看去。他可以看到身后唱诗班的座位和祭坛的大部分。嗯。然后，就像开始驾驶考试之前的紧张学员一样，他开始转动镜子，发现可以轻易而安静地转动：向上向下，向左向右——想看哪里都可以。他先把镜子向右转，稍稍放低，发现自己可以直接看见绿色祭布上绣的复杂金丝图案；他又把镜子向左转，放低，可以看到清洁女工的头部和肩膀，她的肘部在肥皂泡上勤奋地盘旋；然后再往左转，稍稍抬高，几乎快要扭到尽头——然后莫尔斯突然停了下来，某种针刺般的感觉闪过他的太阳穴。他现在可以非常清楚地看到祭衣室前面的门帘，甚至可以看到掀起门帘为唱诗班让路造成的折痕；如果人们掀起门帘——可能仅仅掀开一点——就可以看到一个人在风琴乐曲的高潮部分时绝望地呐喊，他的背上深深地插着一把刀，只剩下几秒钟可以活……如果风琴手——默里斯先生，不是吗——如果他在生死攸关的时刻正好从镜中看着祭衣室的门帘，那会怎么样？如果他看到了什么？比如……

　　木桶的吱嘎声把他从浮想联翩之中带回现实。默里斯演奏最后一首颂歌的时候，有什么原因会让他把镜子移到这个几乎不太可能的角度呢？忘掉它吧！他摸了摸光滑的长椅，又仔细查看了风琴罩。清洁工看上去正在收拾东西，而他还没有读完其他剪报。从长椅上站起之前，他的思绪再次开始翱翔，就像翻过悬崖的三趾鸥那样毫不费力。这是风琴罩……莫尔斯的身高刚刚超过中等，但是即便是比他高三四英寸的人也完全可以藏在罩子后面。可能后脑勺会露出来，但是其他地方不会；如果默里斯先生比较矮，就可以完全藏进去。当然，就唱诗班和教民而言，风琴手可能……可能根本不是默里斯！

　　他走下祭坛的台阶。"我可以带走这些剪报吗？当然，我肯定会把它们寄还给您。"

　　那位女士耸耸肩。"没问题。"看起来她并不是很在意。

47

"恐怕我还不知道您的名字。"莫尔斯开口说道。这时,一个身材矮小的中年男子走进教堂,迈着轻快的步伐朝他们走过来。

"早上好,罗林森小姐。"

罗林森小姐!案件审理的证人之一。好,好!那么刚才进来的人肯定是默里斯——另一个目击者,因为他已经坐在了风琴前面,打开了几个开关,风琴传来有力的呼呼声,还有低沉的轰鸣声,整个乐器好像在从风中穿过。

"我说,我可以把它们寄给您,"莫尔斯说,"或者放到您的信筒里。曼宁路十四号,对吗?"

"曼宁联排屋。"

"哦,是的。"莫尔斯朝着她和善地笑了笑,"恐怕我的记性已经大不如前了。他们说,过了三十岁之后,我们每天都会失去三万个脑细胞。"

"不过我们本来就有很多脑细胞,探长。"她沉静的眼神里可能有一丝嘲弄,但是心情愉快的莫尔斯并没有回应。

"我想走之前和默里斯先生说句话——"

"那不是默里斯先生。"

"您说什么?"

"那是夏普先生。默里斯先生以前在这里的时候,他是他的助手。"

"默里斯先生现在不在这里了?"莫尔斯慢慢地说。

她摇摇头。

"您知道他去哪里了吗?"

她知道吗?她的眼神中好像又流露出某种迟疑。"不,我不知道。他离开这个教区了,去年十月走的。"

"他肯定已经——"

"他也向学校辞职了,然后,嗯,他就这么走了。"

"但是他肯定——"

她拎起水桶,准备离开。"没有人知道他去了哪里。"

但是莫尔斯觉得她在说谎。"您有告诉我的义务,您明白的吧,如果您知道他去了哪里。"现在他的声音带着平静的权威,女士的脸颊上泛起一丝微红。

"真的没有什么,他是——和某个人同时离开的。就是这样。"

"而大家很容易看出来这两个人的离开是有联系的?"

她点了点头。"是的。他是和约瑟夫斯夫人在同一个星期离开了牛津。"

8

莫尔斯离开教堂，漫步到快餐店。

"请来杯咖啡。"他对懒散地倚在收银台旁边的姑娘说道。

"如果您坐到那里的话，过会儿有个姑娘会过去。"

"哦。"这好像是在拖延时间。

他坐下来，心不在焉地朝大窗户外面看去，天空开始飘落细雨，谷物市场上的人群川流不息。他对面是圣弗里德斯维德教堂的黑色围栏，围栏顶端非常锋利，围拢了整个教堂和教堂墓园。有个胡子拉碴、满脸沮丧的流浪汉晕晕乎乎地靠在围栏上，左手提着一个酒瓶。

"您要吃点什么？"还是刚才那个女招待。

"我点过了。"莫尔斯干脆地说。

"对不起，先生，但是——"

"没关系，亲爱的。"

他离开快餐店，穿过马路走了回去。

"怎么样,老弟?"

流浪汉透过式样古怪的墨镜警惕地看着莫尔斯——主动关心他的人不是每天都会出现的。"最好能喝杯茶,哥们儿。"

莫尔斯掏出几个十便士的硬币递给他,他的手出人意料地干净。"你一般都站在这里?"

"不,一般都在布拉斯诺斯学院后面。不过可以换换地方,对不?"

"有些好心人会从教堂里出来,是吗?"

"有时候。"

"你认识这里的牧师吗?"

"不认识。你赶快走吧,恐怕就是这个。不过我认识以前那个牧师,他是真正的绅士,哥们儿。有时候他还会带你去牧师寓所,请你吃一顿大餐,他会的。"

"就是那个已经去世的牧师?"

流浪汉望着莫尔斯,墨镜后面好像流露出一丝怀疑,然后猛灌了一口酒。"老天,是这样的,先生。"他沿着围栏摇摇晃晃地走向卡尔法克斯路,然后不见了。

莫尔斯再次穿过马路,走过那家快餐店,走过堆满货物的自行车店,走过电影院,然后在博蒙特路的弧形转角处向左转。他犹豫了一下,是右转去对面的阿什莫利安博物馆,还是左转去兰道夫酒店。这不难决定。

鸡尾酒吧里面已经颇为拥挤,莫尔斯有些不耐烦地等着一群美国人点完他们的杜松子酒和奎宁水。酒吧女招待穿着低胸裙,她最后弯腰打开啤酒桶为莫尔斯倒酒的时候,莫尔斯望着她,觉得她带着一种令人着迷的冷淡。不过她太年轻了——顶多二十出头——而莫尔斯相信的哲学认为男性只会对与自己年龄相仿的女性着迷——好吧，至多相差十岁。

他坐下来品尝啤酒，然后从口袋里拿出第三张剪报。日期是十月十九日星期三。

牧师不幸从教堂塔楼坠落

昨日早晨，莱昂内尔·劳森牧师从谷物市场的圣弗里德斯维德教堂塔楼坠落身亡，而十分钟之前，他还带领教民举行了七点半的圣餐祷告。两位教民最先发现了这幕惨剧。

教堂塔楼曾经是游客喜爱的观光地点，但是最近两年由于北侧岩石结构的破碎迹象愈加明显，塔楼已经不对公众开放。不过塔楼其实并不危险，上个星期工人还上去检查了铅片。

劳森先生现年四十一岁，未婚，担任圣弗里德斯维德教堂的牧师已将近十一年。人们可能首先铭记的是他的社会工作，他积极推动教堂蓬勃发展的青年活动，并且努力帮助无家可归者解决困难，牛津的流浪汉之中很少有人没有受到过他的盛情款待。

这位牧师从未对自己的高教会派观点表示歉意，尽管他强烈反对授予女性圣职，因此而颇受争议，但是他数量众多的虔诚教民仍然会深深哀悼这位亲爱的朋友和牧师的去世。他先后在剑桥大学基督学院[①]和牛津大学圣斯蒂凡学堂[②]学习过神学。

[①] 基督学院（Christ's College），始建于一四三七年，位于剑桥的圣安德鲁路，是英国科学家达尔文和作家弥尔顿等人的母校。
[②] 圣斯蒂凡学堂（St Stephen's House），始建于一八七六年，是牛津的私人永久学堂之一，也是英国圣公会的教育机构。

就在上个月，圣弗里德斯维德教堂的管理员H.A.约瑟夫斯先生被人刺死在教堂的祭衣室内。

莫尔斯又读了一遍最后一句话，不知道记者为什么觉得应当加上这句。这里是不是多少有点"在此之后，因此之故"的怀疑？但是谋杀之后很短时间又发生了自杀，确实非同寻常，记者肯定不是唯一怀疑某种因果联系的人。如果劳森通过某种方式杀死了约瑟夫斯，那么这位上帝的仆人在良心发现之后，唯一体面而正当的办法也就是把自己从最近或者最方便的塔尖上扔下去，不是吗？

莫尔斯喝完了啤酒，把手伸进口袋里摸出更多零钱，顺势环视四周。一位女士刚刚走到吧台前面，他颇有兴趣地望着她的背影。当然，她比酒吧女招待更接近自己的年龄：黑皮的及膝短靴，身材苗条；紧身腰带，浅黄色的雨衣；红色斑点的头巾。很美。而且她是一个人。

莫尔斯慢慢走到她旁边，听到她点了干马提尼酒；他突然闪过一个念头，觉得应该请她喝一杯，让她坐到自己所在的孤单的角落，用安静、谦虚、聪明、迷人、熟练的方式跟她随便聊聊。然后——谁知道呢？但是一位中年顾客从自己的座位上站起来，轻轻拍了拍她的肩膀。

"我请你喝，亲爱的鲁思。你坐着就好。"

罗林森小姐解开头巾，笑了笑。然后，她突然注意到莫尔斯，脸上的笑容顿时消失了。她点了点头——好像有些草率——然后转过脸去。

喝完第三杯酒之后，莫尔斯走出鸡尾酒吧，在门厅给市警察局打了电话。但是对方告诉他贝尔高级探长正在度假——在西班牙。

莫尔斯已经有很长时间没有锻炼了，冲动之下，他决定步行去牛津北部。大步快走的话，只需要半个小时。公共汽车一辆辆从他身边驶过，好像在嘲笑他的决定：科兹罗的汽车，基德灵顿的汽车，还有永远空着的换乘汽车①，政府提供了大量补助，希望购物者把私家汽车留在城外，但是收效甚微。莫尔斯继续朝前走。

他走到马斯顿费里路交叉口的时候，一辆向北行驶的轿车像被催眠一般从慢车道驶出，撞上了一辆正在超车的摩托车。车手被狠狠甩到马路的另一边，白色头盔重重地砸在路基上，一辆向南行驶的卡车"吱"的一声猛然刹住，但左侧车轮还是轧过了他的骨盆，发出清晰可闻的嘎吱声。

现场的其他人可能都是平生第一次遇到这种情况，马上表现出极大的勇气：一些人跪在垂死男人的身边，把大衣盖在他被碾碎的身体上；一个油渍渍的长发披在肩头的年轻人暂时担当了交通警察的职责；街道拐角萨默顿健康中心的医生已经上路；还有人叫了救护车和警察。

但是莫尔斯感觉胃里一阵痉挛般的绞痛。他的前额微微渗出汗珠，觉得自己马上就要呕吐了，他赶紧移开目光，匆匆离开。自己的手足无措和懦弱无能让他感到恶心，但是肠胃中的翻江倒海之感迫使他离开，顺着路越走越远，穿过萨默顿的商店，最后回到家里。即便冷静自持的利末人②从旁边走过也会很快地看他一眼。

为什么这场交通事故会让他感到这样难受，莫尔斯一直不明白。他无数次去过谋杀现场，仔细勘验过彻底支离破碎的尸体。当然极为反感；但是仅此而已。那么为什么会这样？可能与死亡和死亡过程

---

① 换乘汽车（Park and Ride bus），指人们把私家汽车停在城外，然后换乘公共车辆到城内，从而减少市区的拥堵状况。
② 利末人（Levite），利末的子孙，是古代犹太人的祭祀阶级，负责看管圣幕，后来看管耶路撒冷圣殿。

之间的区别有关，特别是交通事故过后极度痛苦的垂死挣扎。是的，这是看待事情的角度问题；世事是那么变化无常、不可预测；"如果当时"离安全只有几码，甚至几英寸；就在一秒钟，乃至几毫秒之前——或者之后，这就是卢克莱修[①]的原子随机集合的理论，原子在无垠的虚空之中猛烈飞驰，像弹子球那样碰撞，像汽车和摩托车那样碰撞。这些都没有什么意义；这些都极为偶然。莫尔斯有时候会考虑成家，但这种可能性越来越小，而且他知道，自己或许能够面对爱人重病缠身撒手人寰的状况；但是意外事故肯定不行。

远处传来救护车急促而单调的警笛声，就像某位发狂的母亲为自己的孩子号啕大哭。

莫尔斯拿起一品脱牛奶，然后关上了单身公寓的门。这可不是开始假期的最好方式！他选了理查德·施特劳斯的《最后四首歌》[②]；但是他的脑海里突然闪过一个念头，于是又放下了唱片。他在兰道夫酒店飞快地浏览过第四张剪报，就是报纸对劳森死因审理的报道；没有什么特别的意思，他觉得。但是他当时想得对吗？现在他又读了一遍。这个可怜的人显然已经面目全非，坠塔之后，他的身体摔烂了，他的头颅——没错！这就是莫尔斯打开留声机盖的时候头脑里闪过的念头。如果他自己都不愿去看那个垂死摩托车手的脸，那么两个目击者真的走近看了摔得粉碎的头颅吗？现在他需要的就是验尸官听证会官方记录上的一点信息，而且，验尸官是他的老熟人，当天下午他就可以得到这点信息——就是当天下午。

十分钟之后，他睡着了。

[①] 卢克莱修（Lucretius，前99—前55），罗马共和国末期的诗人，著有哲理长诗《物性论》。
[②] 理查德·斯特劳斯（Richard Strauss，1864—1949），德国晚期浪漫主义作曲家、指挥家，著有交响诗《唐璜》等作品。《最后四首歌》创作于一九四八年。

9

鲁思·罗林森避开那个人的目光，喝完了第二杯马提尼，然后盯着杯底的柠檬片。

"再来一杯？"

"不，我不能喝了。真的。我已经喝了两杯了。"

"来吧！好好享受！人生苦短，你知道的。"

鲁思凄凉地笑了笑。这就是她母亲一直对她说的话："你在错过生活，亲爱的鲁思。你为什么不尝试着见更多的人呢？享受时光？"她的母亲！她那牢骚满腹、严酷苛责、瘸腿的母亲。但仍然是她的母亲；而她，鲁思，她母亲唯一的孩子：四十一岁（快四十二岁），直到最近还是处女，然后不堪回首地失去了贞洁。

"那么，还是马提尼？"他站起来，手里高举着她的杯子。

为什么不呢？她的内心深处感到一阵温暖，而且她回家之后总可以睡几个小时。星期一下午是她母亲的每周桥牌时间，除非牛津北部受到原子弹袭击，否则那四个斤斤计较的老太婆绝不会受到任何打扰，她们会坐在后屋铺着绿色台布的桌子旁边，搜寻罚分和超点。

"你不小心就会把我灌醉的。"她说道。

"你觉得我想怎么样？"

她现在已经比较了解他了，她看着他站起来，站在吧台旁边，身上穿着价格不菲的西服：比她稍长几岁，有三个十来岁的孩子，还有迷人、聪慧、轻信的妻子。而他想要她。

然而出于某种原因，她并不想要他。她就是无法想象自己和他亲近——并不是因为（她提醒自己）她不清楚亲近是什么样的……

她再次扫视这个房间，特别是房间最远的角落。但是莫尔斯已经走了，因为某种难以名状的原因，她知道自己希望他留下——只要坐在那里。当然，她刚走进酒吧的时候就认出了他，而且她一直都知道他在那里。她会和他上床吗？他的眼睛让她着迷——蓝灰色，冷峻，还有点忧伤和迷惘。她告诉自己不要犯傻；提醒自己快要醉了。

她慢慢啜着第三杯马提尼酒的时候，她的同伴正在忙着在啤酒垫背后写着什么。

"拿着，鲁思。对我说实话——拜托！"

她低头看他写的话：

根据你的意愿

在最接近你的想法的

一个方框里打钩

你什么时候愿意和我上床：

本周？ ☐

下周？ ☐

今年？ □
明年？ □
某个时候？ □
永远不？ □

这让她笑了笑，但是她缓慢而无奈地摇摇头："我不能回答这个问题，你知道我不能。"

"你是说'永远不'？"

"我没有那样说。但是——但是你知道我的意思。你结婚了，而且我认识你的妻子。我尊敬她。当然——"

"只要在一个方框里打钩。我只有这点要求。"

"但是——"

"但是如果你选最后一个，你就会让我失望，不是吗？那么，继续。让我失望也无妨。但是一定要说实话，鲁思。至少我可以知道自己的地位。"

"我喜欢你——你知道。但是——"

"你有很多选择。"

"如果这些答案都不是正确答案呢？"

"肯定有一个是正确的。"

"没有。"她拿出自己的笔，在"某个时候"前面写了一个词："可能"。

同莫尔斯不一样，那天下午她没有睡觉。她感到精神焕发，充满活力，如果不是因为一直下小雨，她本来还打算去花园干点零活儿。

因此她决定修改一下自己在演出里的台词。可怕的星期五很快就要到了，晚上七点半，所有演职人员要去排练。不是因为教堂社交那种门票几便士的演出有多么重要；再小的事她也从来不会三心二意——而且他们总是有很多观众。

莫尔斯睡到下午三点，伸了个懒腰，咕哝了几句，慢慢把注意力重新集中到生活上。剪报还躺在座椅的扶手上，他把它们收好，放回信封里面。当天早些时候，他觉得事情有些失控。但是再也不会了。他正在休假，而且就要享受休假。他从书架上拿出一本厚书；就像罗马人以前翻阅《西比尔预言集》[①]那样，就像原教旨主义者翻阅《圣经》那样——莫尔斯也在翻阅《汽车协会英国旅馆》[②]。他闭上眼睛，随意地翻到书的某一页，把食指点在左边一页的中间。就是这里。德文特沃特[③]：瑞士洛多尔酒店。凯斯维克，南边三英里处……他马上拨打了电话。是的，他们有独立浴室的单人间。住多久？可能四五天。好的。他马上就出发，抵达时间差不多是——啊，差不多九十点钟。很好。

伊夫舍姆——差不多一小时，如果他幸运的话。沿着旧伍斯特路。M5 和 M6 高速公路——时速八十英里在快车道上飞驰。简单！他可以及时赶到那里，享用上等晚餐，再喝一瓶红酒。非常好。这才是度假的样子。

[①]《西比尔预言集》(The Sybilline Books)，罗马的一本预言集，由罗马末代国王塔克文向女预言家西比尔购买，曾经在共和时期和帝制时期的多个紧要关头被参阅。
[②] 英国汽车协会（Automobile Association，简称 AA），对住宿和餐饮行业进行评级，最低等级为一个黑色五角星，最高为五个黑色五角星。
[③] 德文特沃特（Derwentwater），英格兰西北部坎布里亚郡的湖泊，是自然风光秀丽的度假胜地。

10

基斯·米克尔约翰牧师带着一种神圣的热忱站在教堂大厅门口。显然会有很多观众，而且在两个虚情假意的礼拜日之间，这些人还能来，真好，他盘算着是否应当从储藏室里再搬几张旧椅子出来。刚到晚上七点二十分，大厅已经坐满了三分之二。当然，他知道这是为什么：主日学校儿童班的踢踏舞团，完全能够保证吸引所有的母亲、姨妈和祖母。"您好，沃尔什－阿特金斯夫人。承蒙大驾光临。前排还有几个座位……"他让两个满脸不情愿的唱诗班男孩再搬几把椅子，自己带着神圣而温和的表情准备欢迎下面的来宾。"晚上好，先生。多谢光临。您来牛津旅游还是……"

"不，我住在这里。"

新来的人走进大厅，坐在后排，脸上略微带着阴郁的表情。刚才有个可爱的长发辫女孩到他面前，把一份节目单塞到他口袋里，他只好付了五便士。什么日子！从凯斯维克到伊夫舍姆的高速公路出口花了六小时：斯托克北面只有一股车道，伯明翰之后就是大堵车，所有南向车道都封闭了将近一个小时；最后三十英里都是洪水警报闪光灯，重型卡车像冲锋艇一样翻腾着浪花……这就是所谓的度假！天气晴好的时候（他并不怀疑），瑞士洛多尔旅馆房间外面的景色肯定极为美妙；但是当四面山间的雾气飘落下来，他就只能看到窗下草坪上的那点草，还有白色桌椅——都已经废弃。有些同来的游客已经驾车外出，想必是去寻找某些雾气较少的景色；但大多数还是坐着无所事事，读读简装本的悬疑小说，玩玩扑克牌，去室内的热水游泳池游泳，吃饭，喝酒，谈天说地，尽量显得没有莫尔斯那么可怜。他没有发现哪个漂亮女人急切地想要逃离自己徘徊不定的丈夫，鸡尾酒吧里几个没有同伴的女人要么太难看要么太老。莫尔斯在卧室里找到一本小册子，上面印着罗伯特·骚塞①的《湖水如何来到洛多尔》；但是他觉得即便是桂冠诗人也很少写出这么乏味的东西。而且，三天之后，莫尔斯已经非常清楚湖水是如何来到洛多尔的了：它们从铅灰色的天空中倾斜涌流而下，一刻不停。

星期五（四月七日）的《泰晤士报》和早茶一起送进了他的房间；他看了一眼周末天气预报，决定吃完早饭就立刻离开。他在酒店前台拿出支票簿的时候，一张叠起来的白色传单飘到了地上：他在圣弗里德斯维德教堂门口的资料台上顺手拿起放进了口袋里，但是现在他才读到上面的内容：

---

① 罗伯特·骚塞（Robert Southey, 1774—1843），英国浪漫主义诗人和作家，湖畔派诗人之一，著有《纳尔逊传》等作品。

音乐会

圣阿尔代路的教堂大厅
四月七日星期五晚上七时三十分

踢踏舞表演（主日学校）
吉尔伯特和萨利文①混合曲（教堂唱诗班）
一部维多利亚时代的音乐剧（戏剧社）
入场费二十便士 节目单五便士

欢迎光临
（收入捐献给塔楼修复基金）

　　莫尔斯开着蓝旗亚轿车向南行驶，而最后这句话蕴含的可能性完全占据了他的头脑。塔楼垛口真的坍塌了吗？劳森向他熟悉的城市地标投去最后一眼的时候，它们已经坍塌了吗？只要有可能，陪审团就很愿意改变"自杀"的裁决，如果教堂塔楼的确存在危险，这一点至关重要。莫尔斯需要的是验尸官报告——所有真相都在那上面。下午四点半，莫尔斯终于回到了牛津，然后立刻前往验尸官的办公室。

　　报告除了详细描述劳森尸体的多处创伤之外，其他部分比莫尔斯希望的模糊得多，根本没有提到劳森是从哪面墙上坠落的。然而报告上的一段文字让他很感兴趣，于是他又读了一遍。"艾米丽·沃尔什－

---

①吉尔伯特和萨利文，英国维多利亚时代幽默剧作家威廉·吉尔伯特（William Gilbert, 1836—1911）与作曲家亚瑟·萨利文（Arthur Sullivan, 1842—1900）的创作团队，从一八七一年到一八九六年长达二十五年的合作中，共同创作过十四部喜剧。

阿特金斯夫人提供了辨认身份的正式证据，接着提到她在礼拜之后，曾经独自在教堂里待了几分钟。随后她在教堂外面停留了五分钟，等她预订的出租车来接她；礼拜比通常结束得稍微早了些。大约早晨八点十分时，她听到教堂墓地里传来可怕的重击声，她四处查看，发现劳森的尸体摊躺在栏杆上。幸好两位警察及时赶到现场，默里斯先生（默里斯！）把她扶回教堂里面，坐下来缓和一下……"莫尔斯清楚，在见到沃尔什-阿特金斯夫人之前，他的头脑都无法停止思考，而正是这位女士直接促使他参加了教堂音乐会。（她是唯一的原因吗，莫尔斯？）他刚才在上流人士的老年中心没有见到她，但是他们知道她去了哪里。

　　米克尔约翰完成了冗长而矫情的开场白，灯光熄灭，舞台幕布猛然拉开，踢踏舞表演团带着奇异的光环出现在大家面前。莫尔斯觉得整场表演令人尴尬地有趣；演出最后，十一名小姑娘戴着塑料帽子弯膝致意，动作并不整齐，她们排练不足，内心拘谨，伴奏的钢琴手水平极低，但是她们仍然在台上撑了三分钟，而莫尔斯对观众的疯狂掌声毫无准备。更糟的是，表演团本来有十二个演员，但是其中一个孩子在舞蹈的关键时刻没有向右转，而是错误地向左转，然后她立刻逃到边厢里，泪流满面。尽管如此，观众还是不断鼓掌，直到表演团的指导老师——也就是钢琴手——牵着那个正在羞涩微笑的小逃跑者出现在舞台上，观众才平息下来——他们都对这个可怜的小姑娘欢呼，好像她是萨德勒的威尔斯剧院[①]的芭蕾舞主演。

　　吉尔伯特和萨利文的选段唱得非常出色，莫尔斯意识到，圣弗里德斯维德教堂的唱诗班里肯定有天才歌唱家。幸运的是，这次钢琴手是个技艺高超的人——夏普先生，不是别人，正是默里斯（又是这个

[①] 萨德勒的威尔斯剧院（Sadler's Wells Theatre）位于伦敦伊斯灵顿区，是英国顶尖的舞蹈表演艺术中心。

名字!)先生原来的助手。默里斯……约瑟夫斯遇害的时候他在场;劳森被发现的时候他也在场。没错,没错,找到他肯定不会很难。或者找到布伦达·约瑟夫斯夫人?他们肯定在某个地方;肯定要工作挣钱,肯定有保险号码,肯定有房子……唱诗班在唱完《日本天皇》①末章的最后一个音符之后戛然而止,就像外科手术那样精确——他们得到了赞赏的掌声,但是比之前的短一些。

维多利亚舞台剧的道具花了五分钟才摆好;这几分钟里可以听到家具的嘎吱声和撞击声,幕布两次被过早地拉开一半,而莫尔斯又看了一遍劳森死亡的验尸摘要。里面有个叫托马斯的人提供的证词,比如说:"他刚好把车停在圣贾尔斯路,步行走到宽街,然后注意到圣弗里德斯维德教堂的塔楼上有人。他不记得之前是否看到那里有人,但是经常可以看到人们从高街的圣玛丽教堂或者卡法克斯塔上眺望牛津。他记得那个人穿着黑衣服,朝下看,头靠在护墙上……"就是这些。直到晚些时候,他才听说早晨发生的惨剧,然后不情愿地给警方打了电话——他妻子的建议。只有这么多,但是这个人肯定是(莫尔斯推测)最后一个见到劳森活着的人。是吗?他也可能是第一个——不,第二个——见到劳森死去的人。莫尔斯又找到了关键词:"朝下看,头靠在护墙上……"护墙有多高?最高三英尺。为什么他的头会靠在那里?为什么不单是"靠在护墙上"?而且他为什么"朝下看"?打算跳楼自杀的人可能会在乎自己落在哪里吗?当然,他是牧师——比大多数凡夫俗子更高深——可能应该从更缥缈的王国那里获得一点慰藉,不管当时他多么绝望。但是如果……如果劳森当时已经死了;如果有人已经——

舞台剧终于开演,莫尔斯觉得,如果哪部作品比这出剧还要粗制

---

① 《日本天皇》(*The Mikado*),吉尔伯特和萨利文于一八八五年创作的喜剧。

滥造和业余，就根本不值得公演。选择这部戏显然是为了容纳尽可能多的人，同时让每个演员都在台上露面，从而尽量掩饰他们糟糕的演技。那个大胡子独臂英雄至少能够记住台词，并且清楚地念出来。他踩着吱吱作响的军靴笨拙地走着，有一段他要打个非常重要的电话，不过是对着听筒说话——剧中出现外观现代的设备显得很不协调；女仆每隔一行就要看一下她贴在簸箕背面的台词。唯一保证整部戏不至于堕落成一出荒唐闹剧的是女主角本人，这位年轻金发女郎的表演非常迷人和透彻，但是和身边这群可怜的业余演员格格不入，非常无奈。她好像了解所有人的角色，而且用出色的泰然自若掩饰了他们的种种失误。其中有一幕里她还帮助一位男管家（睁眼瞎！莫尔斯觉得）避免在给她上茶的时候被碍事的椅子绊上一跤。宽容地说，很多台词（原本写出来的时候）都极为有趣，而且即便由这些小丑来表演，也能引起一点善意的笑声；剧终的幕布最后落下的时候，莫尔斯觉得观众没有任何如释重负的感觉。恐怕教堂音乐会都是这样。

牧师之前宣布过晚会最后会有茶水供应，莫尔斯肯定沃尔什－阿特金斯夫人会留下来喝杯茶再走。他只需要找到她在哪里。他四处张望，徒劳地寻找罗林森小姐，但是今天晚上她显然没有到场——苦差事够多了，毫无疑问，她擦洗了那些长椅。他感到失望……人们正在很快地离开大厅，莫尔斯决定再等一两分钟。他拿出节目单翻看——这样做没有任何目的，只是为了显得不那么孤独。

"我希望您能和我们喝杯茶。"即使到了最后阶段，米克尔约翰也没有忽略自己的牧师职责。

茶？莫尔斯不记得自己曾经在晚上九点喝过茶。"好的，谢谢您。我想知道您认不认识沃尔什－阿特金斯夫人。我想——"

"是的，是的，这边请。精彩的音乐会，不是吗？"

莫尔斯小声咕哝着,跟着他走到熙熙攘攘的前厅,一位健壮的女士正从形状古怪的酒坛里弄出深棕色的液体。莫尔斯在队伍中站定,听着前面两位妇女的交谈。

"你知道,这是他第四次参加他们的演出了。他爸爸肯定为他感到十分骄傲。"

"没人能看出他双目失明,对吗?他就那样走上舞台表演。"

"他们排练过很多次,你知道。你的头脑必须知道每样东西在哪里——"

"是的。你真该为他感到自豪,金德夫人。"

"他们要他继续演出,总之,他肯定没问题,对吗?"

原来那个可怜的家伙是个盲人。对他而言,掌握角色并登台表演可能像明眼人穿过鳄鱼潜伏的沼泽地那样困难。莫尔斯突然非常感动,同时感觉卑微。轮到他的时候,他把一枚五十便士的硬币悄悄放在茶费盘上,希望没有人注意到。他感到自己和这里格格不入。这些都是善良的人,因为家庭的简单纽带和共同的基督信仰而欢愉;他们把上帝视为父亲,从来不会在哪个礼拜日按照新神学的谬解,仅仅把"他"看作(如果这种神学确实想到了"他")"是"的现在分词[①]。莫尔斯有些难为情地呷了一口茶,又把节目单拿出来,寻找那个男管家的名字,他的母亲(那种甜蜜的正当理由!)为他感到高兴和自豪。但是他再次被打断了。米克尔约翰拍了拍他的肩膀,他旁边站着一位嚼着消化饼干、身材瘦小的老夫人。

"先生,您是——"

"莫尔斯。"

[①] "他"(Him)代指上帝。英语"是"(to be)的现在分词可以译为"存在"(being)。新神学(new theology)对基督教的上帝做去人格化的解释,认为上帝就是存在。

"您刚才说想见沃尔什－阿特金斯夫人？"

莫尔斯站在她面前，深深地感到她的瘦小，他建议他们坐到大厅后面去。他解释了自己的身份和来意，还有他想知道什么；她很愿意向他讲述自己在那可怕的一天里目睹的一切，她发现劳森从塔楼上掉下来，摔得粉身碎骨，她的话与之前审理时说的话几乎一字不差。

什么也没有！莫尔斯什么也没有得到。但还是礼貌地感谢了她，问她是否想再来一杯茶。

"这些天我喝一杯就够了，探长。但是我肯定把雨伞忘在哪儿了。您是否愿意……"

莫尔斯像以往那样感到头皮发紧。他们坐在大厅后面的小桌子旁边，雨伞就斜放在桌上，一目了然。毫无疑问，这位老奶奶的眼睛快要瞎了。

"您介意我问您的年龄吗，沃尔什－阿特金斯夫人？"

"您能保密吗，探长？"

"当然。"

"我也可以。"她低声说道。

无论莫尔斯决定去兰道夫酒店是因为口渴，还是因为他希望看看罗林森小姐是否在那里，他都无法停止思考。但是他谁也不认识，喝了一品脱就离开了，然后在泰勒研究所外面搭上公共汽车。他回到家里，倒上一大杯纯威士忌，然后放上《最后四首歌》的唱片。绝妙。"花腔"[①]，就像封套上说的……

---

①花腔（melisma），指用一个单音节唱出一组音。

67

今天晚上应该早点休息,他把夹克挂在门廊里。节目单又从衣服口袋里掉了出来,幸运的第三次,他又打开读了读。

"小姐的管家——约翰·金德先生。"看到演职员表顶部的时候,他的脉搏突然加快:"尊敬的阿米莉亚·巴克—巴克小姐——鲁思·罗林森小姐。"

11

　　通灵者和千里眼声称,只要他们处在消失的人——失踪者或者死者——可能留下某些气息的地方,他们超能力的范围就可以得到扩展。同样,据说谋杀者也会怀有无法控制的冲动,想重返死亡现场。星期天的早晨,莫尔斯一直在考虑,谋杀约瑟夫斯的人是否曾经在作案之后回到过圣弗里德斯维德教堂。他觉得答案很可能是"回去过",这是他从星期五晚上开始所能想到的几个积极观点之一。不知为什么,他的头脑已经完全不听使唤。星期六,他下定决心抛弃调查这个神秘案件的全部念头,这个案子本来就和他毫无关系。他上午又请教了西比尔,但最终决定还是不去因弗内斯。下午,他在电视机前浪费了两个小时看唐卡斯特的赛马。他感到焦躁无聊——那么多书可以看,那么多唱片可以听——但是他提不起精神做任何事。他到底想要什么?星期天上午他还是无精打采,甚至连《世界新闻报》上的色情图片精选集都不能让他提起兴趣。他阴沉地瘫坐在圈椅里,目光在书架上色彩斑斓的书脊上扫过。波德莱尔的作品可能适合他现在的心情?《恶之花》里王子是怎么说的来着?"富有却无能,年轻却已是老人……"莫尔斯的感觉突然好了很多。真见鬼!他既不是无能,也没有变老——完全不是!现在应该行动了。

他拨了那个号码,她接了电话。

"喂?"

"罗林森小姐?"

"是我。"

"您可能不记得我了。我——我上星期一在圣弗里德斯维德教堂见过您。"

"我记得。"

"我在想——呃——今天早晨去教堂——"

"您是说,我们教堂?"

"是的。"

"您最好现在动身——十点半开始。"

"哦。我知道了。啊——呃——非常感谢。"

"您突然对我们产生了很大兴趣,探长。"她的口气带着友好的调侃,莫尔斯还想和她说话。

"您知道我去了星期五晚上的音乐会吗?"

"当然。"莫尔斯为这句"当然"感到傻气少年般的欣喜。继续,伙计!"我——呃——后来我没有看到您。其实我没有意识到是您在表演。"

"金色假发很让人吃惊,不是吗?"

"谁的电话?"里面有人叫她。

"什么?"莫尔斯说。

"没事。是我妈妈——问您是谁。"

"哦,我明白。"

"啊,我刚说,您最好赶快走,如果您要——"

"您也去吗?或许我可以帮您——"

"不,今天早晨不去。我母亲的哮喘病又犯了,我不能离开她。"

"哦。"莫尔斯隐藏了自己的失望,愉快地告别,挂上电话的时候说了声"见鬼!"不过,他要去。他不是想见鲁思·罗林森,而是想去感受那里的氛围——寻找那一点点气息。他告诉自己,那个叫罗林森的女人在不在那里都一样。

回想起来,这是他十几年来第一次参加教堂礼拜,莫尔斯觉得这肯定是一次不寻常的体验。他觉得,圣弗里德斯维德教堂肯定和其他圣公会教堂一样"高跟"①。当然,教堂后面没有献金处②,讲道坛上也没有宣称教皇无谬误③的公告;但是其他方面好像和天主教堂没有什么区别。没错,布道是关于圣保罗④对贪婪和肉欲的无情谴责,但是整个礼拜仪式还是围绕着弥撒来进行。开头并不是很好,莫尔斯迟到了两分钟,然后不小心坐在了教堂管理员的座位上,这一下子就让那些正跪着忏悔的人们略显尴尬地小声议论起来。幸运的是,后面的位

---

① 高跟(spikey),衍生自英国作家乔纳森·斯威夫特的小说《格列佛游记》。在小说第一章描述的利利普特国,政治力量按照鞋跟高低分为"高跟党"和"低跟党",其中"高跟党"象征英国圣公会的高教会派。
② 献金(Peter's Pence),指英国宗教改革之前每户每年向罗马教廷缴纳的一便士税金。
③ 教皇无谬误(Papal infallibility),天主教的教义,正式确立于一八七〇年梵蒂冈第一次大公会议,是指教皇对信仰和道德发表的宗座意见受圣灵指引,因而永无谬误。英国圣公会没有这种教义。
④ 圣保罗(St Paul),天主教称为圣保禄,是对于早期基督教会发展贡献最大的使徒,《新约》记载了他的大量书信。

置很有利,他可以和其他人同步站起、坐下、跪地,当然很多画十字和屈膝的动作都是条件反射之外的轻微动作。最让他感兴趣的是祭坛旁边聚集的教堂工作人员,每个人都在尽力完成自己的角色:圣事主持人、执事、副执事、换香人和随从、两位侍祭和四位火把手,指挥他们的是一位面色悲恸的年轻司仪,他的双手平放在身前,摆出永久祈祷的姿势。这几乎像是歌舞表演,每个人都训练有素:俯身、画十字、跪地、起身,动作丝毫不差,莫尔斯觉得踢踏舞团完全应当好好效仿。同样训练有素的教民也能配合这些动作,突然坐下,突然又站起来,时而悲痛地回应。坐在莫尔斯旁边的女士很快发现他是个新手,不断在他鼻子下面猛点礼拜项目的正确页码。她用尖尖的女高音颂唱圣歌,用语经过精心挑选,每个长音"哦"都变成了颤抖的"唷";于是,"哦,上帝"都变成了"唷;上帝"。礼拜开始的时候,米克尔约翰在过道里轻快地穿行了三次,向视野里的所有东西泼洒圣水,这位女士每次都祈求万能的上帝洗尽她的罪过,把她变得比雪还要洁白。但是有件事情对莫尔斯有利——他会唱大多数圣歌;有一阵他觉得自己几乎可以盖过右边的"唷,唷,唷"。而且他还学到了一些东西。从米克尔约翰对本周剩余节目的通知来看,这次弥撒显然比他想象中复杂得多。弥撒仪式好像有三种,"简单"、"高级"和"隆重";而且,莫尔斯怀疑,如果简单弥撒没有那么精美,如果没有唱诗班——甚至没有风琴手——那么,不幸的劳森从教堂塔楼上面跳下摔得粉身碎骨的时候,默里斯在教堂里会做什么见鬼的事情?可能人们有时候去教堂就是因为想去教堂,但是……不管怎样,很有必要深入调查这些不同种类的弥撒。而且还有别的事情——这件事情很能引起联想。除了莫尔斯自己之外,所有教民都在差点没地方坐的教堂管理员的带领下,平静而坚定地走到祭坛栏杆旁边,领取圣餐面包和葡萄酒,而根据森严的传统，教堂管理员是最后领取圣餐的人。约瑟夫斯以前就是教堂管理员。遇害的那天晚上，他肯定是最后跪在祭坛栏杆旁边的人。约瑟夫斯当晚肯定喝了一点圣酒。而且病理学家说，他的胃里有一些非常可疑的物质。可能吗？约瑟夫斯可能是在圣坛前被下毒的吗？莫尔斯观察了礼拜仪式的最后部分，显然，手里拿着酒杯的圣事主持人只要愿意，就可以造成极大的破坏，因为结束的时候他可以除掉所有证据。他这样做不需要任何借口，因为这是他工作的一部分：洗涤圣杯，擦干净，然后放在碗柜里等待下次仪式。是的。这样当然比较棘手，毕竟祭坛上站了很多人，就像今天这样；然而约瑟夫斯被害当晚，祭坛上的工作人员肯定要少很多。这件事情也值得调查。不过，还有一个障碍：圣事主持人自己要把圣杯里的残渣喝完，而且还要当着所有教民的面。但是他可能只是假装喝酒，事后把酒倒在洗盘里吧？或者，当时圣杯里可能什么也没剩下……

　　有这么多的可能性……莫尔斯迈出凉爽的教堂，走向阳光照射下的谷物市场，他感到自己的想象飘上了云霄。

12

莫尔斯再次认识到了理性的公正支持，这让他感到释然。星期一早晨醒来的时候，他头脑清醒，理性向他真诚问候，告诉他应该首先平静地观察问题本身，不用着急得出结论。基本上只有两种可能性：一种是劳森谋杀了约瑟夫斯，然后出于正常的悔恨自杀身亡；另一种是某个身份不明的人杀害了约瑟夫斯，然后在劳森身上重演了这一幕。这两种情况之中，前者的可能性更大；特别是如果约瑟夫斯对劳森构成某种威胁——如果插进约瑟夫斯背部的匕首是劳森的，如果劳森在约瑟夫斯死前几星期表现出焦躁不安，或者死后几个星期表现出这种迹象。麻烦在于莫尔斯没有人可以交谈。但是他确信，肯定有人非常了解这三个"如果"。上午九点三刻，他略有迟疑地敲响了曼宁联排屋十四号的房门。这种犹豫是出于两个原因：首先，他非常急切地想寻求美丽的鲁思·罗林森小姐的陪伴，但是他在这个方面天然缺少自信；其次，其实他也不确定自己是否敲对了门，因为十四号有两扇并排的门,左边标着 14B,右边标着 14A。显然这座房子被分为两半——看上去是最近才分的——莫尔斯推测,其中一扇门通往楼上,另一扇通往一楼。

"门没锁,"14A 里面有人吼道,"我走不了那么远!"

墨菲定律这次没起作用,他敲对了门。两层台阶上面是铺着地毯的狭窄通道,这里就是门厅(楼梯就在左侧木板墙的后边,这种改造让活动空间变得很小),台阶的顶端是坐在轮椅里的艾莉丝·罗林森夫人,她的橡胶头拐杖稳稳地放在大腿上。

"你想干吗?"她用锐利的眼光上下打量着他。

"很抱歉打扰您——罗林森夫人,对吧?"

"我问你,探长,你来干吗?"

莫尔斯的脸上流露出惊讶的神色,老夫人读出了他的心思。"鲁思把你的事情都告诉我了。"

"哦。我只是想知道……"

"不,她不在家。进来!"她把轮椅熟练地朝后一转,"把门关上。"

莫尔斯安静地服从,然后有些拘谨地站在旁边,帮助她穿过门厅里面的门。客厅装修整齐,她摆手示意他坐在挺直的扶椅上,然后把自己安顿在他面前四英尺的地方。初步行动已经完成,她立刻进入了正题。

"如果你要带我女儿去过什么下流周末,那你死了这条心吧!我们最好一开始就说明白。"

"但是,夫人——"拐杖挥舞到他面前,他只好闭嘴。(好斗的老巫婆!莫尔斯心想。)

"我对现在年轻人的很多方面看不惯——我说的就是你这样的年轻

人——特别是他们实在太没规矩,简直无法容忍。但是我想他们有件事情做得很对。你知道是什么吗?"

"您看,夫人——"拐杖的橡皮头离他的鼻尖不到三英寸,他赶紧把下半句话咽了回去。

"他们非常明智地在结婚之前就过了一点性生活。你同意吗?"

莫尔斯点了点头,勉强表示同意。

"如果你要和另一个人共同生活五十年——"她摇摇头,仿佛可以预见一切,"不是说我结婚五十年……"尖刻的声音渐渐变得惆怅起来,但是突然又恢复了尖刻,"不过,我说过。你不能拥有她。我需要她,她是我的女儿。我在你之前。"

"我向您保证,罗林森夫人,我从来没想过要——"

"她以前有过男人,你知道。"

"我不确定——"

"她以前是个非常可爱的姑娘,我亲爱的鲁思。"这句话说得更轻,但是眼神仍然露出狡猾和精明,"不过,她已经不再年轻了。"

莫尔斯认定保持安静是更加明智的做法。老太婆说得正起劲。

"你知道她有什么麻烦吗?"那个令人反感的瞬间,莫尔斯觉得她的头脑肯定在深入痔疮或者体臭的领域;但是她坐在那里盯着他,等待他回答。

是的,他非常清楚鲁思·罗林森的麻烦是什么。他再清楚不过了。她的麻烦就是必须不分昼夜地照看这个令人生厌的老东西。

"不,"他说,"您告诉我。"

她的嘴角浮现一丝冷笑。"你在骗我,探长。你和我都知道她的麻烦是什么。"

莫尔斯点点头。"您是对的。我觉得我不可能忍受您太久。"

她的笑容现在极为真诚。"你知道,现在你听起来就像鲁思说的那样。"(莫尔斯想,她可能并没有那么老糊涂?)

"您有时候有点可怕,您知道吧?"

"一直都是。"

"如果不是您,鲁思会结婚吗?"

"她有过几次机会,不过我没有过多考虑她的选择。"

"真正的机会?"

她的脸色变得更加严肃。"确实有一次。"

"哦。"莫尔斯好像要站起来,但是最后没有这样做。

"您的母亲是个怎样的人?"

"善良体贴。我经常想起她。"

"鲁思会成为一个好母亲。"

"她还不算老,对吧?"

"明天就四十二岁了。"

"希望您给她做个生日蛋糕。"莫尔斯喃喃自语。

"什么?"她的双眼冒出怒火,"你根本不懂,不是吗?烤蛋糕?做饭?我怎么能做到那些事情?我甚至都没法走到前门。"

"您试过吗?"

"你越来越不讲理了,探长。你该走了。"但是莫尔斯站起来之后,她又变得宽容起来,"不,对不起。请坐。很少有人来看我。我并不值得看望,不是吗?"

"经常有人看望您女儿吗?"

"为什么这样问?"声音再次变得严厉。

"只是随便问问,没什么。"莫尔斯敷衍道,但是她的回答把他钉在了座位上。

"你是想说约瑟夫斯,不是吗?"

不,他没有想到约瑟夫斯。"没错,是的。"他说道,干脆的声音里带着兴奋。

"他不适合她。"

"而且他有妻子。"

她嗤之以鼻。"那又怎么样?难道就因为你自己是个单身汉——"

"您知道?"

"我知道很多事情。"

"您知道是谁杀了约瑟夫斯吗?"

她摇摇头。"我也不知道是谁杀了劳森。"

"我知道,罗林森夫人。他是自杀的。验尸官报告是这样写的。这和板球一样,您知道,如果裁判说您出局了,您就出局了,而且您可以看看第二天早晨的报纸。"

"我不喜欢板球。"

"您喜欢约瑟夫斯吗?"

"不,而且我也不喜欢劳森。他是同性恋,你知道。"

"真的吗?我没听说过任何法律判决①。"

"你不像你听起来的那么天真,探长。"

"不。"莫尔斯说,"当然不是。"

"我恨死了同性恋。"她抓紧拐杖,举起来威胁,她的双手因为常年使用轮椅而变得非常有力,"我要把他们都掐死。"

"我很愿意把您列在嫌疑人名单上,罗林森夫人,但是恐怕我不能。您明白,就像您说的,如果有人杀死了劳森,那么他肯定要爬上

---

① 在一九六七年《性犯罪法》通过之前,英国法律规定同性恋是犯罪行为。

教堂塔楼。"

"除非劳森在教堂里被杀死,然后别人把他搬到上面。"

这是一种可能。莫尔斯慢慢点了点头,很奇怪自己为什么没有想到。

"恐怕我要把你轰出去了,探长。今天我要打桥牌,而且早上我都要打两圈热身。"她每圈都能赢,莫尔斯清楚这一点。

鲁思锁自行车的时候,抬头看见莫尔斯站在房门边,自己的母亲就在他身后的台阶上。

"你好,"莫尔斯说,"真遗憾刚才没见到你,不过我和你母亲谈得很愉快。我来是想问问你明天晚上能不能和我一起出去。"莫尔斯看着她苍白的脸色和凌乱的头发,她突然显得非常平庸,莫尔斯不知道自己为什么会这样觉得。"明天是你的生日,对吗?"

她茫然地点点头,满脸都是疑惑和迟疑。

"没关系,"莫尔斯说,"你母亲说这对你有好处。其实她很乐意我这么做,觉得对吗,罗林森夫人?"(莫尔斯的诡计。)

"啊,我——我很乐意,但是——"

"没什么但是,鲁思!就像探长说的,这对你是件大好事。"

"那么我七点左右来接你。"莫尔斯说。鲁思抓起自己的针织购物袋,走到门口,站在莫尔斯身旁。"谢谢你,妈妈。你真是太好了。但是,"(她转向莫尔斯),"对不起,我不能接受您的邀请。已经有——已经有别人约我出去了。"

生活就是奇怪的事情。几秒钟之前,她看上去还这么普通,但是现在她就像一件猎物,刚刚被人从他手里夺走,莫尔斯觉得今天剩下来的时间会变的空洞而孤单——他不知道,今天对鲁思来说也是这样。

13

"你到底想干什么?"牛津市警察局的贝尔高级探长咆哮道。两个星期的马拉加[①]之行正好碰上了西班牙宾馆大罢工,这让他回国之后毫无开玩笑的心情;另外,他满心欢喜放下的工作和以往休假回来时原封未动。但是他很了解莫尔斯,他们一直是切磋问题的对手。

"西班牙的妓院还是生意兴隆吧?"

"我老婆和我在一起,知道吗?"

"跟我说说劳森的案子。"

"我才不会说呢。已经结案了——再说这跟你也没关系。"

"孩子们怎么样?"

"不知好歹的小东西。以后再也不带他们了。

"劳森的案子已经结案了?"

[①]马拉加(Malaga),西班牙南部安达卢西亚地区的港口城市,旅游业发达。

"到此为止。"

"不过完全可以——"

"我找不到钥匙了。"

"小孩子都很烦人。"

"特别是我们家的。"

"卷宗在哪里？"

"你想知道什么？"

"首先，谁杀了约瑟夫斯？"

"劳森。"

莫尔斯有些吃惊地眨了眨眼。"你是说劳森？"

贝尔点点头。"杀死约瑟夫斯的那把刀是劳森的。帮他打杂的女佣说她曾经在牧师寓所的桌子上看到过好几次。"

"但是劳森并不在约瑟夫斯旁边，当——"莫尔斯的思路中断，贝尔继续说着。

"约瑟夫斯被刺的时候已经快要死了：急性吗啡中毒，据说就是在祭坛前面被下毒的。你觉得呢，莫尔斯？约瑟夫斯是教堂的管理员，他总是最后一个走到祭坛的栏杆旁边，然后喝了一肚子奇怪的东西，不是吗？那么很明显……"莫尔斯感到很奇怪。似曾相识。他对贝尔的解释只是似听非听——不，这不是贝尔的解释，是他自己的解释。"……洗干净酒杯，擦干，放到橱柜里，等到下次再拿出来。容易！不过，证据？没有。"

"但是劳森怎么——"

"他站在祭坛前面，等到最后一首颂歌结束。他知道约瑟夫斯和往常一样正在祭衣室里清点奉献金的数目，而且劳森希望他已经倒在地上，昏迷不醒，没准已经死了。但是约瑟夫斯突然大声呼救，劳森就披着他的蝙蝠侠战衣,顺着通道冲了过去——"

"十字褡①。"莫尔斯嘟哝道。

"——然后把刀子藏在他的那个什么衣服下面;他把别人——不管怎样,那天没有太多人——把别人拦在祭衣室外面,派人去求救,然后只剩下他一个人留在那里的时候,就把刀子插进了约瑟夫斯的后背——就是为了保证他死掉。"

"我觉得有人偷了奉献金。"

贝尔点点头。"有个流浪汉参加了礼拜,劳森有时候会帮帮他——让他在牧师寓所住一晚,把自己的旧衣服给他——诸如此类的事情。其实这个家伙当时跪在祭坛栏杆前面,就在约瑟夫斯旁边——"

"所以他也可能在酒里下毒。"

贝尔摇摇头。"你应该偶尔去去教堂,莫尔斯。如果是他下的毒,那么劳森也会像约瑟夫斯那样中毒,因为牧师必须把剩下的酒喝完。你知道,我觉得你年纪大了,脑子有些糊涂。"

"还是有人偷了奉献金。"莫尔斯无力地说。

"哦,是的。我肯定就是这个家伙——他叫斯万,还是什么类似的名字。他刚好看到奉献金在祭衣室里——然后就顺手牵羊拿了。"

"我记得你说劳森把所有人都挡在外面。"

"没错,刚开始是这样。他必须这么做。"

莫尔斯完全没有信服,但是贝尔还在高兴地说着。"大家都觉得他是个受过良好教育的人。我们当然发出了对他的通缉令,但是……他们的样子都差不多,那种人:他们既不刮胡子也不理发。不管怎样,就算我们找到他,也只能给他定小额盗窃罪。最多两三英镑——他就

---

① 十字褡(chasuble),圣公会神职人员在主持弥撒时穿的无袖外衣。

拿了这么多。真有趣。如果他有机会翻一翻约瑟夫斯的口袋，就能找到差不多一百英镑。"

莫尔斯轻轻吹了吹口哨。"那就是说，劳森也没翻过他的口袋，对吗？他们告诉我说这些年神职人员的报酬也不是很高，而且劳森不可能财源滚滚——"贝尔笑了笑，"劳森有机会刺他一刀已经够幸运的了——更不用说翻他的口袋。不过那和本案没什么关系。劳森其实收入丰厚。直到他死之前几星期，他的银行账户里还有三万多英镑。"

这次莫尔斯的口哨又响又长。"直到他死之前几星期……"

"是的。然后他把钱取了出来。几乎所有的钱。"

"知不知道——"

"不确定。"

"银行经理对你说了什么？"

"他什么也不能说。"

"他到底对你说了什么？"

"劳森告诉他，自己要向某个慈善机构匿名捐款，这就是为什么他需要现金。"

"某种该死的捐款。"

"有些人就是比其他人慷慨，莫尔斯。"

"这些钱是他在约瑟夫斯遇害之前还是之后取出来的？"

贝尔第一次显得有些不安，"其实是在遇害之前。"

莫尔斯沉默了一会儿。这些新证据之间完全不吻合。"劳森谋杀约瑟夫斯的动机是什么？"

"可能是勒索？"

"约瑟夫斯有他的把柄？"

"差不多。"

"什么把柄？"

"有些流言蜚语。"

"哦？"

"我更喜欢事实。"

"劳森猥亵唱诗班的男孩？"

"你说话总是这样中听。"

"那么事实到底是什么？"

"两个星期之前，劳森给了约瑟夫斯一张二百五十英镑的支票。"

"我明白了。"莫尔斯慢慢地说，"还有什么？"

"没有了。"

"我能看看卷宗吗？"

"肯定不行。"

接下来一个小时，莫尔斯就在贝尔的办公室里查阅卷宗。

相对于有限的人手，针对约瑟夫斯和劳森两个死亡案件的调查可以算是相当彻底，当然也有一些惊人的遗漏。比如，查看约瑟夫斯遇害时所有礼拜人员名单这条证据就很有趣，其中一些人好像只是碰巧来到教堂的访客——其中还有两位美国游客——而且劳森颇为天真地告诉他们也许不用留下来。可以理解，毫无疑问——但是非常草率，而且很不妥当。除非……除非，莫尔斯心想，除非劳森并不太想让他们把自己看见的事告诉警方？有时候就是那些微小的细节，就是那些微不足道的矛盾之处……他能看到的所有清楚阐明、打印清晰证言之中，只有一份引起了莫尔斯的注意：艾米丽·沃尔什阿特金斯夫人用自己颤巍巍的手工整地签了名，证明那是劳森的尸体。

"你给这位老奶奶做的笔录？"莫尔斯问道，然后把证词推到桌子对面。"不是我本人做的。"

目前为止，贝尔都在他们的谈话中占据上风，但是莫尔斯感到自己快要掌控大局了。"她就像该死的蝙蝠一样瞎，你知道吗？你觉得她能辨认出尸体？那天晚上我还见了她，而且——"

贝尔正在读着报告，然后缓缓抬起头。"你是说，我们发现的那个挂在栏杆上的家伙不是劳森？"

"我只是说，贝尔，如果你非得依靠她的证言，那么你肯定没有几个目击证人。就像我说的，她——"

"她像蝙蝠那样瞎——几乎是你的原话，莫尔斯；而且如果我记得没错，我手下的戴维斯警探官也这样说。但是不要对这位希望帮上忙的老夫人过于苛刻——这是她碰到过的最激动人心的事情。"

"但是那并不表明——"

"打住，莫尔斯！验尸法庭只需要一份身份辨认，所以我们只有一份。不是吗？但是我们还有另一位目击者，而且我不觉得他也像蝙蝠那样瞎。如果他有那么瞎，那么他弹风琴的时候就会升高六个半音。"

"哦，我明白了。"但是莫尔斯其实并不明白。那天早上默里斯在圣弗里德斯维德教堂干什么？当然，鲁思·罗林森应该知道。鲁思……哼！今天是她的生日，她应该打扮得漂漂亮亮，去和某个好色的混蛋约会去了吧……

"默里斯那天早上在教堂干什么？"

"这是个自由的国家，莫尔斯。可能他就是想去教堂。"

"你有没有查一下他当时是不是在弹风琴？"

"我当然查过，是的。"贝尔再次开始自我陶醉——他以前和莫尔斯搭档的时候很少有这种感觉，"他确实在弹风琴。"

莫尔斯离开之后，贝尔朝办公室窗外凝望了几分钟。莫尔斯是个聪明的家伙。他提出的一两个问题确实有些令人不安；但是大部分案件多少都会有些可疑之处。他试着换换心情，想些别的事情，但是感到黏糊糊的闷热；感到自己哪里不舒服。

鲁思·罗林森骗了莫尔斯——好吧，不能说是欺骗。她生日这天晚上的确有约，但是时间不长，感谢上帝！然后呢？然后她可以去见莫尔斯——如果他还想带她出去的话。

下午三点，她紧张地翻看蓝色的《牛津地区电话号码簿》的M栏，发现牛津北部只有一个"莫尔斯"：E.莫尔斯。她并不知道他的教名，茫然地猜测"E"代表什么。不可理喻的是，刚听到响铃的时候，她希望他不在家；然后，铃声继续，她又祈祷他在家。可是一直无人接听。

14

　　莫尔斯走出市警察局总部，顺着基督教堂[①]走到谷物市场。他注意到左边卡法克斯塔的大门敞开，旁边的告示在邀请游客登塔观赏牛津全景。他可以看到塔顶有四五个人，他们面对天际线，用手指着牛津的一些地标，一个年轻人就坐在边沿上，一只脚顶着旁边的护墙。莫尔斯感到腹部一阵剧痛，赶紧低下头朝前走。沃尔沃斯[②]外面有几个人在排队等公共汽车，他走了过去，回想自己刚刚读过的资料：约瑟夫斯和劳森的生平、他们的死因分析和后续调查。但是他现在绞尽脑汁也想不出有价值的新线索，然后他面朝圣贾尔斯路，抬头望着圣弗里德斯维德教堂的塔楼。当然，那里没有人……等一下！最近——有人爬上去过吗？他的脑海里突然浮现一个奇怪的念头——但是不对

[①]基督教堂（Christ Church）始建于一五四六年，是牛津大学最大的学院之一，也是圣公会牛津教区的主教座堂。
[②]沃尔沃斯百货（Woolworths），英国一家历史悠久的零售连锁企业，于二〇〇九年破产。

啊,肯定弄错了。贝尔的卷宗里提到过:"每年十一月都会有一组志愿者上去清扫落叶。"这只是一个想法,仅此而已。

开往班布里路的双层公共汽车停在排队的人旁边,莫尔斯走到上层。汽车驶过圣弗里德斯维德教堂的时候,他又抬头望了一眼塔楼,猜测它的高度,八十英尺,九十英尺?前方圣贾尔斯路上的树木开始长出稀疏的叶子,远远看起来显得郁郁葱葱。公共汽车驶入泰勒研究所前面的停车带时,车身刮到了那些含苞欲放的花枝,莫尔斯心里突然有了一个念头。这里的树有多高?四十英尺,五十英尺?肯定不会更高了。那么,根据万有引力定律,秋天的落叶又是怎么会飞上圣弗里德斯维德教堂的塔楼呢?不过,答案可能非常简单。落叶飞不上去。十一月清扫落叶的人根本不需要登上主塔楼,他们只需要打扫走廊和圣母堂上面较低的屋顶。肯定就是这样。他的好奇心越发强烈了,自从劳森死后,贝尔的手下肯定已经搜查了教堂的所有角落,但是有人到塔楼顶上去过吗?

有人按响了停车铃,汽车在萨默顿的商铺前面停下;莫尔斯的头脑里同时响起了另一只铃,然后他也随着人流走下汽车。贝尔(现在都是"贝尔"①)的笔记里有几句隐晦的话提到了约瑟夫斯有赌马的不良嗜好,而且在他去找约瑟夫斯的银行经理之前,贝尔还聪明地预测了死者钱包里那一百英镑的来源非常简单——萨默顿的合法投注站。

莫尔斯推开投注站的门,立刻大吃一惊。这里更像劳埃德银行的支行,而不是传统意义上的赌注登记所。正对着他的是远端墙边的柜台,前面是低矮的格栅,后面的两位年轻女士正在收钱和压印投注单。另外三面墙上钉着日报的赌马版面,前面放着一些黑色的塑料椅子,

---

①英语中姓氏"贝尔"(Bell)与"铃"(bell)拼法相同。

顾客可以坐着研究观战指南，盘算着自己的奇思妙想或者投注专家的选择。这里大概有十五个人——都是男人——有的坐着，有的站着，全神贯注于赛况、赔率和骑师。大家都专心致志地听着扩音器每隔几分钟从赛场直接传来的最新投注消息。莫尔斯坐下来，茫然地盯着《体育编年史》[①]的一页。他的右边有个穿着入时的中国人拧了一下墙上那个小投注机的把手，撕下一张投注单。莫尔斯从余光里可以清楚地看到他写下的字："三点三十五分，纽马克特——二十英镑赌赢——小提琴手"。唷！这里的赌徒大都只要赌赢了五十便士的小钱就得心满意足吧？他扭过头，望着中国人走到付款柜台前面，右手利落地点出四张五英镑的钞票；他望着格栅后面的姑娘，她像女菩萨那样面无表情地收下了最新的奉献金。两分钟之后，扩音器又醒了过来，一个冷淡的声音毫无感情地播报"比赛开始"；沉默了一会儿之后，播报四弗隆[②]处的赛马次序；然后是冠军、亚军、季军——小提琴手不在其中。莫尔斯小时候听过雷蒙德·格伦登宁[③]狂热的赛马解说，相比之下这里的解说显得格外空洞，就像苏富比的拍卖师在叫卖塞尚的画。

中国人坐回莫尔斯旁边，开始把自己的那张黄色小投注单撕碎，动作精巧得像是在表演折纸艺术。

"不太走运？"莫尔斯大胆问道。

"嗯。"中国人答道，他微微点头，表现出东方式的礼貌。

"有时候走运吧？"

"有时候。"他又微笑着轻轻点了点头。

[①]《体育编年史》(Sporting Chronicle)，英国的体育类报纸，主要内容是赛马报道，一八二二年创刊，一八八六年与《体育生活》报纸合并。
[②]弗隆 (furlong)，长度单位，一弗隆等于二零一米。
[③]雷蒙德·格伦登宁 (Raymond Glendenning, 1907—1974)，英国广播公司体育评论员。

"常来这里？"

"常来。"然后，像是要解答莫尔斯脸上的疑问，"您是觉得我比较有钱？"

莫尔斯迅速岔开了话题。"我以前认识这里的一个常客——那家伙叫约瑟夫斯。经常穿一件棕色西服。五十岁上下。"

"现在也在这里？"

"不在。他六个多月前死了——被谋杀了，可怜的家伙。"

"啊，你是说哈里。是的。可怜的哈里。我认识他。我们经常聊天。他被谋杀了，没错。我非常难过。"

"他赌马赢了不少钱，我听说。不管怎样，有些人就是比其他人走运。"

"您说错了。哈里很倒霉。总是差那么一点。"

"您是说，他输了很多钱？"

中国人耸了耸肩。"可能他比较有钱。"他的小眼睛又盯住纽马克特四点整的赛事，右手不由自主地伸向投注机器的把手。

约瑟夫斯很可能经常输钱，而他那点失业遣散费根本不够用。不过他肯定能用什么办法从什么地方弄到钱。

莫尔斯和自己打赌中国人下面会押哪匹马，但是他眯着眼也看不到投注单上的名字，之后他离开了投注站，若有所思地走上山去。非常遗憾。几分钟之后，莫尔斯回到自己公寓的时候，那个矮小的中国人站在取款柜台前面，脸上挂着几分诡异的微笑。他还没有掌握英语句法，但是他生造的那句似通非通的"总是差那么一点"却可能是给哈里·约瑟夫斯最恰当的墓志铭。

15

"不,对不起,探长——他不在家。"现在是七点十分,刘易斯夫人不想中断收看《阿彻一家》①节目,她希望莫尔斯要么进来,要么离开。"牛津联队今晚有比赛,他去看足球了。"

雨点从下午茶时间开始就一直没有停,现在仍然拍打着刘易斯家门口车道上的雨水坑。"他肯定是疯了。"莫尔斯说。

"是因为他跟您一起工作,探长。您要进来吗?"

莫尔斯摇摇头,一滴雨珠从他光秃秃的前额流到下巴上。"我去看看能不能找到他。"

"您肯定是疯了。"刘易斯夫人小声咕哝道。

莫尔斯在雨中小心翼翼地开车前往赫丁顿,刮雨器左右摇动,在雨水冲刷的挡风玻璃上划出清晰的弧形。他烦心的正是这些该死的假

---

① 《阿彻一家》(*The Archers*),英国广播公司四频道的肥皂剧,从一九五〇年起每晚播放,延续至今。

期！这个星期二晚上，他坐在圈椅里，昏昏欲睡，并且越来越觉得浑身无力。普雷豪斯[1]为他提供了一张乔·奥顿[2]滑稽剧的票，评论家认为这部戏是经典喜剧。但他不想去。红磨坊宣布火辣的桑德拉·柏格森要在《皮肉交易》里领衔性感、野性、诱惑的女子群舞；X级[3]的预告片，U级[4]的电影。不想去。所有前景都显得讨厌，甚至女人也显得无耻下流。然后他突然想到了刘易斯警探。

莫尔斯在桑菲尔德路顺利停好了蓝旗亚轿车，穿过硬邦邦的旋转栅门，走进玛诺运动场。西侧的看台上只有稀稀拉拉的几个浑身湿透的忠实球迷，雨水从他们的雨伞上奔流而下；但是伦敦路一侧有顶棚的看台上面都是披着橙黑色相间围巾的年轻人，他们发出的有节奏的口号"牛——津——啪——啪——啪"在球场上空回荡。一排耀眼的泛光灯突然打开，湿漉漉的草皮闪耀着上千道银光。

主队出场时得到了排山倒海的欢呼，球员们身穿黄色球衫和蓝色球裤，径直跑进倾斜而下的大雨中，把一些白色的足球踢到或者扔到湿透的场地上，它们像被擦过的台球一样闪亮。莫尔斯回头望去，看见身后的主看台上没有多少人；于是他走回球场入口，买了一张二手票。

上半场结束，牛津联两球落后，尽管莫尔斯反复仔细辨认周围的面孔，但还是没有发现刘易斯。整个上半场，球场中圈和两边的球门区都被搅成了沼泽般的烂泥地，让人想起帕森达勒战役[5]的场景，思

---

[1] 普雷豪斯剧院（The Playhouse Theatre），英格兰中部格洛斯特郡切尔滕纳姆的剧院。
[2] 乔·奥顿（Joe Orton，原名约翰·金斯利，1933—1967），英国剧作家。
[3] 英国电影分级制度的 X 级表明只有成人观众可以观看。
[4] 英国电影分级制度的 U 级表明所有年龄段的观众都可以观看。
[5] 帕森达勒战役（Battle of Passchendaele），第一次世界大战中一九一七年英军在比利时伊普尔地区发动的第三次战役，以战地泥泞不堪、收获极微著名。

绪让莫尔斯不得安宁。他慢慢坚定了头脑里一个很不可能、没有逻辑、不合常理的念头——他的头脑就像被催眠了一样，里面全是圣弗里德斯维德教堂的塔楼，虽然他不能证实自己的推测，但这只能让这种推断的可能性变得越来越大。他迫切地需要刘易斯——这一点毫无疑问。

裁判在刺耳的口哨声和嘘声中再次出来检查场地，他的黑色裁判服闪闪发亮，就像潜泳者的潜水服那样。莫尔斯看了一眼巨大比分牌上的时间：晚上八点二十分。他真的需要待下去吗？

他的肩膀突然从后面被一只有力的手抓住。"您肯定是疯了，长官。"刘易斯费劲地从椅背上爬过来，坐在探长旁边。

莫尔斯感到难以形容的愉悦。"听着，刘易斯。我需要你的帮助。怎么样？"

"任何时候都行，长官。您了解我。不过您不是在——"

"任何时候？"

刘易斯的眼里闪过一丝失望。"您该不会是说——"他很清楚莫尔斯的意思。

"不管怎样，这场比赛已经输了。"

"我们只是上半场不太走运，不是吗？"

"你爬过高塔吗？"莫尔斯问道。

和球场周围的街道一样，圣贾尔斯路也很空旷，他们的两辆车很容易就在圣约翰学院外面找到了停车位。

"想吃牛肉汉堡吗，刘易斯？"

"我不吃了，长官。我老婆做了薯条。"莫尔斯满足地笑了。重新联手真是很妙，想到刘易斯夫人的薯条同样很妙。甚至雨势也渐渐变弱了。莫尔斯仰起头,深深地呼吸,完全不理会刘易斯对于这次夜间行动的反复询问。

圣弗里德斯维德教堂西侧的大窗透出昏暗的黄色灯光,里面飘出风琴悠扬哀伤的音符。

"我们去教堂?"刘易斯问道。作为回答,莫尔斯拉开北门的门闩,走了进去。他们进去的时候,左边是一尊色彩明亮的圣母像,周围是一圈蜡烛,细的蜡烛烧得很快,而粗的蜡烛烧得很慢,明显要支持一整夜;这些烛光投射在圣母平静的脸上,就像万花筒中闪烁的光束。

"柯勒律治[①]对蜡烛很感兴趣。"莫尔斯说。但是正当他想就这个神秘话题进一步点拨刘易斯的时候,一个高大而模糊的身影从昏暗处走出来,身上裹着黑色牧师袍。

"恐怕礼拜已经结束了,先生们。"

"那更好。"莫尔斯说,"我们想到塔楼上去。"

"您说什么?"

"你是谁?"莫尔斯粗鲁地问道。

"我是教堂管理员,"高个子男人说,"恐怕无论怎样你们都不能到塔楼上去。"

十分钟之后,虽然管理员警告整件事情完全不合规定,莫尔斯还是拿着管理员的钥匙和电筒,站在通往上面的台阶前面——那是一条又窄又陡的扇形阶梯,围绕着塔楼通往顶端。刘易斯紧跟在他身后,他用电筒照亮身前的路,呼吸因为费力和担心而越来越快,他咬紧牙关,向上攀爬。五十五,五十六,五十七……爬到第六十三级台阶的

[①]塞缪尔·柯勒律治(Samuel Coleridge, 1772—1834),英国诗人和文学评论家,英国浪漫主义文学的奠基人之一。

时候，左边出现了一扇小窗户，莫尔斯闭上眼睛，紧紧靠着右侧的墙壁；他又爬了十级台阶，每级都要虔诚地计数，他要做出无法改变的决定，再爬一级台阶，然后立刻掉头回去，下到底楼，然后带刘易斯去兰道夫喝一杯。他的额头开始渗出冷汗，本来水平的地面和竖直的墙壁仿佛正在融合、滑动，然后倾斜成可怕的坡面。他现在只渴望一件事情：稳稳站在这座可怕的塔楼外面坚实的土地上，望着幸运的地面车辆顺着圣贾尔斯路川流不息。站在那里？不，坐在那里，甚至躺在那里，他的四肢都想拥抱平坦大地的每一块坚实土壤，从那里获得抚慰。

"给你，刘易斯。你拿着电筒。我——我跟在你后面。"

刘易斯走到他前面，轻松而自信，一步跨两级台阶，朝着旋转的黑暗向上攀爬；莫尔斯跟在他后面。他们爬到钟楼上面，再一直向上，又一扇窗户，他又一次晕乎乎地看到地面在自己脚下那么远的地方——莫尔斯鼓起最大的勇气，每次也只能向上爬一级台阶，他的全副身心都集中在轮流抬起两条腿这种纯粹的肢体运动上，就像患有运动失调症的病人。

"我们到了。"刘易斯爽朗地说，然后把电筒照向他们上方的一扇矮门。"我觉得这肯定是屋顶。"

门没有锁，刘易斯走了进去，莫尔斯坐在门槛上喘着粗气，后背紧靠门轴，双手紧贴冷汗淋漓的前额。他终于有勇气环视四周，看到夜空映衬下教堂塔楼的镶花屋顶，随后的景象几乎要了他的命，他看见乌云在暗月前面匆匆穿过，看见暗月在乌云后面一闪而过，看见塔楼像天空倾斜，朝着天空漂移。他感到头晕目眩，腹部痉挛，无力地干呕了两声——然后祈祷刘易斯没有听到。

刘易斯从塔楼北侧向下看，然后目光扫过圣贾尔斯路绿树成荫的开阔地带。他猜想自己大概站在八十到九十英尺的高度，刚好可以辨认出北侧门廊周围尖形的栏杆，还有后面月光照射下肃穆的教堂墓园。没有什么有趣的东西。他用电筒把塔楼照了一遍。塔楼的四壁都有十到十二码宽，外墙上面有一条雨水沟，这些墙壁和铅制屋顶之间有一条一码多宽的走道，屋顶从四壁向上延伸，构成金字塔的形状，塔尖大约有八九英尺高，上面的木桩支撑着歪歪倒倒的风向标。

他走回到门边，"您还好吗，长官？"

"嗯，没事。只是不像你那么强健，就是这样。"

"您坐在那里很有老农贾尔斯[①]的感觉，长官。"

"发现什么了？"

刘易斯摇了摇头。

"你看过周围了？"

"也不是。不过，您为什么不跟我说说我们要在这里找什么呢？"莫尔斯没有回答，他又问道，"您确定自己没事吗，长官？"

"去——去周围看看，好吗？我——呃——我一会儿就好。"

"您到底怎么了，长官？"

"我该死的恐高，你这个蠢货！"莫尔斯怒斥道。

刘易斯没再说话。他以前和莫尔斯一起工作过很多次，他的狂怒就像刘易斯十几岁的女儿们爆发出的冲天怒气一样。但是不管怎样，还是有点伤感情。

他把电筒照向塔楼的南侧，慢慢向前走。走道上有一些鸽子粪，这一侧雨水沟的某个地方也被堵上了，因为东南角有两三英寸的积水。刘易斯抓住塔楼的外墙，试着往东边张望，但是墙体疏松而不安全。

[①] 老农贾尔斯是英国作家托尔金的小说《汉姆的农夫贾尔斯》(*Farmer Giles of Ham*) 里的主人公，体态臃肿，喜欢慢节奏的舒适生活。

他小心翼翼地倚在中央屋顶的斜坡上，用电筒照了照周围。"哦，上帝啊！"他轻声对自己说。

东墙上面平躺着一具男人的尸体——但是刘易斯当时明白，认定那具尸体是个男人的依据只有尸体上披着的那件被雨水浸透的破烂西装，还有尸体的头发不像是女人的。但是尸体的脸已经几乎被鸟啄成了可怕的骷髅；刘易斯又强迫自己用电筒照了照这张不成人形的脸。总共两次——再也不会看第三眼。

16

第二天午餐时间,莫尔斯独自坐在基督教堂对面的斗牛犬酒吧,浏览早版的《牛津邮报》。尽管头版的大标题和完整的三栏都在报道"联合罢工重创考利人",但左边一栏下半部分"教堂塔楼上发现尸体"的文章还是足够引人注目。不过莫尔斯没有专门去看。毕竟,两个小时之前他还坐在贝尔的办公室里,当时邮报的记者打电话到贝尔的办公室,贝尔显得很谨慎,回答完全是事实描述:"不,我们不知道他是谁。""是的,我说的是'他'。""什么?肯定是很久之前,没错。很久以前。""我现在不能说,不行。他们今天下午验尸。对您来说是很好的头条新闻,不是吗?下午,今天下午。""不,我不能告诉您是谁发现的尸体。""我想可能有联系,没错。""不,就这么多。如果您愿意,可以明天打电话。我或许可以给您再提供一点信息。"莫尔斯当时感到最后这句话有点过于乐观,现在他仍然这样觉得。他翻到末版,看见体育头条是"牛津联队一败涂地"。但是他没有看这篇报道。其实他感到非常困惑,需要时间来思考。

死者的口袋里没有任何东西,只能看出他身上的暗灰色西服是"伯顿"牌,内衣裤是"圣米克尔"牌,浅蓝色领带是"芒罗斯邦"牌。莫尔斯自己不愿意去看贝尔所说的那个"黏黏的、腐烂的脏东西",而且很羡慕法医的镇静自若,他说过不管死者是谁,看上去都不如他们在格雷夫森德水域里打捞出来的那些尸体可怕。有件事情很明显,辨明尸体的身份不太容易——对贝尔来说不容易。贝尔盯着桌子对面的莫尔斯的时候,完全没有开玩笑的心思。他提醒莫尔斯他肯定知道这个家伙是谁。毕竟是莫尔斯把刘易斯带到那里的,不是吗?而且,如果他确信自己会在那里找到一具尸体,那么他肯定非常清楚这具尸体是谁!

但是莫尔斯并不清楚——就是这么简单。这一系列事件让他格外关注圣弗里德斯维德教堂的塔楼,而他所做的——不管贝尔怎么怀疑——不过是遵从本能的驱使,他的本能甚至压过了他的长期恐高症。但是他从来没想过会在那里发现一具尸体。刘易斯在屋顶高声喊叫,告诉他这一发现的时候,他的脑海里立刻跳出了那个流浪汉模糊的轮廓,还有他从献祭盘里偷走的一点点钱。他始终觉得警方去抓捕这样一个人比较容易。这种人几乎肯定要依靠某些慈善或救济机构,而且通常那里的政府都会对他们非常熟悉。但是大量的调查都没有结果,原因难道不是非常非常简单的吗?

莫尔斯又买了一品脱,盯着玻璃杯里的气泡缓缓散开。他再次坐下来的时候,头脑好像清醒了一些。不,他们找到的不是那个流浪汉,莫尔斯对此很有把握。其实那些衣服——特别那条淡蓝色的领带。淡蓝色……剑桥……毕业生……教师……默里斯……

* * *

贝尔还在办公室里。

"保罗·默里斯怎么样了?"莫尔斯问。

"和约瑟夫斯的妻子私奔了,很可能是这样。"

"你不知道?"

贝尔摇了摇头。他看上去疲惫不堪。"我们试过,但是——"

"你们找到她了吗?"

贝尔又摇了摇头。"我们没有进一步调查。你知道这些情况。默里斯就在自己儿子的学校任教,而且——"

"他的什么?你没告诉我默里斯还有个儿子!"

贝尔深深地叹了口气。"听着,莫尔斯。你想从我这里得到什么呢?昨晚你又给我找到一具尸体,我真是太感谢你了,这意味着我又要派六个部下出去办案。我刚才接到的电话说弗利桥下面的河里捞出一具尸体,而且耶利哥的那些擅自占房的人更难对付。"他掏出手帕,用力擤了擤鼻涕,"而且我得了流感,你现在要我去抓某个人,这个人很久以前就经常去见约瑟夫斯的老婆——"

"真的?"莫尔斯说,"我在报告里面怎么没读到?"

"别胡扯!"

"他可能杀了约瑟夫斯。嫉妒是最好的动机。"

"当时他坐着——弹那个该死的风琴——当——"贝尔又打了个大喷嚏。

莫尔斯坐回自己的座位上,脸上挂着某种难以名状的满足,"你仍然觉得你在栏杆上找到的人真是劳森?"

"我告诉过你,莫尔斯,我们有两份身份辨认。"

"啊,是的,我记得。一份来自瞎眼的老妪,一份来自和布伦达·约瑟夫斯私奔的人,不是吗?"

"你干吗不回家去？"

"你知道。"莫尔斯平静地说，"你处理好那些擅自占房的人之后，最好派一队部下去把劳森那个老家伙的棺材挖出来，因为我估计——只是估计，请注意——你在里面发现的可能不是劳森那个老家伙。"莫尔斯的脸上闪烁着淘气的喜悦，他起身准备离开。

"这种说法愚蠢透顶。"

"是吗？"

"而且完全不是那么简单。"现在是贝尔在自我陶醉。

"没那么简单？"

"嗯，他们把他火化了。"

这个消息没有让莫尔斯的脸上出现多少吃惊或者失望。"我知道一位牧师曾经——"

"好了，好了！"贝尔咕哝道。

"——他在第一次世界大战的时候被截掉一条腿。他被卡在坦克里面，他们必须很快把他弄出来，因为坦克着火了。所以他们把他的脚留在了那里。"

"非常有趣。"

"我认识他的时候，他已经很老了。"莫尔斯继续说，"一只脚已经在墓地里了。"

贝尔推开他的椅子，站了起来，"你以后再跟我说吧。"

"他有一次讨论土葬和火葬各自的优劣，这个老家伙说自己根本不在乎他们以后把他怎么样。他说自己算是两脚踩在两个阵营里。"

贝尔迷惑不解地摇了摇头。他说那些鬼话是什么意思？

"顺便问一句。"莫尔斯说，"保罗·默里斯的儿子叫什么？"

"彼得，我想是的。怎么想起问——"但是莫尔斯已经离开了，并没有在这个问题上指点贝尔。

下午。当天下午——贝尔这样说过——他开着蓝旗亚驶向卡尔法克斯的时候,有两个首字母不断在他的头脑里浮现:验尸、下午、首相、保罗·麦卡特尼、邮政局长、腐烂的杂物、佩里·梅森、宪兵司令、彼得·默里斯[①]……谷物市场尽头的路口是红灯,莫尔斯等候的时候,又抬头看了一眼若隐若现的圣弗里德斯维德教堂的塔楼,还有西侧的大窗户,只有昨天晚上才在黑夜里亮着灯,那时他和刘易斯……他突然决定在博蒙特路的街角转弯,把车停在兰道夫酒店外面。一个穿制服的年轻服务员立刻蹿到了他的面前。

"您不能把车停在这里。"

"我想把该死的车停在哪里都行。"莫尔斯厉声说道,"下次你跟我说话的时候,孩子,叫我'先生',听到没有?"

北侧的入口上了锁,门上钉着一则通告:"由于最近几个月里发生了数起肆意破坏公物的情况,我们非常遗憾地通知您,教堂从即日起,在工作日上午十一点至下午五点不对公众开放。"莫尔斯很想重写整个句子,不过也只是把"由于"划掉,改成"鉴于"他就满意了。

[①]英语使用拉丁语"下午"(post meridiem)的首字母缩写"PM"来表示下午时间,下文这些词组的英文首字母缩写都是"PM"。

17

莫尔斯轻快地敲了敲学校"问询处"的门,向门里面张望了一下,然后朝着相貌姣好的学校女秘书点了点头,说了声"您好"。

"需要帮忙吗,先生?"

"校长在吗?"

"他在等您吗?"

"可能不在。"莫尔斯说道。他穿过狭小的办公室,敲了一下书房的门,然后走了进去。

罗哲·培根中学的校长菲利普森非常高兴能够提供帮助。

保罗·默里斯看起来是一位非常优秀的音乐教师。他在学校这段不长的时间里受到了师生的一致好评。他教的学生的普通教育证书和高级教育证书的考试结果都相当不错。大家都很奇怪——至少在开始的时候——他为什么这样突然地离开,没有和任何人打招呼,而且正好在学期中间。菲利普森查了自己去年的日记,当天是十月二十六日星期三。那天早上，默里斯一如既往地到校上班，然后可能像往常的星期三一样回家吃午饭。那是人们最后一次见到他。他的儿子彼得在四点一刻放学之后离开了学校，那也是人们最后一次见到他。第二天，好几个教师都发现他们两个人都没来学校，如果牛津市警察局没有打来电话，肯定会有老师去默里斯的住所看看情况。听说有位不愿透露姓名的邻居悄悄告诉他们，默里斯父子离开了基德灵顿，与一位女士走了（"我想您应该知道这些，探长？"），那是约瑟夫斯夫人。贝尔探长曾亲口告诉菲利普森，警方已经开始调查，默里斯的几个邻居前几个月里曾经数次看到一辆轿车停在附近，这辆轿车与约瑟夫斯夫人的阿列格罗外形一致。其实，警方从其他渠道获取的信息表明，默里斯和约瑟夫斯夫人很可能维持了一段时间的情人关系。不管怎样，贝尔要求菲利普森弱化整件事，编个故事，表明默里斯无法教完整个学期，父母去世之类的原因——随便他怎么说。菲利普森照做了。一位代课教师接管了默里斯的班级，上完了秋季学期剩余的课程，新来的女教师从一月起上任。警方探访过默里斯租的那幢有家具的房子，发现大部分个人物品都被带走了，不过出于某种原因，一些书籍和昂贵的留声机还在那里。就是这样，真的。菲利普森后来再也没有听说任何情况。据他了解，没有人还和默里斯保持联系。默里斯本人也没有要求学校提供推荐信，而且在这种情况下，他恐怕也不会这么做。

莫尔斯一直没有打断菲利普森的话，他最后开口的时候，内容完全不相干，"柜子里有雪利酒吗，校长？"

十分钟之后，莫尔斯离开了校长的书房，然后俯身探过年轻女秘书的肩膀。

"帮我开张支票，小姐？"

"是夫人，克拉克夫人。"她把黄色的支票从打字机上撕了下来，面朝下放在写字台上,轻蔑地瞪着莫尔斯。他进来的时候那样无礼,但是——

"您生气的样子真可爱。"莫尔斯说。

菲利普森从书房里面叫她:"我要出去,克拉克夫人。你带莫尔斯探长去一年级六班的音乐教室,好吗?回来之后请你洗这些玻璃杯。"

克拉克夫人紧抿嘴唇,面颊绯红,她把莫尔斯领过走廊,走到楼上音乐教室的门口。"这里。"她说道。

莫尔斯转身面对着她,把右手轻轻地放在她的肩上,蓝色的眼睛直视着她的眼睛。"谢谢您,克拉克夫人。"他轻声说道,"如果我惹您生气了,真对不起。请原谅我。"

她走下楼回去的时候,突然感到生活妙不可言。她为什么变得这么傻?她发现自己希望他叫她回来问些什么,而且他真的这么做了。

"教师什么时候领支票,克拉克夫人?"

"每月最后一个星期五。我总是提前一天打印好。"

"那么您刚才没有在打印?"

"没有。我们明天再拆分,我刚才在帮菲利普森先生打印他的开销支票。他昨天在伦敦开会。"

"我希望他没有伪造账目。"

她甜美地笑了,"不,探长。他是个很好的人。"

"您也非常好,您知道。"莫尔斯说。

她转身离去,两颊羞红,莫尔斯看着秘书的双腿走下楼梯,感到极为嫉妒克拉克先生。每月最后一个周五,她刚才说过。就是十月二十八日,默里斯在领支票前两天离开了。非常奇怪!

莫尔斯敲了敲音乐教室的门,走了进去。

斯图尔特夫人立刻站了起来,好像准备关掉留声机;但是莫尔斯举起右手，轻轻摆了摆，然后坐到墙边的椅子上。这个小班的学生正在听福莱的《安魂曲》[①]，莫尔斯突然像着魔一样闭上眼睛，再次倾听天籁般的吟唱《进入天堂》："希望您安息……"最后的音符迅速消逝在安静的房间里，莫尔斯觉得，就在最近，太多的人过早地被强迫注射了一针"安息"的药物。现在的数字是三个人，但是他不祥地预感到很快就要变成四个。

他介绍了自己和前来此地的目的，很快开始向这些参加高级教育证书一年级音乐课的七个女生和三个男生了解情况。他正在调查默里斯先生的情况；他们都知道默里斯先生；有很多事情需要澄清，而且警方不知道默里斯先生去了哪里。他们之中是否有谁知道默里斯先生的任何事情，能够有所帮助？学生们都摇了摇头，坐在那里一言不发，爱莫能助。莫尔斯问了他们很多问题，但是他们仍然坐在那里一言不发，爱莫能助。不过至少有两三个女生非常靓丽——特别是后排那个，格外甜美可人，她的眼神好像能穿过房间，泄露心底的秘密。默里斯会时不时好色地瞟过她？肯定是这样……

不过莫尔斯正在浪费时间，这显而易见；因此他突然改变战术。他的目标是前排一个脸色苍白的长发年轻人。"你认识默里斯先生吗？"

"我？"男孩使劲咽了下口水，"他教了我两年，警官。"

"你怎么称呼他？"

"啊，我——我叫他'默里斯先生'。"其他同学发出会心一笑，好像莫尔斯肯定是个笨蛋。

"你没有叫过他别的什么吗？"

"没有。"

[①] 加布里埃尔·福莱（Gabriel Fauré，1845—1924），法国作曲家，作有《梦后》等音乐作品。《安魂曲》创作于一八九〇年。

"你从不叫他'先生'?"

"啊,当然。但是——"

"你好像还没意识到这件事的重要性,小伙子。我再问你一遍,好吗?你还叫他什么?"

"我不太明白您的意思。"

"他有外号吗?"

"啊,大多数老师都——"

"他的外号是什么?"

另一个男生出来救场。"我们有些人以前叫他'干净先生'。"

莫尔斯把目光移到刚出声的人脸上,睿智地点了点头。"是的。我听说过。为什么叫他这个?"

现在说话的是个女生,满脸严肃,门牙之间的空隙很大。"他总是穿得非常体面,警官。"其他女生都咯咯地笑了,心照不宣地互相指指戳戳。

"还有什么要说的?"

第三个男孩接过了简单的话题。"他总是穿西装,您知道,警官,大多数老师——好吧,"(更多的窃笑)"啊,您知道,大多数人都蓄胡子,我是说,男老师。"(全班哄堂大笑)"他们穿牛仔裤和毛衣之类。但是默里斯先生,他总是穿西装,看上去——嗯,很时髦的样子。"

"他穿哪种西服?"

"啊,"说话的还是同一个男生,"颜色有点暗,您知道。晚礼服那种。所以,啊,我们叫他'干净先生'——就像我们说的。"

下课铃响了,几位学生开始把自己的课本和讲义拾掇到一起。

"他的领带呢?"莫尔斯继续问道。但是心理时间过去了,默里斯领带的颜色好像已经从集体记忆里消失了。

莫尔斯走向自己的汽车的时候，怀疑自己是否应当和某几位教师谈谈；不过他还没有足够的信息去继续谈话，所以他决定最好等拿到病理学报告再说。

他刚发动引擎，一位年轻姑娘就出现在车窗前。"你好，美女。"他说。就是后排的那个姑娘，眼神像雷达一样犀利。她俯下身，开口说道："您记得刚才问过领带吧？好吧，我记得一条领带，警官。他经常戴那条。是一条浅蓝色的，和他穿的西装很相配。"

莫尔斯点头表示理解。"这样很有帮助。谢谢你告诉我这些。"他抬头看看她，突然意识到她有多高。奇怪的是，他们坐着的时候看起来都差不多高，好像身高在很大程度上是由腿长，而不是由臀部到肩部的距离决定的——就她而言，是由一双颀长的美腿决定的。

"你和默里斯先生很熟吗？"

"不算熟。"

"你叫什么名字？"

"卡罗尔——卡罗尔·琼斯。"

"啊，谢谢你，卡罗尔。祝你好运。"

卡罗尔若有所思地回到前门口，走向下节课的教室。她不知道自己为什么总对年长的男人着迷。这位探长这样的男人，默里斯先生那样的男人……她的思绪飘回他们一起坐在车里的时候；他的手轻抚着她的胸部，她的左手轻轻地从他的白衬衫纽扣之间伸进去——他那天戴的浅蓝色领带的下面；那天他要她去他家，但是他开门的时候告诉她，一位不速之客刚刚到来，他会再联系她的——很快。

但是他再也没有。

18

第二天早晨,莫尔斯还在熟睡的时候,他床边的电话响了。来电的是泰晤士河谷警察局总部的斯特兰奇警督。

"我刚刚接到牛津市警察局的电话,莫尔斯。你还在床上吗?"

"没有,没有。"莫尔斯说,"我正在装修洗手间,长官。"

"我以为你在休假。"

"一个人应该充分利用自己的假期——"

"比如大半夜爬到教堂屋顶。"

"您听说了?"

"而且听说了其他事情,莫尔斯。贝尔得了流感。因为你好像已经接手了这个案子,我不知道你愿不愿意,呃——接管这个案子。正式接管,我是说。"

莫尔斯猛地从床上坐了起来。"真是太好了,警督。什么时候——"

"现在开始。你最好去圣阿尔代路工作。东西都在那里,而且你可以用贝尔的办公室。"

"我能带上刘易斯吗?"

"我以为你已经带着他了。"

莫尔斯的脸上闪动着感激之情。"谢谢您,长官。我这就去穿衣服,然后——"

"穿着睡衣装修,莫尔斯?"

"不。您了解我,长官。起得和百灵鸟一样早——"

"睡得和鼠鹩一样晚。是的,我知道。如果你调查清楚,对这里的士气不是什么坏事,对吗?所以赶紧起床怎么样?"

五分钟之后,莫尔斯到了刘易斯家,把好消息告诉了他。"今天你要做什么,老朋友?"

"我今天休息,探长。我打算带妻子去——"

"你原先打算?"刘易斯注意到了措辞的细微差别,他兴奋地听着莫尔斯的指示。他本来很害怕又要去探望自己老态龙钟的岳母。

蓝旗亚车只花了一个半小时,就开到了八十多英里之外林肯郡的斯坦福,劳森家族在那里住了好几代。时速表显示,他们好几次超过了每小时八十五英里。他们驶过布拉克里、希尔沃斯通和托斯特,然后绕过北安普敦,拐过凯特灵,最后从伊斯顿山顶俯瞰斯坦福镇,灰白石头的房屋和很多古老教堂的尖顶和塔楼相互映衬。在路上,莫尔斯开心地描述着圣弗里德斯维德教堂谋杀案的背景。然而天色逐渐阴沉下来,北安普敦郡道路上沿途几千棵枯萎的老榆树好像在提醒他们现实的残酷。

"他们说那些树是自杀的。"刘易斯一度大胆说道,"它们会分泌某种液体,设法——"

"有时候不太容易分辨自杀和谋杀。"莫尔斯轻声说道。

傍晚时分,两个人都得到了已故的(好像)无人同情的莱昂内尔·劳森的不少可靠资料。劳森家有两个兄弟。莱昂内尔·彼得和菲利普·爱德华,后者年轻十八个月左右。他们都得到了奖学金,去了十英里之外的一所私立学校,两个人都是每周寄宿,学期中间只有星期六晚上和星期日同父母在一起,他们的父母操持一家本地小企业,专门从事古建筑翻新。两个男孩成绩似乎都相当优秀,菲利普可能更加出色——但是他更加懒惰,没有什么志向。毕业之后,两个人都服了十八个月的兵役,莱昂内尔是两兄弟中更加认真的那个,他在部队里遇见了一位特别能说服人的随军牧师,在对方的引导之下,坚信自己也要成为牧师。服役期满之后,他刻苦地自学了一年,最后被剑桥大学录取,攻读神学。这段时间里,菲利普为父亲工作了几年,但是好像没有多大兴趣;最后他离开了家,四处游荡,时而回来探望父母,但是没有明确的生活目标,没有工作,而且看起来也不能找到目标或者工作。五年前,劳森夫妇从南斯拉夫南部度假结束返程时,在萨格勒布的空难中身亡,他们的家业被变卖,两个儿子分别继承了五万英镑的遗产。

当天的大部分时间,莫尔斯和刘易斯都在分头工作,各自调查不同的对象;直到要去见最后一个人,就是劳森兄弟就读的私立学校的前任校长,二个人才再次碰头。

迈耶博士说话的语气就像个典型的老校长,从容不迫,用词考究,生怕表达不够精确。"小菲利普,他是个聪明的孩子。有一点乐于奉献和坚持不懈——谁知道呢？"

"您不知道他在哪里吗？"

老先生摇了摇头。"不过莱昂内尔，呃——他像特洛伊人那样埋头干活——尽管我一直不清楚人们为什么会把辛勤工作的名声赋予特洛伊人。他的志向是获得牛津的奖学金，但是——"他突然停了下来，好像他在回忆的大道上再也无法前进。但是莫尔斯显然希望再往前推过几棵树。

"莱昂内尔在预科学校读了多久？"

"我记得是三年。是的，没错。第二年结束的时候，他就获得了高中毕业文凭，而且成绩不错。后面一个秋季学期，他就参加了牛津的入学考试，但是我对他没有抱太大希望。他的头脑没有那么——那么出类拔萃。当然，他们写信给我，说了他的情况。他们说不能录取他，但是他的学业并非一无是处。他们建议他再读一年预科，然后再试试。"

"他非常失望吗？"

老先生机敏地盯着莫尔斯，重新点燃了烟斗，然后才开口说道："您觉得呢，警官？"

莫尔斯耸了耸肩，好像这件事并不是很重要。"您说他志向远大，那就够了。"

"是的。"老先生慢慢回答道。

"所以他又留了一年？"

"是的。"

刘易斯坐在椅子上不安地扭动身子。按照这种进度谈话，他们到半夜才能到家。这就好像是莫尔斯和迈耶在斯诺克球台旁边，两个人都在做安全球。轮到你了，莫尔斯。

"他又参加了高中毕业考试?"

迈耶点了点头。"如果我没记错的话,他的成绩没有一年以前好。但是那也不奇怪。"

"您的意思是准备牛津入学考试的事情让他更加烦心?"

"可能是那个原因。"

"但是他仍然没有被牛津录取?"

"呃——没有。"

莫尔斯好像对什么事情感到迷惑不解,刘易斯能够看出来。他要说些什么吗?又好像不是。莫尔斯站起身,穿上外套。"关于他的事情,您还有什么可以告诉我们的?"

迈耶摇了摇头,准备送客。他身材矮小,已经年过八旬,但是举动中还是透出不容置疑的权威气息,刘易斯非常清楚(当天早些时候他已经听说了)迈耶用铁腕手段来管理学校,每当他现身的时候,学生和教师都会吓得发抖。

"完全没有?"他们站在门口的时候,莫尔斯又问了一遍。

"没有,我没有什么可以告诉您的了。"

他有没有刻意稍微强调了这个"可以"?刘易斯并不确定。不管怎样,他和往常一样困惑。

返回的路上,莫尔斯一直在沉思;最后他开口说话的时候,刘易斯完全不知道他到底在想什么。

"莱昂内尔·劳森离开学校的具体日期是哪天?"

刘易斯仔细查看了笔记本,"十一月八日。"

"嗯。"莫尔斯慢慢点了点头,"你看到电话亭的时候告诉我。"

十分钟后莫尔斯回到汽车里的时候，刘易斯可以看出他对自己非常满意。

"您打算和我分享一下吗，长官？"

"当然！"莫尔斯侧过身子，有点吃惊地看着自己的警探。"我们是搭档，不是吗？我们一起办案，我和你。或者说'我和您'，毫无疑问，迈耶这个老头会这样说。莱昂内尔·劳森是个胸怀大志的小书呆子，对吗？上帝没有赋予他成为精英的足够天资，但是他通过极为刻苦的学习来弥补。他想去牛津读书的愿望胜过了一切。为什么不呢？这是个远大的理想。我们只要回想一下莱昂内尔少爷。他尝试了一次——没有被录取。但是他坚忍不拔，又读了一年——又把自己的课本好好钻研了一年，在老师的指导之下准备入学考试。我觉得，他没有因为那个夏天的其他考试没有考好而过于在意——他制定了更高的目标。要记住，他已经在预科学校读了三年，秋季学期的时候又回来了，因为入学考试在那个时候。他已经准备好最后冲刺——同意吗？"

"但是他没有考上。"

"是的，你说的没错。但是他并没有落榜，刘易斯——这就是有趣之处。莱昂内尔·劳森十一月八日离开学校，你刚才告诉我。现在我要告诉你一些事情。当年的入学考试在十二月的第一个星期——我刚刚打电话问过牛津大学档案室——莱昂内尔·劳森没有参加考试。"

"可能他改变了主意。"

"可能有人帮他改变了主意。"

刘易斯的头脑里好像闪过一丝亮光。"您是说他被开除了？"

"我想是这样。这就是为什么迈耶这个老头这样吞吞吐吐。他知道的很多，但是不准备告诉我们这么多。"

"但是我们没有证据——"

"证据？是的，我们没有。不过在这种事情上你应该发挥自己的想象力，刘易斯。所以我们可以想想看。告诉我，私立学校的男生一般会因什么原因被开除？"

"吸毒？"

"那个年代还没有毒品。"

"我不知道，长官。我从来没上过私立学校，从来没学过希腊语、拉丁语之类。三个R①就已经让我受够了。"

"我们关心的不是三个R，而是三个B：恐吓、斗殴和鸡奸！就我们了解，莱昂内尔·劳森是个行为端庄的小家伙，我怀疑他被开除应该不是因为恐吓或斗殴。你觉得呢？"

刘易斯沮丧地摇了摇头，他以前听说过这种事情。"您不能——您不能为了办案去臆想这些事情，长官。这不公平！"

"随你怎么想。"莫尔斯耸了耸肩，蓝旗亚从东边的环道绕开到北安普敦的时候，时速表的指针已经指向了每小时九十英里。

---

① "三个R"（Three Rs）表示阅读、写作和算术，是英国中小学的基础科目。

19

当天下午四点半左右,牛津卡尔法克斯的王后路上,两个男人正在慢慢地散步。年长的那个身材略高,空洞的长脸上蓄着灰白的胡楂,嶙峋的骨架上松松地挂着一件蓝色细条纹旧西装,右手提着一瓶短瓶颈的啄木鸟牌苹果酒。年轻的那个头发蓬乱,蓄着大胡子,看上去四五十岁,他套着一件长长的军大衣,纽扣一直扣到领口,肩章很久之前就被撕掉或者丢掉了。他手上什么也没拿。

他们在波恩广场走进石头纪念碑周围的草坪,坐在环绕这个小公园的大树下面一张绿色长椅上。长椅旁边有个金属丝围成的垃圾桶,年轻的那个从里面拽出一份昨天的《牛津邮报》。年长的那个不紧不慢地拧开酒瓶盖子,啜了一口,把瓶口在他的上衣袖子上擦了擦,然后递了过去。"报上说了什么?"

"什么都没有。"

购物的人在公园前面的人行道上摩肩接踵,很多人都走向米色砖墙的塞尔福里奇斯①和市立公共图书馆之间的有顶拱廊，图书馆石墙的颜色更暗一些。几个人匆匆瞥过这两个孤零零坐在公园长椅上的人——没有同情、没有兴趣、没有关注的瞥视。周围高层公寓的灯光突然亮了起来，夜幕随之降临。

"等你喝完了我们再看。"年长的那个说道，没有等对方回答，就立刻把报纸递了过去。酒瓶也在他们两人之间有节奏地传递，每人一次只喝一口。

"这就是他们在青年旅店里说的事情。"年长的那个伸出脏兮兮的细手指，指着头版上的一篇文章，但是他的同伴没有回答，而低头盯着铺路的石块。

"他们在那个塔楼上面找到了一个人，你知道，就在对面——"但是他想不起来是在什么的对面，他慢慢看完文章之后，说话的声音小了很多。"可怜鬼。"他最后说道。

"我们都是可怜鬼。"另外那个接着说道。他很少这样完整地表达自己的想法，而且他就说了这么多，便又缩回大衣里，从一个大口袋里摸索出一罐烟丝，开始卷一根香烟。

"可能当时你不在那里，但是那里有个人被谋杀了，去年——是什么时候的——去年……唉！我记不得了。不管怎样，过了几天，那里的牧师就从那个该死的塔楼上跳了下来！你想起来了吗？"

但是这番话显然完全没有帮助年轻的那位想起什么。他从左到右舔过白色的香烟纸，接着又舔了一遍，然后把这个不规则的圆筒撮在唇间。

"他叫什么名字？上帝啊！你老了以后记性就……他叫什么名

---

①塞尔福里奇斯（Selfridges），英国一家高端百货用品连锁商店，始建于一九〇九年。

字?"他又擦了擦瓶口,递了过去,"他认识那里的牧师……我希望我能想起来……他们之间好像有什么关系。他在牧师家里住过几次。他到底是叫什么?你不记得他吗?"

"不记得。当时我不在那里。"

"他去做过礼拜。啊!"他摇了摇头,好像很难相信这种奇怪的行为。"你去过教堂吗?"

"我?没。"

"小时候也没去过?"

"没。"

一个衣着光鲜的男人提着公文包和雨伞从他们身前经过,朝着火车站方向走过去。

"先生,赏两个先令买杯茶好吗?"这句话对年轻的那个来说已经够长了,但是他这样做也是白费口舌。

"我最近一直没看到他。"另一个接着说,"想想看,牧师自杀之后我就没见过他……警察去旅店的时候你在那里吗?"

"不在。"

年长的那个开始剧烈咳嗽,从嗡嗡作响的松弛胸膛里喷出一口黄痰到路面上。他感到疲倦而难受,头脑里浮现出家里的情景,还有年轻时的愿望……

"吐在报纸上!"他的同伴说。

年长的那个用发紫的薄嘴唇轻轻吹起了《故乡的亲人》[①],歌曲的旋律久久回荡在他的嘴边,好像他现在最大的满足就是在大醉中引吭高歌。"大路通往——"他忽然停住了歌声,"斯万什么,斯万珀

[①] 《故乡的亲人》(*Old Folks at Home*),美国作曲家史蒂芬·福斯特于一八五一年创作的歌曲,歌词的第一句是"大道通往斯万尼河"。

尔——没错！奇怪的名字。我记得我们以前都叫他斯万尼。你认识他吗？"

"不认识。"年轻的那个把《牛津邮报》小心地叠起来，插到自己的大衣胸前，"你该去好好看看你的咳嗽了。"他说道，语气少有地急促，而年长的那个又开始剧烈地咳嗽——令人讨厌——然后站了起来。

"我想我该走了。你一起来吗？"

"不。"酒瓶现在空了，但是还坐在椅子上的人口袋里有钱，他的眼睛里闪过一丝自私的满足。那双眼睛藏在一副镜片颜色不一致的太阳镜后面，年长的那个摇摇晃晃地离开的时候，他好像正盯着相反的方向。

天气越来越冷，但是坐在长椅上的人已经慢慢习惯了。这是他最先发现的事情。过一段时间，你就会忘记寒冷；你接受了它，这种接受成了意外的隔热材料。除了双脚。是的，除了双脚。他站起来，穿过草丛去看石碑上的铭文。他在那些功勋卓著的号手和士兵的名字中间注意到了一个奇怪的姓氏，这位年轻的士兵于一八九七年被乌干达的叛军杀害，他的名字是狄斯[①]。

[①]英语的姓氏"狄斯"（Death）与死亡"death"拼法相同，但是发音不同。

20

同一个星期的星期五,下午四点半,鲁思·罗林森骑着自行车穿过狭窄的车道,把车靠在凌乱的园圃房旁边的割草机上。真的,她必须很快再整理一下园圃房。她从车筐里拿起一个白色的森斯伯里[①]提袋,走回到前门口。《牛津邮报》就在信箱里,她轻轻地抽了出来。

今天只有一点消息,不过仍然在头版上:

> 尸体身份仍未确定
>
> 警方仍然没有确定线索,因此无法判定圣弗里斯德威德教堂塔楼的屋顶发现的尸体的身份。莫尔斯高级探长今天再次表示,死者年龄约三十七八岁,身穿暗灰色西装,白衬衫,戴浅蓝色

---

① 森斯伯里(Sainsbury),英国的大型连锁超市,创建于一八六九年。

> 领带。任何能够提供信息的人请联系圣阿尔代路的警察局,牛津四九八八一。警方尚未发现本案与去年哈里·约瑟夫斯先生在同一教堂遇害一案有任何联系,该宗谋杀案迄今尚未侦破。

鲁思阅读这篇报道时,身体不由自主地轻轻抽动了一下。"任何能够提供……"哦,上帝啊!她有足够多的消息,不是吗?太多的信息;这些信息让她的良心备受煎熬。而且现在这案子是莫尔斯负责吗?

她把弹簧锁钥匙插进锁孔的时候,再次意识到接下来几分钟里的交谈肯定非常难堪。

"是你吗,亲爱的鲁思?"

还能有谁,你这个笨蛋老乌鸦?"是的,妈妈。"

"报纸来了吗?"

你知道报纸来了。你那双敏锐的老耳朵不会放过一丝响动,不是吗?"是的,妈妈。"

"拿过来,亲爱的。"

鲁思把沉重的提袋放在厨房的桌子上,把她的披风搭在椅背上,然后走进客厅。她弯下腰,轻轻吻了母亲冰凉的面颊,把报纸放在她的膝头,然后将煤气炉开大了一点。"您总是不把炉子开大,妈妈。这个星期冷多了,您必须注意保暖。"

"我们得小心账单,亲爱的。"

别再说这个了!鲁思调动起自己仅存的那点耐心和孝顺。"你读完那本书了吗?"

"是的,亲爱的,非常特别。"但是她的注意力集中在晚报上,"还有谋杀案的消息吗?"

"我不知道。我根本不知道那是谋杀案。"

"别太幼稚,亲爱的。"她的目光跳跃到那篇报道上,带着一丝狰狞的满足读了起来,"那个来过这里的人,鲁思——他们让他负责了。"

"是吗?"

"他知道的比应该知道的多得多——你记住我的话。"

"你这么觉得?"

老太婆坐在椅子上,睿智地点了点头,"你还可以从你的老母亲这里学到些东西。"

"比如什么?"

"你还记得那个谋杀哈里·约瑟夫斯的流浪汉吗?"

"谁说是他谋杀了——"

"犯不着生气,亲爱的。你分明很感兴趣。你还留着所有的剪报,我知道。"

你这个好管闲事的老东西!"妈妈,您不能再翻我的手袋了。我以前就和您说过。如今——"

"我会找到一些我不该找到的东西。是这样吗?"

鲁思狠狠地盯着煤气炉底部蜷曲的蓝色火焰,默数到十。已经有好几天了,她几乎无法相信自己会说话。

"啊,就是那个人。"她的母亲说道。

"什么?"

"塔楼上的那个人,亲爱的。是那个流浪汉。"

"他的打扮对流浪汉而言有点太体面了,您不觉得吗,妈妈?白衬衫,还有一个——"

"我以为你说过你没看过报纸,亲爱的。"这句指责说得柔声细语。

鲁思深吸了一口气,"我只是以为你想自己在报上读到这个,就是这样。"

"你开始对我撒一些小谎了,鲁思,你以后不能这样。"

鲁思猛地抬起头。这是什么意思?她的母亲肯定不会知道……

"你在胡说八道,妈妈。"

"那么,你认为不是那个流浪汉?"

"流浪汉不会穿那样的衣服。"

"人们可以换衣服,不是吗?"

"你读的侦探小说太多了。"

"你也可以杀死一个人,然后给他换一身衣服。"

"当然不能。"鲁思又在仔细地看着母亲——"无论如何都不是那么轻松。你说的好像是给洋娃娃穿上衣服之类的事情。"

"这很难做到,亲爱的,我知道。但是,人生充满了困难,不是吗?这并非完全不可能,我就是这个意思。"

"我从森斯伯里买了两块不错的小牛排,我想我们可以就着薯条一起吃。"

"你总归可以在杀死一个人之前给他换衣服。"

"什么?别说傻话了!你不是通过衣服来辨认尸体,而是通过面孔之类的东西。你不能改变——"

"如果他的脸上什么都没有了呢,亲爱的?"罗林森夫人温和地问道,就像在说自己吃掉了碗橱里的最后一块切德奶酪。

鲁思走到窗边,希望赶紧结束这番谈话。这让她感到恶心,而且,没错,感到不安。她的母亲毕竟还没有那么衰老……鲁思在自己的脑海里还清楚地记得她的母亲提到的那个"流浪汉"的形象,她知道那个人(虽然其实从来没有人告诉过她)是莱昂内尔·劳森的弟弟,这个人看上去就是那副德行——身无分文、吊儿郎当的寄生虫,满身酒气，肮脏堕落。不过并非总是这样。有两次，她看见他非常体面：头发梳得很整齐，面颊刚刚刮过，指甲清理干净，身上穿着一件体面的西装。那些时候，两个兄弟看上去才很像一家人……

"……如果他们问我，他们肯定不会……"罗林森夫人一直在喋喋不休，她的话最后飘到了鲁思的头脑里。

"你会怎么跟他们说？"

"我告诉过你了。你没在听我说吗，亲爱的？有什么不对吗？"

是的，很多不对的地方，开始你就是错的。还有，亲爱的妈妈，如果你不当心一点，这几天我就掐死你，然后给你穿上别人的衣服，把你皮包骨头的尸体抬到塔楼顶上去，再让那些鸟饱餐一顿！"不对？当然没有。我去把茶端过来。"

她削的第一个土豆皮下面出现了腐烂的黑色霉斑，她又从袋子里拿出一个自己刚买的——袋子上的大幅英国国旗下面标着"购买国货"的字样。红色、白色和蓝色……她想到了保罗·默里斯坐在风琴手的位子上，披着红色斗篷，穿着白色衬衫，戴着蓝色领带，保罗·默里斯，那个众所周知和布伦达·约瑟夫斯私奔的人。但是他没有，不是吗？有个人非常、非常肯定他没有；那个人当时就坐在某个地方——甚至现在也是！——谋划，幸灾乐祸，用某种方式从整个肮脏的交易里获利。麻烦在于剩下的人并不多。其实，如果你数数那些剩下来的人，只有一个人或许能够……不过，当然不能。布伦达·约瑟夫斯肯定与这件事无关。

鲁思肯定地摇了摇头，开始削下一个土豆。

21

虽然丈夫在她不知情的情况下,用他们在沃尔福库特的房子做了抵押,不过布伦达·约瑟夫斯夫人现在经济还算宽裕,而且什鲁斯伯里郊区的综合医院给的护士宿舍相当宽敞。根据保罗的专门指示,她一直没有给他写信,而且只从他那里收到过一封信,她把这封信虔诚地放在手袋的内衬里,大部分内容她都烂熟于心:"……最重要的是不要着急,亲爱的。这需要时间,可能需要很长时间,不管发生什么,我们都要谨慎。在我看来,我们没有什么好担心的,我们必须维持现状。只要耐心,一切都会好的。我渴望再次见到你,感到你美丽的胴体就在我身边。我爱你,布伦达,你知道,很快我们就可以一起开始新的生活。一定要谨慎,收到我的信之前不要采取任何行动。把这封信烧掉——现在!"

* * *

布伦达从早上七点半开始在妇外科病房工作,现在是下午四点一刻。星期五晚上和星期六全天她都不用上班,她靠在护士休息室的靠椅上,点燃一支香烟。离开牛津之后,虽然保罗不在身边,但生活比她原先期望或者想象的更加充实和自由。她结交了新的朋友,培养了新的爱好。她已经意识到——非常欣喜地意识到——自己对异性有多大的吸引力。她提供了自己在拉德克利夫医院做护士之前的护士长作为推荐人,在被任命后一个星期,一位年轻的已婚男医生对她说:"你愿意和我上床吗,布伦达?"就像那样!她现在想起这件事的时候笑了起来,可耻的念头不由自主地划过她理智的边缘,这已经不是第一次了。她现在真的那样迫切地需要保罗吗?还有他的那个儿子,彼得?他是个很好的小家伙,不过……她掐灭烟头,伸手拿过《卫报》。离晚餐还有一个半小时,她坐下来,慢慢浏览当天的新闻。通货膨胀率好像意外地令人鼓舞,然而失业率却不是,她相当清楚失业对人的心灵会有怎样的影响。中东和平会谈还在进行,但是非洲各地的内战好像正在威胁超级大国之间的微妙平衡。国内新闻版面第三页的底部有一条简讯,牛津某个教堂的塔楼上发现了一具尸体,但是布伦达没有读。年轻的男医生就坐在她身边,近得有些不必要,但是并不令她讨厌。

"嗨,美女!我们一起玩填字游戏怎么样?"

他从她手上拿过报纸,翻到填字游戏那一页,然后从白色外套的口袋里拿出一支圆珠笔。

"填字游戏我玩得不好。"布伦达说。

"不过我猜你的床上功夫一定不错。"

"如果你要——"

"横向的词,六个字母。'姑娘把枪拿给地方检察官。'你觉得是什么词?"

"不知道。"

"等一下!'布伦达'怎么样?很合适,不是吗?枪——'布伦式轻机枪';地方检察官——'DA'。就是这个!"①

布伦达抓过报纸,看到上面的提示:床上的姑娘——受到审查的。"是你编出来的。"她哈哈笑道。

"'床'是个美妙的词,不是吗?"他把"布伦达"这个词写在报纸的边缘,然后依次把"b""e""d"三个字母利落地圈出来。"我有希望吗?"

"你已经结婚了。"

"而你离家出走了。"他在剩下的三个字母"r""a""n"划出来②,调皮地转向她。"没有人会知道。我们只要赶快去你的房间,然后——"

"别犯傻了!"

"我没犯傻。我就是忍不住,每次看到你穿着制服,我就对你垂涎欲滴。"他的声音轻佻而戏谑,但是当房门打开,两位年轻的护士走进来的时候,他突然严肃起来。现在他轻轻地说道:"如果我继续尝试,你别生气,好吗?答应我?"

"我答应。"布伦达轻声说道。

他在横排第一个方框里写下"禁止的"这个词,然后读出竖行第一个词的提示。但是布伦达没有在听。她不想别人看到自己和年轻医生靠得这么近,很快就找了个借口回到房间,躺在自己的单人床上,

---

① 在英语中,"布伦达"拼作"Brenda","布伦式轻机枪"拼作"Bren","地方检察官"拼作"District Attorney",通常缩写为"DA"。
② Bed,意为"床",ran,意为"跑掉,离开"。

久久地盯着天花板。她进来之后把门锁上了，没有人会知道，不是吗？就像他说得那样。只要……她几乎无法解读自己的心思。只要他走上楼梯，敲敲门，再问她一次，用他简单而满怀希望的方式，她知道自己会请他进来，然后躺下——就像现在这样躺着——他解开自己制服前面的白色纽扣的时候，她会欣然接受，不做任何抵抗。

她感到疲倦，房间里非常闷——暖气热得不能碰。她渐渐睡着了，醒来的时候感到口干舌燥。有什么惊醒了她；她现在听到有人不住地轻轻敲门。她睡了多久？她的手表告诉她现在是下午五点三刻。她理了理头发，整理好制服，轻轻抹了一点唇膏，带着一点兴奋的忐忑，走到了房门的旁边，房门最近才涂过晃眼的白漆。

第二天早晨，一位清洁工发现她就躺在那扇门边。她不知怎么从屋子中间爬了过来，显然是要伸手去摸索门把，但是没有够到，因为门的下半部分沾满了她喉咙里喷出的血污。好像没有人知道她是哪里的人，但是警方在她手袋的夹层里面找到的一封信明显表明她和——或者曾经和——一个叫保罗的人关系非常亲密，他的地址只写着"基德灵顿"，而且催促收信人立刻把证据烧掉。

22

星期天的早晨,莫尔斯正在读塔楼上那具尸体的验尸报告,这份报告耽搁了很久,他读到第二页中间的时候,终于认定自己就像是在读中国的《人民日报》一样。他当然理解报告需要使用一些专业名词,但是医学专业以外的人根本无法厘清这一堆生理学标签。不过报告的第一段还比较通顺,莫尔斯把报告递给了刘易斯:

> 尸体属于成年白人男性,头颅较短。身高:五英尺八又二分之一英寸。年龄:很难精确估算,但是最有可能在三十五至四十岁之间。头发:浅棕色,死亡前一星期左右很可能理过发。眼睛:颜色难以确定。牙齿:非常好,珐琅质坚固,只有一处镶补(左后方第六颗)。体貌异常:据观察没有,但是无法认定没有任何异常体貌特征,因为左脚内侧下部最大的一块皮肤长度只有……

刘易斯把报告递了回去，因为他根本不愿回想自己不久之前拿着教堂管理人的电筒，用狭窄的光束照到的清晰景象。另外，今天早晨他的第二项任务实在有些阴森可怕，接下来半个小时，他把装着死者衣物残片的五六个半透明塑料袋仔细翻了一遍。莫尔斯本人拒绝协助这种气味难闻的工作，直到他听见自己的部下轻轻吹了声胜利的口哨，他才表现出一丝兴趣。

"我猜猜看，刘易斯。你找到了一个标签，上面有他的姓名和电话号码。"

"和这个一样好，长官。"他用镊子夹着一张长方形的小车票，"就在夹克的内袋里——十月二十六日，三十便士。我估计基德灵顿到牛津的车费就是三十便士——"

"现在可能涨价了。"莫尔斯低声说道。

"——肯定（刘易斯的眼睛里闪烁着兴奋的光芒）就是保罗·默里斯失踪的日子，不是吗？"

"我一直不大记得住——日期。"莫尔斯说。

不过现在没有任何东西能够打消刘易斯的积极性，"遗憾的是他的牙齿很好，长官。他可能很多年都没去看过牙医了。不过，我们还是应该能——"

"你真是太想当然了。我们两个人都没有找到任何能表明他身份的证据，同意吗？直到——"

"是的，我们没有。但是我们不应该对眼皮底下的事情视而不见。"

"什么事情？"

"我们找到的人就是保罗·默里斯。"刘易斯非常肯定地答道。

"就因为他班上的一个女生说他曾经穿过一件暗色西装——"

"还有一条蓝色领带。"

"——还有一条蓝色领带,好吧,你是说,那么他就是保罗·默里斯?刘易斯!你正在变得和我一样糊涂。"

"您觉得我说错了吗?"

"不,不。我不会这样说。我只是比你更谨慎一点。"

这非常可笑。刘易斯很了解莫尔斯,他是最敢在黑暗中大步前行的人;然而现在他却——对青天白日之下这些显而易见的简单事实视而不见。还是忘了吧!

刘易斯只花了不到十分钟时间就查出保罗·默里斯曾经在基德灵顿健康中心就医,在一点平静而迫切的压力之下,中心的高级合伙人仔细查阅了他的病例。

"怎么样?"刘易斯挂上电话的时候,莫尔斯问道。

"相当吻合。三十五岁,五英尺九英寸,浅棕色头发——"

"很多人都吻合。中等身材,浅色头发,中等——"

"您不想查出他是谁吗?"刘易斯站起来,俯身看着莫尔斯,声音里带着不同寻常的愠怒,"我很遗憾这些都不能和您想到的那些天才理论相吻合,但是我们必须得起个头,不是吗?"

有一会儿,莫尔斯没有说话,再度开口的时候,他平静的语气让刘易斯为自己的急躁而感到羞愧。

"你肯定能理解,刘易斯,为什么我希望那具腐烂的尸体不是保罗·默里斯?你明白,如果那是他,恐怕我们最好赶紧开始搜寻,不是吗?我们最好开始搜寻另一具尸体,我的老朋友——一具十二岁男童的尸体。"

同贝尔一样,基德灵顿霍姆巷三号的房东也得了流感,但他还是打着喷嚏欢迎莫尔斯查看他的房子,默里斯离开后,这幢房子租给了一对女儿出生不久的年轻夫妇。刘易斯敲了几下门,但是没有人应答。"可能出去买东西了。"他坐回警车前排莫尔斯身边的时候,这样说道。

莫尔斯点了点头,茫然地望着四周。这一小片月牙形的居民区始建于二十世纪三十年代早期——十几座红砖的半独立式住宅,现在开始显得有些陈旧,木板栅栏的支撑已经腐烂脱落。"告诉我,刘易斯。"他突然说,"你觉得是谁谋杀了约瑟夫斯?"

"我知道这不是多么新奇的想法,长官,但是我必须认真,肯定是这个一无所有的家伙干的。可能是他准备从献祭盘里偷钱,约瑟夫斯发现了他,就被他捅死了。还有一种可能——"

"约瑟夫斯为什么不大声呼救?"

"他肯定呼救过,长官,如果你还记得。可能无法压过风琴声音。"

"你可能是对的。"莫尔斯说道,认真的样子就像他突然发觉,看待问题最明显的方式未必是错误的方式,"那么劳森呢?是谁杀了他?"

"您比我更了解,长官,大部分的谋杀犯不是自首就是自杀了。劳森自杀了,这一点没什么好怀疑的。"

"但是劳森没有杀害约瑟夫斯,不是吗?你刚才说——"

"我正要说,长官,还有另一种可能。我觉得劳森本人没有杀害约瑟夫斯,但是我觉得他可能要对他的被害负责。"

"是吗?"莫尔斯怀着极大的兴趣望着自己的下属,"我想你最好慢点说,刘易斯。恐怕我完全没有跟上你的想法。"

刘易斯咧嘴一笑,带着些许满足。莫尔斯通常不会跟不上——其实正好相反:他总是比自己的固定拍档快三四个节拍。"我觉得这不仅仅是一种可能，长官，是劳森让这位流浪汉杀了约瑟夫斯——可能是雇凶杀人。"

"但是劳森为什么要杀死约瑟夫斯？"

"约瑟夫斯肯定有他的什么把柄。"

"而劳森手上肯定有这个流浪汉的什么把柄。"

"您说得真是太对了，长官。"

"是吗？"莫尔斯有点迷惑地望着自己的警探。他想起中学入学考试的时候，自己坐在一个众所周知的白痴旁边，而就是这个男孩，在莫尔斯还没弄明白第三道字谜题的时候，已经做完了第十题。

"我觉得。"刘易斯继续说道，"劳森肯定一直都在各方面都照顾他：衣食住行，所有事情。"

"你是说就像他的兄弟一样？"

刘易斯好奇地看着莫尔斯，"比那还要多一点吧，长官？"

"什么？"

"我是说，比像他的兄弟还要多一点。他就是他的兄弟，肯定是。"

"你可不能轻信任何道听途说的东西。"

"但是您也不能想当然地毫不置信。"

"除非我们再有一点证据，刘易斯！"然后，如同往常一样，真相突然呈现在他面前，内容极为简单。他和刘易斯去过斯坦福之后，他需要的加强证据就在眼皮底下了，最后找出来的时候，他的头皮不禁激动地一颤。"斯万普尔"在贝尔的卷宗里出现过好几次，这可能是莱昂内尔·劳森牧师那个朋友的名字，这个人在约瑟夫斯遇害之后就离奇地消失了。然而，如果这些传言都是真的，这个人的真名就是菲利普·爱德华·劳森，不管你是参加中学入学考试的害羞的小家伙，还是坐在巡逻车里的坏脾气的中年探员，"斯万普尔"都是"P.E.劳森"

的换序词①。

"我觉得这就是咱们要找的那对母子。"刘易斯低声说道。没错，这位身怀六甲、打扮庸俗、牵着一个两岁儿童走在人行道上的年轻妇女表示自己就是霍姆巷三号现在的房客，这个孩子是她的女儿伊芙。是的，她说，既然房东不反对，他们可以进来查看一下房子。非常乐意。

莫尔斯谢绝了用茶的邀请，走到后院里面。显然某人最近很忙，整个院子最近才被彻底挖掘过；放在小花房里的钢叉的尖齿和铲子的下半部分都被打磨得平滑发亮。

"我能看出您的丈夫喜欢自己种点蔬菜。"莫尔斯轻声说道，然后在后门的垫子上蹭了蹭自己的鞋。

她点了点头。"我们来之前这里都是荒草，但是，您知道，现在的物价——"

"好像他还施了点肥料。"

"没错。他花了不少工夫，不过他说只能这么做。"

莫尔斯连香豌豆和蚕豆都分不清，可是他睿智地点了点头，欣慰地决定忘掉后院。

"我们可以上楼看看吗？"

"当然可以。请便。我们只用了两间卧室——就像以前的房客一样。不过——好吧，你永远不知道以后……"莫尔斯低头扫了一眼她隆起的腹部，不知道她分娩之后需要多少间卧室。

小伊芙的婴儿房是卧室中最小的一间，里面充斥着尿液的味道，莫尔斯厌恶地捏着鼻子，弯下腰草草地看了看没铺地毯的地板。新近

---

①换序词（anagram），指构成字母相同，但是字母排列顺序不同的单词。

装饰的墙上画着的几个唐老鸭好像在嘲笑着他这种毫无目的的搜寻，他很快离开房间，关上了身后的门。

"其他两个房间里也没有什么东西，长官。"刘易斯说道，然后和莫尔斯一起站在狭窄的平台上，那里的墙被涂上了波特兰式的淡米色，木制家具都上了白色的亮光漆。莫尔斯觉得这种配色很相宜，然后抬头看了看天花板——轻快地吹了声口哨。他的头顶正上方有一扇很小的方形暗门，大约三英尺长，二点五英尺宽，粉刷得和其他木制家具一样漂亮。

"你们家有梯子吗？"莫尔斯朝着楼下喊道。

两分钟之后，刘易斯伸头探过布满灰尘的房梁，用电筒照着四周的房椽。下午的阳光透过墙砖之间参差不齐的缝隙，到处都是淡淡的光束，但是令人吃惊的是，刘易斯用手腕撑起身体，慢慢地爬到阁楼上面，小心地踩在房梁上走动的时候，硕大的屋顶空间好像仍然显得昏暗沉寂。暗门与烟囱之间是一个巨大的衣箱，刘易斯打开箱盖，用电筒照向里面有些发霉的书籍封面的时候，一只黑色的大肚子蜘蛛夺路而逃。不过刘易斯没有蜘蛛恐惧症，很快就认定箱子里只有书，然后四处拨弄剩下的碎片：一根长长的废弃蓝色旗杆，颜色掉得差不多了，上面卷着一面英国国旗；一张老式行军床，可能是贝登堡[①]时代的旧物；一个崭新的抽水马桶，上面令人费解地贴着几条棕色胶带；一个过时的地毯吸尘器；两卷黄色的绝缘布；还有一大卷什么东西紧紧塞在房梁和屋顶角之间。刘易斯尽量向前弯腰，在身前摸索，终于够到了，他的指尖碰到了什么柔软的东西，他用电筒照了照，发现那是这团东西一端伸出的一只黑色鞋子，鞋头上面有一层灰。

[①] 贝登堡男爵（Baron Baden-Powell, 1857—1941），英国将军，一九〇八年创建男童子军运动。

"那儿有什么?"刘易斯听到下面传来平静而急迫的声音,但是他没有回答。他用力拉动捆着这团东西的线,线立刻就断了,一堆质地不错的衣服散落在他面前:长裤、衬衫、内衣、袜子、鞋子,还有十几条领带——其中的一条是浅色的剑桥蓝。

刘易斯面无表情的脸突然出现在黑乎乎的暗门口,"您最好上来看看,长官。"

他们又找到了一捆衣服,里面的东西和刚才那捆差不多。但是裤子更小,其他衣服也都更小,两双鞋子好像是十一二岁的男孩穿的。那里也有一条领带。只有一条。一条崭新的领带,上面是红灰相间的条纹:罗哲·培根综合学校的学生戴的领带。

23

渐渐聚集起来的教民里有很多是五六十岁、满脸尖酸的老处女,她们中的几个人好奇地回头望着坐在后排长椅上的两个陌生人,他们身旁的空座位现在明确标明了"教堂管理员"。刘易斯看上去非常不安,同时也极度不适,莫尔斯显得沉稳冷静,他给刘易斯使了个眼色。

"别人怎么做我们就怎么做,懂吗?"莫尔斯耳语道,五分钟悠长而单调的钟声停止了响动,唱诗班列队从祭衣室里走了出来,下到主走廊里,他们后面是持香者、儿童侍祭、侍祭、火炬手、典礼主持和三位显要人物,这三个人衣着相仿,但是并不完全一样,最后的那一位身上套着白麻布圣职衣和十字褡,还戴了一顶四角帽——莫尔斯现在已经了解了这些教会的基本装备。祭坛上面,剧情人物熟练而迅速地散开,站好自己的位置,突然一切又恢复了秩序。鲁思·罗林森戴着一顶黑色的方形礼帽,站在一只石刻天使的下面,集合完毕的唱诗班现在开始做弥撒。这段时间里，教堂管理员悄无声息地坐在自己的位置上，递给莫尔斯一张纸片："背景，《那个忏悔者》——帕莱斯特里纳。"莫尔斯睿智地点了点头，然后递给了刘易斯。

仪式进行到一半的时候，一个显要人物脱掉了自己的十字褡，沿着环形的阶梯登上讲坛，开始训诫自己的教民，警告他们私通是危险而荒唐的。但是莫尔斯始终坐在那里，仿佛这种训诫与自己毫不相干。刚才有一两次，他和鲁思目光相触，但是现在唱诗班的所有女性成员都被一根粗大的八边形柱子挡住了，于是他靠在座位上，凝视着菱形的彩色玻璃窗——深红色、烟蓝色、艳绿色——他的思绪飘回自己的童年，当时他也是唱诗班的一员……

刘易斯很快也对这种训诫彻底失去了兴趣，尽管原因不尽相同。他是个很少会用色迷迷的眼睛偷看邻居妻子的人，现在他正在静静地考虑这件案子，并且再次怀疑是不是真的像莫尔斯坚持的那样，再来教堂参加一次礼拜肯定能激起联想的火花，"把钩住的原子晃一晃"，他是这样说的——无论这句话是什么意思……

牧师花了二十多分钟才结束了自己反对邪淫的演讲，然后从讲坛上走下来，穿过圣母堂旁边的屏风，消失在众人的目光里，接着又穿上十字褡，站在祭坛上面。这一信号提示三人团中的另外两人站起身，大步走向祭台，然后和他站在一起。唱诗班又开始吟唱帕莱斯特里纳的乐曲，在一片下跪、画十字、拥抱的礼仪之中，弥撒达到了高潮。"拿着，吃吧，这是我的身体。"司仪说道，他的两位助手突然朝祭坛躬身行礼，动作和姿态呈现完美的同步——就像合二为一。是的，就像合二为一……莫尔斯的脑海中浮现出他还是孩子的时候，父母带他去看音乐剧的场景。其中一幕里，一个女人在大镜子前面翩翩起舞，刚开始看的时候他完全不能理解。这位女性的舞姿不算十分灵动，但是观众却被她的表演迷住了。突然他恍然大悟：舞者的面前根本没有镜子！所谓的镜像其实是另一个女人，跳着同样的步伐，穿着同样的衣服，做着同样的动作。有两个女人——不是一个。所以？如果有两位舞者，那么约瑟夫斯遇害当晚，会不会也有两位牧师？

三趾鸥又翱翔了起来……

最后的赐福仪式结束五分钟之后，教堂已经空了。一个身着法衣的年轻人最后熄掉了那堆蜡烛，就连虔诚的沃尔什-阿特金斯夫人也离开了。弥撒到此结束。

莫尔斯站起身，把《礼拜流程》的红色薄册子放进雨衣口袋里，和刘易斯一起走到圣母堂门口，然后站在那里，读起南墙上面钉着的一块黄铜饰板上的字：

下面的墓穴里安葬着约翰·鲍德温骑士的遗体，他是本教区受人尊敬的施主和忠实的仆人。逝于一七三二年，享年六十八岁。愿他安息。

米克尔约翰走向他们，脸上带着淡漠的微笑，左臂上搭着白色法衣。"有什么我可以效劳的，先生们？"

"我们想要一套备用钥匙。"莫尔斯说。

"好吧，有一套备用的。"米克尔约翰轻轻皱起眉头，说道，"您能告诉我为什么——"

"我们只是想在教堂上锁的时候也能进来，就是这样。"

"是的，我明白。"他忧愁地摇了摇头，"最近有很多愚蠢的人破坏公物——恐怕大部分都是小学生。我有时候想……"

"我们就用几天。"

米克尔约翰把他们带进祭衣室,登上一把椅子,然后从窗帘顶端后面的钩子上摘下一串钥匙。"请您尽快还给我。现在只有四套了,有些人一直需要它们——比如敲钟之类的事情。"

莫尔斯把这串钥匙放到口袋里之前,看了看它们:老式钥匙,一把大的,另外三把很小,锻造得奇异而精妙。

"我们要把门锁上吗?"莫尔斯问道。他本想开个小玩笑,但是结果是让自己显得滑稽而无礼。

"不用,谢谢。"牧师平静地回答道,"星期天我们的访客比较多,他们喜欢到这里来,安静地待着,思索人生——甚至可能会祈祷。"

刚才做礼拜的时候,莫尔斯和刘易斯都没有下跪;至少刘易斯离开教堂的时候感到一丝内疚,一丝卑微,好像他对神圣的祭品视而不见一样。

"快点儿。"莫尔斯说,"我们在浪费喝酒的时间。"

当天中午十二点二十五分,基德灵顿的泰晤士河谷警察局总部接到了什鲁斯伯里警察局的一个电话,值班警探认真记下了口信。他并不觉得这个名字让他想到了什么,但是他会把这条口信交给适当的渠道。直到他放下电话,他才意识到自己根本不清楚"适当的渠道"是什么。

24

莫尔斯磨蹭的时间比平常久,先喝完的是刘易斯。

"您感觉好吗,长官?"

莫尔斯把《礼拜流程》放回口袋里,几大口喝完了啤酒。"再好不过了,刘易斯。满上。"

"我想该您买酒了,长官。"

"哦。"

莫尔斯朝着重新斟满的啤酒微微扬起眉毛,继续说道:"是谁杀了哈里·约瑟夫斯?这才是真正的关键问题,对吗?"

刘易斯点了点头。"做礼拜的时候,我有点想法——"

"不要有更多的想法,拜托!我已经有太多的想法了。听着!首要嫌疑人就是贝尔曾经追踪过的那个家伙。同意吗?这个家伙在劳森家里住过好几次,约瑟夫斯遇害时他就在教堂,然后失踪了。同意吗?我们并不十分肯定,但是这个家伙很可能就是莱昂内尔·劳森的弟弟,菲利普·劳森。他一贫如洗,而且嗜酒如命。他看到圣餐盘上有些现金,就决定把它偷走。约瑟夫斯试图阻止他,结果自找麻烦地在背上挨了一刀。有问题吗?"

"菲利普·劳森怎么拿到那把刀的?"

"他在牧师住所里看到那把刀,然后决定把它偷走。"

"就是碰碰运气?"

"没错。"莫尔斯说道,目不转睛地盯着刘易斯。

"但是当时只有十几个人在做礼拜,献金不会超过几英镑。"

"没错。"

"为什么不等到星期天的早祷?那时候他可能拿到五十多英镑。"

"没错。是这样的。"

"那么他为什么没有那样做?"

"我不知道。"

"但是没有人看见他在祭衣室里。"

"他捅了约瑟夫斯之后就溜之大吉了。"

"肯定有人会看到他——或者听到他的声响。"

"可能他就藏在祭衣室里——窗帘后面。"

"不可能!"

"那么他藏在通往塔楼的门后面,"莫尔斯提议,"可能他爬到了塔楼上面——躲在钟房里面——藏在屋顶——我不知道。"

"但是警方到达的时候,那扇门上了锁——报告里是这么说的。"

"简单。他从里面把门锁上了。"

"您是说他——他有钥匙?"

"你说过你已经看过了报告,刘易斯。你肯定看到了他们在约瑟夫斯口袋里找到的物品清单。"

刘易斯慢慢开窍了,他发现莫尔斯正在注视他,淡蓝色的眼睛里透着一丝调侃。

"您是说——他们没找到任何钥匙?"他最后说道。

"没有钥匙。"

"您觉得他把钥匙从约瑟夫斯的口袋里拿走了?"

"没有什么阻挡得了他。"

"但是——如果他翻过约瑟夫斯的口袋,为什么他没找到钱?那一百英镑?"

"你是不是假定——"莫尔斯平静地说,"他就是冲着钱去的。如果他的口袋里有一千英镑会怎么样?"

"您是说——"但是刘易斯不确定他是什么意思。

"我是说所有人,几乎所有人,刘易斯,都会像你这么想:凶手没有翻遍约瑟夫斯的口袋。这把所有人引向了错误的方向,不是吗?看上去像小偷小摸——就像你说的,从献祭盘上拿走几个便士。你明白,可能我们的凶手其实并不在意自己要怎样作案——他觉得自己完全可以脱身。他不希望有人去认真探究他的动机。"

刘易斯感到更加迷惑。"等一下,长官。您说他并不在意自己如何杀死约瑟夫斯。但他是怎么做到的?约瑟夫斯被下了毒,然后又被捅了一刀。"

"可能他只是给他喝了一大口酒——做过手脚的酒。"

刘易斯再次不安地感到莫尔斯在和他玩一场游戏。他的上司刚才表述的一两个观点与他预期听到的颇为相似。但是莫尔斯要说的肯定不止这些。他可以表达得更好。

"约瑟夫斯可能是在领圣餐的时候被下毒的,长官。"

"你这么认为?"莫尔斯眼睛里闪过一丝欣喜,"你怎么想出来的?"

"我估计教堂管理员通常是最后领圣餐的人——"

"就像今天早上,没错。"

"——所以这个流浪汉就跪在他旁边,把什么东西倒在了酒里。"

"他把毒药放在哪里?"

"他可能把它放在某个戒指里。你只要拧开上面——"

"你电视剧看得太多了。"莫尔斯说。

"——然后把它撒在酒里。"

"可能是白色粉末,刘易斯,不会立刻溶解。所以莱昂内尔牧师会看到它浮在上面。你是这个意思吗?"

"可能他闭着眼睛。那时候有很多祷告之类的事情,当时——"

"那么约瑟夫斯本人呢?当时他也在祷告还是什么的吗?"

"有可能。"

"但是劳森为什么没有中毒?牧师要把剩下的酒全部喝完,如你所说,约瑟夫斯肯定是最后喝酒的人。"

"可能约瑟夫斯把酒喝完了。"刘易斯满怀希望地提议,然后他的眼睛里迸发出了一丝兴奋,"或许,长官——或许那两个人,劳森兄弟,共同犯下了这桩案子。那样可以说明很多问题,不是吗?"

莫尔斯朝着自己的同事满意地笑了笑。"你知道,刘易斯,你越来越聪明了。我觉得这肯定是因为你一直跟我在一起。"

他把酒杯推到桌子对面。"该你了。"

刘易斯耐心等待服务员的时候,莫尔斯朝四周看了看:现在是下午一点半,正是星期天午餐的高峰时间。一个胡子拉碴、穿着老式长军装的男人刚刚从入口挤进来,不安地站在吧台旁边;他看起来有五十多岁,戴着一副两块镜片不一致的墨镜,提着一个苹果酒空瓶子。莫尔斯站起身,朝他走过去。

"我们以前见过,记得吗?"

那个男人慢慢地打量莫尔斯,摇了摇头,"很抱歉,伙计。"

"过得不太好?"

"不好。"

"一直在过苦日子?"

"从去年下半年开始。"

"你认识一个叫斯万普尔的家伙吗?"

"不认识。很抱歉,伙计。"

"没关系。我以前认识他,就是这样。"

"我知道谁认识。"流浪汉平静地说,"有一个人认识你说的这个家伙。"

"是吗?"莫尔斯从口袋里摸出一个五十便士的硬币,塞到这个人的手里。

"以前跟我一起混的那个老家伙——他最近提到这个名字。'斯万尼'——他们这样叫他,但是他已经不在这里了。"

"那个老家伙呢?他还在附近吗?"

"不。他死了,肺炎——昨天。"

"哦。"

莫尔斯若有所思地走到桌旁,几分钟之后,他有点沮丧地看着店主把这个流浪汉带到出口。显然,这里不欢迎这样的穷鬼客人光顾,那个星期天的下午,他也不能在城市的某张长椅上,慢慢啜着苹果酒;不管怎样,他在这间酒吧得不到什么。

"一位你的老友?"刘易斯咧嘴笑了笑,把两大杯酒放在桌上。

"我想他没有多少朋友。"

"可能如果劳森还活着——"

"他就是我们要找来问话的人,刘易斯。他是二号嫌疑犯,同意吗?"

"您是说他突然从祭坛前面消失,杀了约瑟夫斯,然后出来继续礼拜?"

"差不多就是那样。"

啤酒很好,刘易斯靠在椅背上,相当愉快地听着。

"快点,长官。我知道您迫不及待地想告诉我。"

"首先,我们顺着你的圣餐杯里下毒的思路。你看待这个问题的方法有太多的不可能。但如果是莱昂内尔牧师自己把吗啡倒在圣餐杯里会怎么样?然后呢?他的弟弟喝了一口之后,他可以假装圣餐杯已经空了,转身对着祭坛,把粉末倒进去,倒进一点酒,迅速搅拌一下——没有问题!或者他可能有两个圣餐杯——其中一个已经做了手脚——只要放下这个,拿起另一个。轻而易举!记住我的话,刘易斯。如果是两兄弟中的一个给约瑟夫斯下了毒,我觉得莱昂内尔牧师的可能性更大。"

"我可以直说吧,长官?据你所说,莱昂内尔·劳森试图杀死约瑟夫斯,结果几分钟之后发现有人更加干脆地干掉了他——用一把刀。是吗?"刘易斯摇了摇头,"这样说不通,长官。"

"为什么说不通?莱昂内尔牧师知道约瑟夫斯会直接去祭衣室,而且几分钟之后他就死定了。圣酒里吗啡的剂量很大,约瑟夫斯肯定会干脆而安静地死去,因为吗啡中毒不会带来痛苦的死亡——而是恰恰相反。在这种情况下,约瑟夫斯的死必然会引起一些疑问,但是没有人会把嫌疑锁定在莱昂内尔牧师身上。圣餐杯已经严格按照教会规范彻底地清洗擦拭过了——这是罪犯销毁罪证的绝佳借口。美妙的主意!但是事情开始急转直下。约瑟夫斯猜到自己有了大麻烦,他在祭衣室里倒下之前，就尽力爬到窗帘旁边大声呼救——声音大到能让所有教民听到。但是某个人——某个人，刘易斯——像老鹰一样盯着祭衣室，那就是莱昂内尔牧师本人。他一看到约瑟夫斯，就像暴怒的复仇女神那样从过道里走下来。他走到祭衣室里，而所有人都不明就里，或者不敢挪动；他走进祭衣室，残忍地在约瑟夫斯背上捅了一刀，转身对着教民，然后告诉他们约瑟夫斯躺在那里——被谋杀了。"（莫尔斯暗自庆幸，自己对同一事件的描述远比贝尔空洞乏味的场景再现更加丰富多彩、引人入胜。）

"他会溅上一身血。"刘易斯抗议道。

"只要他那天穿的是他们今天早上穿的那套衣服，就不会有什么麻烦。"

刘易斯想起早祷的情景，还有那些暗红色的服装——深红色血液的颜色……"但是为什么要用一把刀结果了约瑟夫斯？那时候他快要死了吧？"

"莱昂内尔害怕约瑟夫斯指控他下了毒。约瑟夫斯差不多已经猜到发生了什么。"

"大概其他人也能猜到。"

"啊！不过如果你在约瑟夫斯背后再捅上一刀，人们就会问那是谁干的，不是吗？"

"没错，而且他们也会认为是劳森干的。不管怎样，那是劳森的刀。"

"当时没有人知道。"莫尔斯辩解道。

"贝尔也觉得情况是这样的吗？"

莫尔斯点了点头。"是的，他是这样认为的。"

"那么您呢，长官？"

莫尔斯好像在权衡所有概率,"不对。"他最后说道。

刘易斯靠到椅背上,"您知道,认真考虑之后,您就会感到牧师杀死自己的教民的事情不大可能发生——那种事情在现实生活中不会发生。"

"我宁愿它会发生。"莫尔斯平静地说。

"您说什么,长官?"

"我说我宁愿它会发生。你问我莱昂内尔·劳森是不是用特别的方法杀死了约瑟夫斯,我说我不这样想。但是我认为是莱昂内尔·劳森杀死了约瑟夫斯,只不过手法更为简单。他走下祭坛,来到祭衣室里,捅死了可怜的老哈里·约瑟夫斯——"

"然后他再走回来!"

"你说对了!"

刘易斯的目光投向被烟熏得发黄的天花板,开始怀疑探长是不是被啤酒冲昏了头脑。

"当着那么多教民的面。"

"哦,不。他们看不到他。"

"他们看不到?"

"是的。约瑟夫斯遇害那次的礼拜在圣母堂里举行。现在,如果你记得,圣母堂和主堂之间有个拱门挡着,我觉得面包和葡萄酒分完之后,劳森把圣母堂祭坛上的容器拿到主教堂的祭坛上——他们总是这样做,这些牧师。"(刘易斯几乎没怎么听,店主正在擦桌子,收拾酒杯,清理烟灰缸。)"你想知道他是如何完成这件了不起的壮举的吗,刘易斯?好吧,在我看来,莱昂内尔牧师和他的弟弟已经计划好了一切,那天晚上他们两人穿着完全相同的祭袍。那么,莱昂内尔牧师走进圣母堂的那几秒钟之后,走出来的并不是莱昂内尔牧师!参加礼拜的只有几个虔诚的老家伙。那个关键时刻，站在祭坛上，在那里下跪，在那里祷告，但是一直没有真正面对教民的人，其实是弟弟菲利普！你觉得呢，刘易斯？你觉得人们抬头的时候会怀疑吗？"

"可能菲利普·劳森是秃顶。"

"不大可能。你会不会秃顶取决于你的祖父。"

"如果您这样说，长官。"刘易斯愈加怀疑这种两套酒杯加两件十字褡的把戏，而且他很想赶快回家。于是他起身准备离开。

莫尔斯还坐在那里，左手食指轻轻点着溅到桌面上的几滴啤酒。和刘易斯一样，他也不太满意自己还原的约瑟夫斯谋杀案的场景。但是他的脑海里有一个念头越发坚定：其中肯定有同谋。而且，两兄弟可能都参与了。但是怎么做的呢？有几分钟，莫尔斯的思维一直在原地打转。他第一千次问自己应该从哪里入手，又第一千次告诉自己他必须认定是谁杀了哈里·约瑟夫斯。好吧！假设是莱昂内尔牧师——某件事情驱使他自杀。但是如果从塔楼上跳下来的不是莱昂内尔呢？如果被扔下来的是菲利普呢？是的，那样就天衣无缝……不过这种理论有一个几乎无法克服的难点。莱昂内尔牧师必须把自己的衣服穿到他弟弟的尸体上，他的黑色牧师服，他的围脖——所有衣服。然而这些在早祷之后的短时间内根本无法完成！

但是如果……是的！如果莱昂内尔设法说服他的弟弟换衣服会怎么样？有可能吗？唷！当然可能！不但有可能——而是非常可能。为什么？因为菲利普·劳森之前就这样做过。他同意穿上哥哥的法衣，这样他就可以在约瑟夫斯被杀的时候站在祭坛上！那次他无疑因为这些麻烦事而得到了丰厚的奖赏。所以为什么不同意再来一次小伪装？他当然同意了——丝毫没有想过穿成这样是自蹈死路。但是这又带来了一个看似无法解决的问题：两个人辨认出了从塔楼上摔下来的尸体。

不过这真是问题吗？沃尔什－阿特金斯夫人真的有勇气仔细查看那张摔得粉碎、血肉模糊的脸，还有那具残缺不全的尸体吗？她出现在教堂外面只是偶然吗？别人已经在那里了。有人已经准备去证明尸体的身份——虚假的身份：保罗·默里斯。然后保罗·默里斯也被谋杀了，因为他知道得太多了，特别是他知道莱昂内尔·劳森牧师不仅还活在世界上，而且他是个杀人犯！双重杀人犯。三重杀人犯……

"您介意把酒喝完吗，先生？"店主说道，"星期天早晨经常有警察到我们这里来。"

25

当天晚上刚过八点，一位中年男子坐在一间灯光明亮、装修豪华的屋子里等待，白色衬衫的领口敞开着。他懒洋洋地靠在一张软沙发上，棉布沙发套上印着黄白色的花形图案。他也抽着一根金边臣牌香烟[1]，一边漫不经心地看着电视。她今晚有点迟；但是他毫不怀疑她会来的，因为她需要他的程度和他需要她一样。有时候，他猜想，她需要他甚至更多。一瓶红酒已经打开了，两只酒杯放在他身边的咖啡桌上，穿过卧室半掩着的门，他可以看到枕头下面白色床单的斜边。

快点，姑娘！

八点十分，钥匙（她有钥匙——当然有！）轻轻插进弹簧锁，然后她走了进来。尽管外面一直在飘着小雨，但她浅蓝色的雨衣好像完全是干的，她轻轻把雨衣从肩膀上拉下来，顺着腰身整齐地叠好，然

---

[1] 金边臣（Benson & Hedges），英国香烟品牌。

后搭在扶手椅的椅背上。她穿的白色棉衬衫紧紧包住胸部，紧身的黑色短裙勾勒出大腿的曲线。有那么一会儿，她一言不发，只是盯着他，眼睛里流露出的不是爱慕，不是愉悦，而是慢慢燃起的肉欲。她走过房间，站在他的面前——挑逗般地。

"你对我说过你打算戒烟的。"

"坐下来，别唠叨，姑娘。上帝啊！你穿着这一身让我觉得好性感。"

女人按他说的做了，几乎就像她会毫不犹豫地去做他要她做的任何事情一样，几乎就像她完全依靠他的粗暴命令而活着一样。他们之间的调情前戏中没有什么甜言蜜语，但是她仍然坐在他旁边，他倒了满满两杯酒，同时感到她穿着黑丝袜（好姑娘——她记得穿了！）的腿紧紧贴着他的腿。他们像完成某种陈旧的礼节一样碰杯，然后她倚靠到沙发里。

"看了一晚上电视？"她的问题司空见惯，显得漠不关心。

"我六点半才回来。"

她第一次转过身盯着他。"你像这样出去真是太蠢了。特别是星期天。你难道没意识到——"

"冷静点，女人！我一点也不蠢，你知道。还没有人发现我溜到这里来了。再说发现了又怎么样？现在没谁能认出我。"他靠到她身上，手指熟练地解开她衬衫最上面的纽扣。然后是第二颗。

和这个男人在一起的时候，这个女人总有一种爱恨交加的奇妙感觉——这种感觉让她着迷！不久之前她还是处女，最近她才意识到自己是肉体凡胎，自己的身体有着巨大魅力。她顺从地躺下来，任由他抚摸自己——几个月之前，她对此毫无兴趣，更不会允许别人这么做。他把她从沙发上拉起来，走向卧室的时候，她好像几乎被催眠了。

他们的房事并不特别令人难忘——肯定不是如痴如醉，但是满足而惬意。向来如此。同以往一样，女人现在默默地躺在被窝里，感到卑贱而羞耻。不仅她的身体裸露着，她的灵魂也暴露无遗；她本能地将床单拽到脖子下面，祈祷至少这一会儿他的双手和双眼可以远离她。她多么鄙视他！但是这种鄙视还不到她鄙视自己的一半，甚至四分之一。

这必须停止。她恨这个男人，还有他施加在她身上的力量——但是她需要他，需要他阳刚有力的身躯。他的身材保持得非常好……不过，其实，那并不……并不奇怪……不完全是……不完全是……

她睡了一会儿。

她站在门边，雨衣松松垮垮地搭在肩膀上。他对她说："星期三老时间？"

羞耻感再次沉重地压在她身上，她回答的时候双唇颤抖。

"这一切必须停下来！你知道必须停下来！"

"停下来？"他的嘴角露出一丝自负的冷笑，"你停不下来。你和我一样清楚。"

"我随时都可以不再见你，不管是你还是别人都不能——"

"真的吗？你已经和我陷得一样深——你永远都不要忘了！"

她使劲摇头，几乎失去控制。"你说过你会离开的。你答应过！"

"我会的。我很快就会走，我的姑娘，这是真话。但是我离开之前，我都会看到你——明白吗？我随时都能见到你，见多少次都可以。不要告诉我说你不享受，因为你很享受！你知道自己很享受。"

是的，她知道，他那些残忍的话让她的眼睛感到一阵刺痛。她怎么可以这样做？她怎么可以这样恨一个男人——却又同意和他上床？不！不能再这样继续下去了！解决这些麻烦的办法简单到连小孩都知道：她只要去见莫尔斯，就是这样；告诉他一切，然后直面后果，不管后果怎样。她还有一点勇气，不是吗？

男人警惕地注视着她，猜测着她头脑里的想法。他习惯于迅速决断——他一直如此；他非常清楚下一步该怎么做，仿佛他是个与新手对弈的国际象棋大师。他始终明白自己迟早要解决她，虽然他希望晚点动手，但是他现在意识到这场游戏必须立刻结束。对他而言，性爱一直——以后也是——排在权力之后。

他走到她身边，表情重新变得温和而体贴，他把双手轻轻放在她的肩膀上，目光灼灼地看着她的眼睛。"好吧，鲁思。"他平静地说，"我不会再烦你了。过来坐一会儿。我想和你谈谈。"他温柔地挽着她的手臂，把毫无抵抗的她拉到沙发上。"我不会再要求你什么了，鲁思——我保证。如果你真的愿意，我们就不再见面了。看到你这样不开心，我实在受不了。"

他有好几个星期都没有像这样和她说过话了，有一会儿，在她越来越伤感的时候，他的话给她带来无尽的欣慰。

"就像我说的，我很快就会离开，然后你就可以忘掉我，我们都可以试着去忘掉我们所做的事情。我们做的错事——因为那是错的。不是说我们一起上床是错的——我不是那个意思。那是让我感到美好的事——我永远不会后悔——我希望……我希望你感到很美好。但是不要在意。只要答应我一件事，鲁思，好吗？如果你想来找我——我在这里的时候——尽管来吧！求你了！你知道我需要你——而且等着你。"

她点了点头，眼泪流到面颊上，这些话让她感到苦涩而又甜蜜，他把她的额头靠在自己的肩膀上，紧紧地拥住了她。

她拥住他,对她来说是一段很长、很长的时间;而对他来说只不过是例行公事,他冷峻的目光穿过她的肩膀,盯着电视机后面讨厌的墙纸。他肯定要杀了她,毫无疑问,不管怎样,这是他很久之前就做出的决定。他很难理解自己为什么拖了这么久。警方肯定不像看上去的那样迟钝。可为什么迄今为止都没有什鲁斯伯里谋杀案的消息?没有塔楼上尸体的确切消息。没有那个男孩的消息……

"你妈妈还好吧?"他体贴地问道。

她点了点头,吸了吸鼻子。现在是她回家和母亲待在一起的时候了。

"还在打扫教堂吗?"

她又点了点头,继续吸了吸鼻子,最终还是挣脱了他。

"星期一、星期三和星期五?"

"现在只有星期一和星期三,我这把年纪已经懒散了。"

"还是早晨吗?"

"嗯。我一般是十点去。恐怕结束之后我还会去兰道夫喝一杯。"她紧张地笑了笑,用湿透的手帕用力擤了一下鼻子,"我现在想赶快喝一杯,如果——"

"当然。"他从餐柜里拿出一瓶教师牌威士忌,在她的酒杯里倒了一大半,"拿着。你很快就会感觉好些。你现在已经感觉好些了,对吗?"

"是的,好些了。"她抿了一口威士忌,"你——你记得我问过你知不知道——他们在教堂塔楼上找到了什么?"

"我记得。"

"你说你完全不清楚。"

"我当时不清楚——现在也不清楚。完全不知道。但是我估计警方会查清楚。"

"他们只是说正在——正在调查。"

"他们没有再来骚扰你吧？"

她深吸一口气，站了起来。"没有。关于那件事，我也没什么可以告诉他们的。"

一瞬间，她想起了莫尔斯犀利的眼睛。忧伤的眼睛，好像永远都在寻找什么，但是一直没有找到。她知道他是个聪明的人，也很和蔼。为什么，哦，为什么，多年以前她没有遇到莫尔斯这样的人？

"你在想什么？"他的声音又变得粗鲁起来。

"我？哦，只是在想如果你愿意的话，可以多么和蔼。就是这样。"

她现在很想离开他。仿佛自由就在锁上的门后面召唤她，但是他就在她的身后，双手又开始爱抚她的身体；他很快就把她压在地板上，就在离门几英寸的地方，他像野兽一样哼哼着，再次进入了她的身体，而她毫无快感地盯着屋顶上一道头发丝般的裂纹。

26

"他们告诉我你可以用街上卖的香肠培育纤维母细胞。"莫尔斯说道,然后对着刘易斯夫人放在他面前的一大盘香肠、鸡蛋和薯条高兴地搓着手。现在是同一个星期天的晚上八点半。

"什么是纤维母细胞?"刘易斯问。

"就是拿出一点组织,然后保持存活之类。真的很可怕。或许你可以保持某个人的一部分存活——啊,一直存活,我想是的。某种不腐之躯。"他敲碎了一个鸡蛋的蛋壳,把金色的薯条蘸在浅黄色的蛋黄里。

"您不介意我打开电视吧?"刘易斯夫人端着一杯茶坐下来,然后按了电视机的按钮,"我才不管我死了以后他们把我怎么样,探长,只要他们完全肯定我死了就行,就是这样。"

这是一种古老的恐惧——这种恐惧促使维多利亚时代那些比较富有的人在自己的棺材里摆上各种复杂的装置,如果哪具尸体与医生的预期相反,突然复活,就可以立刻从地下世界里发出自己已经恢复知觉的信号。同样是这种恐惧，驱使爱伦·坡带着令人战栗的迷恋描写这些事情。莫尔斯忍住没说的是，那些非常担心自己会被活埋的人完全可以安心：令人不安的医学事实是他们几乎肯定会被活埋。

"电视在播什么？"莫尔斯咕哝着，嘴里塞满了食物。

但是刘易斯夫人没有听到他的话。电视就像斯文加利①一样把她带进了神圣迷域。

十分钟之后，刘易斯坐着查阅《星期日快报》上自己足球投注的结果，莫尔斯靠在沙发上，闭着眼睛，头脑专注于死亡和被埋葬的人……埋葬到他们的坟墓里……

他在哪里——哪里？

莫尔斯的脑袋和肩膀猛地向后一仰，眨眨眼睛醒了过来。刘易斯还聚精会神地看着《星期日快报》的末版，电视屏幕上，一位大管家正在平静地走下楼梯，朝着酒窖走去。

就是那样！莫尔斯心里责骂自己的愚蠢。那天早晨，答案就在他眼前明摆着："地下的墓穴里埋葬着众生之躯……"他站起来，拉开窗帘的一角，一股激动之情让他浑身一震。现在天色已晚，蒙蒙细雨打在窗玻璃上。这件事不用着急。如果还是不等到天亮，深夜里造访一座阴暗空寂的教堂，天知道他们会发现什么。但是莫尔斯知道自己不能等待，也不会等待。

"非常抱歉，刘易斯夫人，恐怕我还要带这位老伙计出去一趟，不过不会太久。谢谢您的晚餐。"

---

①斯文加利（Svengali），英国小说人物，可以用催眠术使人对他唯命是从。

刘易斯夫人什么也没说。她从厨房里把丈夫的鞋子拿出来。刘易斯也没说什么，只能合上报纸，无可奈何地接受事实，他精选编排的足球彩票结果还是没能让他发财。就是那些"庄家"总是让他失望，他向来根据那些近乎肯定的分析构建自己的彩票方案。他套上鞋子的时候想到，就像这桩案子一样：完全没有真正肯定的东西。不管怎样，他自己的头脑里没有；莫尔斯在午饭时候说过，他的头脑里也没有。那么，他们现在到底要去哪里？

凑巧的是，教堂既不昏暗也不空荡，北侧门廊的大门吱吱嘎嘎打开的时候，安静的教堂里面满是光亮。

"您觉得杀人犯会在这里吗，长官——忏悔他的罪行？"

"我估计某个人正在这忏悔什么。"莫尔斯轻声说道。

他听到了非常微弱的嘀咕声，指了指北墙下面的告解室，那里的窗帘是拉上的。

几乎就是同时，一位迷人的年轻女子从里面走了出来，她的罪想必得到了宽恕，她避开两位侦探的目光，咔嗒咔嗒地走出了教堂。

"漂亮的姑娘，长官。"

"嗯。她可能有你想要的东西，刘易斯，不过你想要吗？"

"什么，长官？"

米克尔约翰牧师穿着橡胶底的鞋子，平静地走到他们面前，然后从脖子上摘下一条长长的绿色刺绣披肩。

"你们两位谁先来，先生们？"

"恐怕今天我没犯什么罪。"莫尔斯说，"其实很多天我都没有犯过任何罪了。"

"我们都是罪人,您知道。"米尔克约翰认真地说,"罪,啊,是我们这些不思悔改的人类的自然状态——"

"教堂有地窖吗?"莫尔斯问道。

米克尔约翰微微地眯起眼睛。"啊,没错,是有,不过——呃——没有人会下去。不管怎样,据我所知没有。其实别人告诉我,已经有十年左右没人下去过了。台阶好像都朽坏了——"

莫尔斯又打断了他:"我们怎么才能下去?"

米克尔约翰不习惯别人这样尖锐地对他说话,脸上闪过一丝不快。"恐怕你们不能,先生们。不管怎样,现在不能。我要去普希学堂①,再过——"他低下头看着手表。

"您不需要我提醒您我们为什么来这里。我们不想查看您的诺曼式②圣洗池,我们在调查一桩谋杀案——连环谋杀案——作为警务人员,我们有权期望公众提供一点合作。现在您就是公众的一员。好了,我们怎么才能下去?"

米克尔约翰深吸了一口气。这是漫长的一天,他现在开始感到疲惫。"您真的需要用这种口气跟我说话,好像我是个淘气的孩子吗,探长?如果您不介意的话,我去拿我的大衣。"

他走过祭衣室,回来的时候,莫尔斯注意到那件厚重的深色大衣非常破旧,那双皱巴巴的黑色鞋子也一样寒酸。

"我们得用上这个。"米克尔约翰说道,指了指南侧门廊里的二十英尺高的梯子。

---

①普希学堂(Pusey House),英国圣公会设在牛津的教育机构,具有高端圣公会的传统,与牛津大学具有密切联系。
②诺曼式建筑(Norman Architecture),十一世纪和十二世纪英国盛行的建筑风格,与欧洲的罗马式建筑对应。

莫尔斯和刘易斯显然缺乏经验，他们笨手笨脚地把这架长梯子抬到南门外面，穿过正对面的窄门，走进教堂墓地，然后跟着米克尔约翰沿着教堂南侧外墙，走过湿漉漉的草地。街灯把微弱的光投射在几排高矮不一的墓碑右侧，但是墙壁本身还是笼罩在深深的阴影里。

"我们到了。"米克尔约翰说。他的身影笼罩着地上的一个六英尺长、三英尺宽的铁格栅，下面是一个嵌在地上的长方形石质横断面。原本涂着黑漆的格栅已经布满棕色的铁锈，电筒的光柱透过格栅，照进洞穴底部，下面有十二英尺深，散落着纸袋和香烟盒的碎屑。通道离教堂外墙最远的一侧靠着一架好像快要散架的木梯，并排的铁质扶手陡然而下。教堂外墙的正下方有一扇小门：地窖的入口。

三个人盯着下面漆黑的洞口，看了一分多钟，每个人的头脑里闪过相似的想法——为什么不等到早上阳光充足的时候？到时阳光会驱散他们想到的那些狞笑的头骨和恐怖的骷髅。但是不行。莫尔斯把双手放在格栅上面，轻松地把它拎到一边。

"您确信十年都没有人去过下面吗？"他问。刘易斯弯腰探到黑暗之中，摸了摸梯子的台阶。

"相当肯定，警官。"

"我们要小心点，刘易斯。只要能办到，我们真的不想要更多的尸体了。"

米克尔约翰看着他们缓缓放下梯子，等到它稳稳地贴在旧梯子上之后，刘易斯拿着电筒，缓慢而小心地爬了下去。

"我估计最近有人来过这里，长官。最下面有一层台阶坏了，看上去不像是很久以前造成的。"

"我估计是那些流氓干的。"米克尔约翰对莫尔斯说，"有些流氓为了所谓的'刺激'会做任何事情。不过，您看，探长，我真的得走了。

我很抱歉如果我——呃……"

"没关系。"莫尔斯说,"如果我们找到了什么就告诉您。"

"您——您希望找到什么吗?"他真的希望吗?说实话,答案是"是的"——他希望能找到一个叫彼得·默里斯的小男孩的尸体。"不完全是,先生。不过我们需要查证任何可能的情况。"

黑暗的洞穴里再次传来刘易斯的声音。"门锁上了,长官。您能不能——"

莫尔斯把他的那套钥匙扔了下去。"看看有没有哪个能打开。"

"如果不能的话——"米克尔约翰说,"恐怕你们真的要等到早上了。我的那套钥匙和你们这套完全一样——"

"我们进去了,神啊!"刘易斯在下面喊道。

"那么,您可以动身了,先生。"莫尔斯对米克尔约翰说,"我说过,我们会告诉您,如果——呃——如果……"

"谢谢您。我们祈祷您不会发现什么,探长。不管怎样,这已经是件可怕的事情了——"

"晚安,先生。"

带着极大的痛苦和忐忑,莫尔斯挪到梯子上,紧张地反复祈求刘易斯保证已经扶稳了这个"该死的东西",然后慢慢爬下通道,缓慢的动作就像刚刚开始练习走钢丝的人。他注意到,就像刘易斯刚才说的,原来木梯的倒数第三层台阶被人从中间生生地踩断了,左边一半下垂了四十五度左右。还有,根据粗糙的断裂面上呈现出的黄色碎刺来判断,不久之前还有人从这台阶上走过。某个比较重的人,或者可能是某个不太重的人——但是肩膀上扛着一定的重量。

"你觉得这下面会有老鼠吗?"莫尔斯问。

"不觉得。底下没什么吃的。"

"可能有尸体？"莫尔斯再次考虑把这项恐怖的使命留到明天早晨，他抬头看着头顶上长方形出口透出的微光时，不禁一阵战栗，猜想某个鬼魅般的身形从缝隙里钻出来，冲着他狞笑。他深深地吸了口气。

"我们进去吧，刘易斯。"

刘易斯推动大门，锈迹斑斑的铰链一寸寸地挪动，门吱吱嘎嘎地打开了，莫尔斯紧张地拧开电筒，照了照两侧。他们立刻看出来，教堂地上结构的大梁一直延伸到地窖里，构成了一些石质壁龛，并且把地下区域分成一组类似地窖的房间，这根本不算奇异恐怖——至少在刘易斯看来是这样。其实左边第二个壁龛几乎很难让人想起这些在阴间游荡的骷髅幽灵。因为墙壁之间只有一大堆煤炭，表面干燥，稳稳当当（无疑是教堂以前的供暖系统使用的），上面放着一把长柄挂铲。

"想要点免费煤炭吗，长官？"刘易斯领着路，把电筒从莫尔斯身上移开，高兴地照在异常干燥的洞穴内部。但是他们往黑暗的地方走得越深，就越难认出地窖结构的连贯布局。刘易斯把电筒照在一堆棺材上的时候，莫尔斯已经有点畏缩了，这些棺材逐个堆垒起来，盖子扭曲变形，松松垮垮地搭在萎缩凹陷的挡板上。

"这里有很多尸体。"刘易斯说。

但是莫尔斯转过身，满脸严肃地盯着黑暗。"我想还是早上再来更好，刘易斯。这么晚还要找东西太愚蠢了。"他感到恐惧的战栗在加深，意识到干燥的空气里有某种扑面而来的东西。他还是小孩的时候就一直恐惧黑暗，现在，那只因为恐惧而颤抖的手再次轻轻按住了他的肩膀。

他们顺着来路返回出口，莫尔斯很快就再次站在地下室的出口，前额上满是冷汗。他深吸了几口气，隐约看到通过稳固的梯子爬到地面的希望,好像能够把他从那种快要吞没自己的慌乱之中解脱出来。不过,莫尔斯天才的标志就是他能够掌控自己的弱项,然后奇迹般地把它们变成自己的强项。如果有人要在这些地窖里藏一具尸体,那么他会感到些什么(一定会!),至少有某些东西,比如同样毫无理由地害怕黑暗,害怕死人,害怕这种根深蒂固的恐惧会永远萦绕在他的潜意识里。没有人,肯定没有人敢在夜幕之下独自走到这些又大又深,回声环绕的地窖里吧?他走过那堆煤炭的时候踢到了一个香烟盒,他把烟盒捡起来,让刘易斯用电筒照了照。这是个金色的金边臣牌香烟盒,盒边上写着"政府健康警告。香烟会严重损害您的健康。焦油量中。"政府什么时候规定了这种针对烟民的严正警告?三年,四年,五年之前?肯定不是——米克尔约翰怎么说的?——十年之前!

"你去看看煤堆下面,好吗?"莫尔斯平静地说。

五分钟之后,刘易斯找到了。他是个小男孩,大概十一二岁,尸体保存得很好,身高五英尺多一点,穿着校服。他的脖子上有一条学校领带,看上去曾被狠狠地勒住,深深地陷到喉咙周围的肉里。这条红灰相间的条纹领带属于基德灵顿的罗哲·培根学校。

泰晤士河谷警察局总部当班警探的未处理文件托盘里,那条来自什鲁斯伯里的口信仍然静静地躺着。

27

第二天早晨九点一刻,刘易斯到了贝尔的办公室,但是莫尔斯已经在他之前到了,他坐在办公桌后面,脸色铁青地对着电话怒吼着。

"好吧,把那个笨蛋喊来。对!现在。"他示意刘易斯坐下,左手的手指烦躁不安地敲着桌面。

"你?"他最后对着听筒大吼起来,"你以为自己在玩什么该死的游戏?昨天午饭时间就在你鼻子底下了!你现在要做的就是坐在你的大屁股上,说你很后悔。你会后悔的,小鬼——你可以确信这一点。现在,给我仔细地听好。我一让你把电话挂掉,你就去警督的办公室,明明白白地告诉他你做了什么,没有做什么。听懂了吗?"

电话那头不幸的人只能支吾几句效果不佳的话,刘易斯胆战心惊地坐在那里,等待着恶语的下一次连续发射。

"你要跟他说什么?我来告诉你要跟他说什么,小鬼。第一,你告诉他,你应该成为该死的副总警督。懂吗?第二,你告诉他,他们现在应该让你做牛津郡的总警督。他会懂的。第三，你告诉他，你为自己成为警察队伍有史以来最笨的睁眼瞎而感到羞耻。那就是你要告诉他的话。"他砰地挂上电话，坐在那里足足有一分钟，仍然怒气冲冲。

刘易斯明智地保持着安静，直到莫尔斯最后开口说话。

"约瑟夫斯夫人被谋杀了。上个星期五，在什鲁斯伯里的一家护士招待所里。"

刘易斯低头看着脚下破旧的地毯，沮丧地摇了摇头。"还有几个人，长官？"莫尔斯深吸了一口气，突然，他好像平静了下来。

"我不知道。"

"下一站什鲁斯伯里，长官？"

莫尔斯做了个几乎绝望的手势。"我不知道。"

"您觉得还是同一个人吗？"

"我不知道。"莫尔斯静静地陷入沉思，空洞地盯着面前的办公桌，"再把卷宗拿出来。"

刘易斯走到钢制文件柜前面。"您刚才在训斥谁，长官？"

莫尔斯的脸上挤出不情愿的笑容。"那个该死的白痴，迪克森。他昨天是当班警探。我其实不该跟他大发脾气。"

"那么您为什么生气呢，长官？"刘易斯问道，然后把卷宗放在桌子上。

"我想是因为我其实应该猜到——猜到她是名单上的下一个，我是说。可能我只是在生自己的气，我不知道。但是我清楚一件事情，刘易斯：我知道这件案子正在失控。天知道我们在哪里，我不知道。"

刘易斯觉得现在时机合适。莫尔斯的怒气烟消云散，只有不耐烦的挫败感还留在他烦躁的脸上。也许他会乐于接受一点帮助。

"长官，我昨晚回家后就在想您在斗牛犬酒吧里说的话。还记得吗？您说劳森，劳森牧师，就是，可能径直走下——"

"看在上帝的分上，刘易斯，别说了！我们现在找到了这么多尸体。天知道从什么时候开始，我们卷入了这个该死的巨大谜团，你现在能做的就是——"

"是您这么说的——不是我。"

"我知道——没错。老兄，别烦我！你没看到我在思考吗？这里的某个人必须思考。"

"我只是——"

"听着，刘易斯。只要忘掉我说过的话，开始想想这桩血案的某些事实。好吗？"他猛地拉开面前的卷宗，"事实都在里面。约瑟夫斯被谋杀了，对吧？好吧。约瑟夫斯被谋杀了。莱昂内尔·劳森牧师从该死的塔楼上跳了下去。对吧？他从该死的塔楼上跳了下去。老默里斯被谋杀了，然后被人从同一座该死的塔楼上推了下去。对吗？老默里斯退场。小默里斯被勒死，然后丢到了地窖里。对吗？刘易斯，为什么不接受这些事实呢？为什么胡扯那些细枝末节的废话——啊！忘掉吧！"

刘易斯走了出去，故意重重地关上身后的门。他已经受够了，如果是为了远离这种忘恩负义的家伙，那么立刻从警察局辞职对他来说也不算什么。他走到餐厅，要了一杯咖啡。如果莫尔斯想静静地坐着——好吧，就让这条可怜虫这么做去吧！在这里，午餐时间不会有人去打扰他。至少刘易斯不会去。他读了《每日镜报》，又喝了一杯咖啡。他看了《太阳报》，喝了第三杯咖啡。然后他决定开车去基德灵顿。

天空中泛出几片蔚蓝色，昨天夜里积留在人行道上的雨水基本干了。他沿着班布里路开，驶过林顿路，驶过贝尔布劳顿路，樱桃树——还有杏树绽放出粉红色和白色的花朵，精细修剪的草坪边缘上盛开着水仙花和风信子。早春的牛津北部是可爱的地方,刘易斯到达基德灵顿的时候,感到生活还是相当愉快的。

迪克森很可能在餐厅里。迪克森基本上一直都在餐厅里。

"我听说你今天早晨被臭骂了一顿。"刘易斯小心地说。

"上帝啊!你应该听听他是怎么骂的。"

"我听到了。"刘易斯承认。

"我只是代班。我们这里缺人手,他们就让我去接电话。然后就发生了这件事!见鬼,我怎么知道她是谁?不管怎样,她已经改了名字,而且,他们说她只是可能在基德灵顿住过。唉!生活有时候真是不公平,警探。"

"他真是个蠢货,不是吗?"

"谁?"

"莫尔斯。我说他真是个——"

"不,其实他不是。"迪克森好像一点也不沮丧,他咬了一大口心爱的果酱甜甜圈。

"你还没去警督的办公室吧?"

"他不是真的要我去。"

"听着,迪克森。你在警察局,你知道——不是在戏剧学校。如果莫尔斯说——"

"真的不是。半个小时以后他又打给我了,说他很抱歉,叫我不要在意。"

"他没有打!"

"他确实打了,警探。最后我们还友好地聊了一会儿,真的。我问他我能不能帮什么忙,你知道他怎么说的吗?说他只是希望我能向什鲁斯伯里的刑事侦查科查明一下这个女人是不是星期五遇害的。就是

Colin Dexter

Service of

All the Dead

这样。说他不在乎她是被捅死的还是扼死的之类,只要她是星期五遇害的就行。奇怪的家伙,不是吗?总是问这种奇怪的问题——你永远想不到他会问什么。不过,他很聪明。上帝啊!"

刘易斯站起来准备离开。

"这不是一桩奸杀案,警探。"

"哦?"

"他们说她很漂亮,但有点老了,不过好像不少医生都想和她上床。还有,我一直认为黑丝袜很性感——你觉得呢,警探?"

"她穿着黑丝袜吗?"

迪克森吞下最后一口甜甜圈,然后在黑裤子上擦了擦手。"她们不都穿着——"

但是刘易斯没有听完。他又觉得受到了轻视,非常恼火。不管怎样,应该是谁去帮助莫尔斯?他还是迪克森?啊!

上午十一点三刻,刘易斯回到圣阿尔代路的警察局,走进贝尔的办公室。莫尔斯还坐在椅子上,但是现在他把头伏在办公桌上,枕着弯曲的左臂。他已经睡着了。

28

下午一点五分,鲁思还没有回家,罗林森夫人开始感到不安。她怀疑——其实她知道——鲁思在午饭时间去兰道夫酒店已经成为常态,而现在是她提醒自己的女儿好好尽孝道的时候了。不过最后还是单纯的母性本能占上风;一点十分,电台新闻结束、她的女儿还没有出现的时候,这种本能更加强烈了。一点一刻,屋里的沉寂被一阵刺耳而急促的电话铃声打破,罗林森夫人伸出颤抖的手拿过话筒,听到来电者表明身份之后,她的心里涌起一阵恐慌。

"罗林森夫人?我是莫尔斯高级探长。"

哦,上帝啊!"什么事?"她不假思索地问,"出了什么事?"

"您还好吧,罗林森夫人?"

"是的。哦,是的。我——我刚才想……"

"我向您保证没什么好担心的。"(但是他的声音里没有一点担心吗?)"我只是想和您女儿说两句话,麻烦您了。"

"她——恐怕她现在不在家。她——"然后罗林森夫人听到了钥匙插进前门的声音,"等一下,探长。"

鲁思出现在门口,精神饱满地微笑着。

"喏!你的电话。"鲁思的母亲说道,把话筒推到她手里,然后靠回到轮椅里,一脸责怪的表情。

"您好?"

"罗林森小姐?我是莫尔斯。只是例行调查,真的。我们正在尝试把一些小线索拼起来。我希望您好好想一想,如果您还记得,劳森牧师戴不戴眼镜?"

"是的,他戴。怎么——"

"他在看书的时候才戴还是一直戴?"

"他一直都戴眼镜。至少我看到他的时候都是。是金边眼镜。"

"非常有趣。您——呃——您记不记得一个流浪汉?您知道,以前经常去你们教堂的那个?"

"是的,我记得他。"鲁思慢慢说道。

"他戴眼镜吗?"

"不,我觉得他不戴。"

"我也是这样想的。很好。啊,我想就是这些。呃——顺便问一句,你最近怎么样?"

"哦,很好。很好,谢谢。"

"你还在做你的——呃——慈善工作?我是说,在教堂里?"

"是的。"

"星期一和星期三,是吗?"

"是——的。"这是在很短的时间里她第二次被问到这个问题。现在他会问她通常什么时候去那里——她知道会问的。这就好像听到电台的重播一样。

"通常都是十点左右,是吗?"

"是的,没错。为什么问这个?"而她又为什么突然感到这样害怕?

"其实没什么。我只是——呃——我只是想,你知道,我可能哪天再去看看你。"

"好的,也许哪天。"

"那么,照顾好自己。"

他为什么不能照顾她?"好,我会的。"她听到自己这么说。

"再见。"莫尔斯说。他挂上电话,心不在焉地盯着窗户外面的柏油天井看了好一会儿。她为什么总是对他这样吝啬?她为什么不能偶尔和他调调情?

"您问了一些非常奇怪的问题。"刘易斯说。

"也是一些非常重要的问题。"莫尔斯颇为傲慢地答道,"你明白,他们发现劳森的时候,他的眼镜在大衣口袋里——一副金边眼镜。完好无缺。"他拍了拍自己面前桌上的莱昂内尔·劳森牧师死亡案的卷宗,"而且罗林森小姐说他一直戴着眼镜。很有趣,嗯?"

"您是说——您是说莱昂内尔·劳森不是——"

"恰恰相反,刘易斯。我是说从塔楼上跳下来的就是莱昂内尔·劳森。我对此非常肯定。"

"我就是不明白。"

"是吗?好吧,是这样的。跳楼的近视眼都会在跳下去之前把眼镜拿下来,放在口袋里。因此,自杀者脸上任何玻璃的划痕都可以表明这是谋杀而不是自杀。"

"但是您怎么知道劳森是近视眼?他可能是——"

"近视眼，远视眼——没什么区别！道理都是一样的。"

"您说这些是认真的？"

"再认真不过了。这就像人们在洗澡之前拿下助听器，睡觉之前摘掉假牙一样。"

"但是我老婆睡觉之前从来不拿掉，长官。"

"她戴假牙干吗？"

刘易斯正要抗议这种幼稚逻辑的不公正，但是他看到莫尔斯在朝他微笑。"不管怎样，您怎么知道这么多关于自杀的事情？"

莫尔斯好像沉思了几秒钟。"我记不得了。我想是在火柴盒背面读到的。"

"而且这可以作为依据？"

"有点价值，不是吗？我们面对的是个非常聪明的家伙，刘易斯。但我就是不明白他为什么谋杀了劳森，然后非常小心地摘下他的眼镜，放回眼镜盒里。你明白吗？"

不，刘易斯不明白，他完全不明白。"我们在这个案子上有什么进展吗，长官？"

"好问题。"莫尔斯说，"就像我的一个老同学以前说的，'直截了当地面对这个问题之后，现在让我们跳过去。'我们该吃点午饭了。"

两个人走出牛津警察局总部的三层石质大楼，走过基督教堂，穿过卡尔法克斯，走到黄金十字酒吧——莫尔斯认定，至少对他来说，必须喝一点酒提神。他一直相信自己的头脑在几杯啤酒下肚之后会更加敏捷，今天他再次习惯性地臆想起来。他明白，他应该立刻去什鲁斯伯里，但是那些向医院门房、护士、医生询问时间、地点、事件、动机之类的事情让他感到反胃。不管怎样，牛津还有一大堆日常工作要处理。

刘易斯喝了一杯就离开了,莫尔斯继续坐在那里沉思。他头脑里织布机上的梭子正在飞快地编织某种图案,这些图案形成了不同的形状和构图,但是最后都被丢弃。喝完第三杯之后,他的大脑已经停止了活动,只能接受苦涩的现实:他那些奇妙的理论毫无意义,他绞尽脑汁,但是毫无结果。然而他非常确信,在某个地方,只要他能想到是在什么地方,他遗漏了某件东西——这件东西会把迷宫的钥匙交给他。是的,那就是他要做的:钥匙——不过他有教堂的钥匙。是不是就在那里,就在教堂里面,他忽视了某个简单的、显而易见的事实,是不是直到现在还等待着他去发现?

29

莫尔斯重新锁上北侧门廊的门,他知道自己必须尝试用某种不同的眼光看待教堂内部。以前他只是草草扫了一眼座位,思绪都随着焚香浓郁的气味和彩色玻璃窗令人压抑的厚重感飘到了某些更高级的东西那里。现在不能这样了。他翻了翻整齐地放在门左边架子上的六七本祷告册;又翻了翻一捆传单,这是给那些希望在选民登记册上登记的人填写的;他掀开圣水池后面的门帘,看见那里放着一只水桶、一把小刷子和两把扫帚。这样好多了——他能从骨子里感觉到!他看了一眼明信片(每张六便士),上面印着从几个角度拍摄的教堂外景,著名的圣水池的特写(好像所有人都赞不绝口,除了莫尔斯),还有塔楼上龇牙咧嘴的怪兽滴水嘴的正面照(这到底是怎么拍到的?);然后他的注意力转向了一沓圣弗里德斯维德教堂观光手册(每本十便士),还有一沓教区日志(每份两便士),上面详细列明了这个月的活动;接着他又注意到在西墙下面堆着一沓暗红色封面的祷告手册,还有一沓圣歌手册，这些——他忽然停了下来，某种奇怪的感觉让他坚信自己已经忽视了一直寻找的某个关键线索。他刚刚看到的某样东西？刚刚听到的某个声音？刚刚闻到的某种气味？他走回门边，顺着原路在门廊里走动，然后尽量完全复制刚才走进教堂之后的所有动作。但是毫无用处。不管那是什么——如果真的有什么——仍然在逃避他的控制。令人心烦。他慢慢地走到中间的通道，静静地站在那里。昨天晚祷的圣歌手册还在那里，他身旁两侧的唱诗布告板上贴着印有红色数字的白色卡片。奇怪！这些为什么还没有摘下来？那是鲁思·罗林森的工作之一吗？水桶和刷子好像刚刚才被用过，几乎肯定是当天早晨鲁思用过的。她是不是忘了唱诗布告板？或者那是牧师的工作？唱诗班成员的工作？某个兼职助手的工作？肯定有人负责这件事。想想看，肯定有人要整理圣歌、赞美诗、祈祷书、使徒书、福音书这些东西。莫尔斯对这些一无所知，但是他推测这一切都应该明确列在某本圣书里面供神职人员参考。肯定是的。就像那些圣日和其他宗教节日一样。没有人能记得这么多东西。还有，有人要记录每星期的所有礼拜——肯定是的！——特别是当你有这么多礼拜，就像——就是这样！他快步走回北侧的门廊，拿起一份教区日志，饶有兴趣地盯着首页：

牛津圣弗里德斯维德教堂

礼拜

星期日弥撒和圣餐 上午八点

十点三十分（高级）下午五点三十分

晚祷 下午六点

工作日 弥撒星期二和星期五上午七点三十分

宗教节日　早晚七点三十分

（庄重）

忏悔

星期二、星期五和星期六，均在中午。

或者与神职人员预约。

神职人员

K.D.米克尔约翰牧师（教区牧师），圣弗里德斯维德牧师寓所。

尼尔·阿米蒂奇牧师（助理牧师），河港草滩十九号。

四月

一日　　复活节假期

三日　　复活节后的星期日。讲道　上午十点三十分。

　　　　布莱顿主教。年度教区会议　晚上六点十五分。

三日　　奇切斯特的圣理查德[①]。

　　　　弥撒　上午八点和晚上七点三十分。

四日　　神圣小时[②]　上午十一点。

五日　　母亲社团　下午两点四十五分。

六日　　执事会议　晚上七点四十五分。

[①]奇切斯特的圣理查德（St Richard of Chichester, 1196—1253），奇切斯特主教，天主教和圣公会的圣人，某些圣公会教堂将其逝世的四月三日定为他的祝祭日。
[②]神圣小时（Holy Hour），天主教和圣公会的宗教仪式，是指在圣餐礼中花一小时崇拜圣体。

八日　　神圣小时　下午五点至六点。
九日　　复活节　二……

还有更多的内容贯穿了整个四月，莫尔斯注意到，接下来的三星期里有两星期都有重要的祝祷日。但是这又怎样？这里有什么有点意思或者有点价值的东西吗？"阿米蒂奇"对莫尔斯来说是个新名字，他怀疑这位助理牧师最近才调来，差不多肯定也是那三个穿着紫色法衣的智者中的一位。还有，日志里面记录了这么多礼拜，肯定需要帮忙的人。这对于一个可怜的家伙来说是一项繁重的任务，他大概还要承担起牧师的责任，照看那些老弱病残。我的天哪，是的！在这样一片广袤的葡萄园里，米克尔约翰肯定需要一位同事。然后，一个小问题映入莫尔斯脑海，随后的一两秒里，他感到面颊上的血液好像凝固了。劳森有助理牧师吗？很容易就可以查清楚，莫尔斯有种奇异的感觉，这一答案是至关重要的，虽然他现在其实并不清楚到底有多么重要。

他把教区日志放到口袋里，转身走进教堂。圣母堂的祭坛前面拦着一条流苏长绳，但是莫尔斯颇为不敬地跨了过去，站在绣满各种图案的祭坛布前面。他的左侧是通向主祭坛的拱门，他慢慢地穿了过去。拱门左边的壁龛里放着一个早期的英式圣洗盘，莫尔斯停下脚步，仔细地打量着它，同时慢慢点了点头。然后他再向左转，沿着隔开圣母堂和教堂正厅、刻着精美花纹的屏风向前走，轻快地步出圣母堂的入口，然后站在祭衣室的外面。出于某种原因，他看上去对自己非常满意，然后带着几分满足的微笑，再次点了点头。

他又站在几分钟之前自己左顾右盼的地方；确实，他现在才明白，自己离线索只有几码远，这条线索会打碎他之前做出的假设；但是现在，命运女神没有向他微笑。北侧的门打开了，米克尔约翰走了进来，手里提着一个装电灯泡的纸箱，身旁是一个年轻人，肩上担着一架折叠式梯子。

"您好，探长。"米克尔约翰说，"又发现什么了吗？"

莫尔斯敷衍地咕哝了两句，认定自己可以暂时推迟对祭衣室的调查，不会有多么严重的后果。

"我们只是要换灯泡。"米尔克约翰继续说，"必须得做，您知道，每三四个月就要换。恐怕有些已经不亮了。"

莫尔斯的眼光慢慢地移到墙顶，离地面大约四十英尺高的地方，他看到很多成对的灯泡，每对之间相隔二十英尺左右。同时，梯子已经架到了最近的灯泡下面，两个人把摇摇晃晃的梯子一点点朝上推，直到第三层狭窄的顶端，停在第一对灯泡下方两三英尺的地方。

"恐怕——"莫尔斯说，"我不敢停下来观看这项小操作。"

"哦，没有那么可怕，探长，只要你小心。不过我承认，每次结束之后我都很高兴。"

"他比我厉害得多。"莫尔斯说，然后指了指站在梯子第二层上的年轻人（有点紧张？），他正在小心地把梯子扶得更牢靠一些。

米克尔约翰咧嘴一笑，平静地转向莫尔斯。"他差不多和您一样糟糕——可能还不如您。恐怕得我自己来完成这项工作。"

愿上帝与你们同在，莫尔斯心想，然后很快离开了，完全忘记了他还欠教堂两便士，而且忘了自己还有一个最重要的问题没有问圣弗里德斯维德教堂的这位不怕死的牧师。

需要更换的灯泡一共有二十个，这项工作向来要花很长的时间才能完成。对任何看到这种景象的人来说，尽心尽职地稳稳站在最下面一层阶梯上的那个年轻人好像不敢抬起眼睛注视前方，而米克尔约翰不断向上爬到头顶令人眩晕的高度，站在倒数第三层阶梯上，左手扶着光秃秃的墙壁作为支撑，右手尽量伸出去，扭下一个旧灯泡，小心地把它放在外套口袋里，然后抬起手臂插进新灯泡，这个时候他的身体几乎毫无倚靠。只要稍有一刻疏忽、一点眼花，这位好牧师就会失去自己摇摇欲坠的平衡，摔死在下面的地板上；但是幸好现在这项工作差不多要完成了，梯子放在需要更换的最后一对灯泡下面的时候，没有上锁的门被吱吱嘎嘎地推开了，走进来一个相貌奇怪的人，他胡子拉碴，穿着一件很长的破大衣，戴着一副两块镜片不一样的墨镜。他朝着四下张望了一下，没有发现另外两个人在场。当天下午天色转阴，而在换灯泡的时候，电闸又被拉掉了。

"我能帮您吗？"米克尔约翰问。

"什么？"男人紧张地开口说道，"哦，你吓了我一跳，老兄。"

"请四处看看。非常欢迎您的光临。"

"不好意思。我就是——我就是想——呃……"

"我可以带您转转，如果您能等一下——"

"不用。没事的，老兄。"他拖着脚步走出去，米克尔约翰朝着年轻人扬了扬眉毛。梯子又摆好了，他把右手搭在头顶的阶梯上——然后停住了。

"你还记得我在这里的前任吗——可怜的劳森先生？他们告诉我，他对付这些流浪汉有一套。经常让他们其中的一两个和他住上几天。反正你可能也知道。可能我应该做得更多一些。不过，我们还是不同的，托马斯。就像仁慈的上帝分别创造了我们。"他笑了笑，有点沮丧，开始爬上梯子。"可能可怜的劳森先生不是很擅长换灯泡，嗯？"

托马斯尽力挤出一丝惨淡的微笑作为回应,然后站在底下的阶梯上担当保护者的角色,他的目光再次从迅速消失的牧师黑色皮鞋的鞋底上移开。奇怪,真的!他一年多以前加入了圣弗里德斯维德教堂(当时他是哈特福德学院的本科生),而且对前任牧师记得很清楚。他觉得自己也记得其他事情。比如,他觉得自己记得刚刚走进来的流浪汉。难道他以前没有在教堂里见到过他几次吗?

30

　　莫尔斯走出教堂,回到圣阿尔代路上的时候,突然又决定去什鲁斯伯里;刘易斯开着警车绕过伍德斯托克路环岛,驶向 A34 公路,这时两个人都在脑中计算了一下大概的时间表。现在已经是下午四点二十分。假设两个小时可以到那里——只要交通状况正常;在那里要花两个小时;再花两个小时回来。所以,运气好的话,他们可以在晚上十点半左右回到牛津。

　　同以往一样,莫尔斯在车里很少说话,刘易斯很高兴可以集中全部注意力来驾驶。他们走的时候正好避开了每天下午四点三刻开始涌出牛津的车流,这种交通半瘫痪状态会持续一个小时。同样,驾驶着一辆标着显眼的"警察"标志的汽车也很有趣。其他司机在后视镜里窥到这种白色和淡蓝色相间的汽车的时候,会立刻对限速令一丝不苟,夸张地避免最细微的违规驾驶的嫌疑,这种谦恭和小心与他们平常疯狂的好斗风格严重不符。

现在就是这样。

刘易斯左转驶下 A34 公路,穿过奇平诺顿,穿过山顶的博尔顿和沼泽中的莫顿,伊夫舍姆山谷广阔的景象展现在他们面前,狭长而陡峭的山脉延伸到布罗德维,那些用滚圆的科茨沃尔德石砌起来的房屋在夕阳下闪耀着温暖的黄色光芒。在伊夫舍姆,莫尔斯坚持他们应该取道珀肖尔,他非常喜欢这里白漆窗户的红砖房子;在伍斯特,他又示意刘易斯开上布洛姆亚德路。

"我一直觉得——"他们从莱姆斯特向北开上 A49 公路的时候,莫尔斯说道,"这是英格兰最美妙的道路之一。"

刘易斯沉默地坐着。这也是一条很长的路,按这种速度行驶,他们差不多要七点才能到达什鲁斯伯里。不过他们驶过彻奇斯特雷顿的时候,刘易斯觉得莫尔斯可能是对的;他们把隆迈恩德甩在身后的时候,这种感觉越发强烈:西边的地平线上,夕阳还在远处的威尔士山脉之间留下余晖,傍晚的天空被渲染得绚烂异常,白色的云彩也披上了淡紫色的外衣。

两位牛津的侦探坐在什罗普郡警察局总部的警督办公室里的时候已经是七点半了,从那里出来的时候已经是八点半了。

莫尔斯说得很少,刘易斯说得更少,他们都觉得这样的会面只是例行公事。他们没有怀疑任何人的根据,甚至连一点可能的动机都没有。死者在护士同事中口碑很好,也比较受医生和勤杂工的欢迎,甚至连弗罗伦斯·南丁格尔本人也很难在她高效熟练的护理中挑出多少毛病。前一天的下午,一位医生和她交谈过,他们坐在护士休息室里玩字谜游戏;不过,尽管他可能是最后一个(除了凶手之外)见到她活着的人,但侦探完全没有任何理由怀疑他和她的死有关。但是肯定和某人有关。有个人残忍地用她自己的皮带勒住了她,然后把她丢在床边的地板上等死,她从那里艰难地爬到她房间的门旁,绝望地求救。但是没有人听到,也没有人来。

"我想我们最好看看她。"莫尔斯略带迟疑地说道,然后他们依次走出了警督办公室。

在贴着乳白色瓷砖的警察局停尸房,一位警察从不锈钢柜子里拉出一个滑动容器,然后翻开床单,露出了那张脸——苍白、质地光滑,已经被清洗干净,充满血丝的眼睛下垂着,临死的时候显然经受了极大痛苦。她的脖子底部到右耳边,皮带留下的痕迹赫然可见。

"可能是左撇子,"刘易斯轻声说,"如果他从前面勒住她,那就是了。"他说话的时候转身看着莫尔斯,注意到这位伟人把眼睛闭上了。

五分钟之后,莫尔斯看上去开心多了,他坐在接待室里翻看着死者口袋和手提包里的物件。

"我们应该可以很容易核对出笔迹。"看到莫尔斯仔细检查基德灵顿来信的时候,刘易斯说道。

"我们几乎不需要,不是吗?"莫尔斯说道,然后把信放到旁边,查看手提包里的其他东西。里面有两个袖珍日记本,一块女用手帕,一个皮革钱包,三张饭票,还有女性化妆常用的小玩意儿:香水、指甲剪、梳子、小镜子、眼影、唇膏和纸巾。

"你们发现她的时候,她是不是化着浓妆?"莫尔斯问道。

警督微微皱了皱眉头,看上去有些不安。"我想她是化了点妆,但是——呃……"

"我记得您说她刚刚下班。他们不会让她们浓妆艳抹地溜进病房里,不是吗?"

"您觉得她是在等某个人吗?"

莫尔斯耸了耸肩。"有可能。"

"嗯。"警督点了点头，若有所思，不知道自己为什么没有想到这一点。不过莫尔斯已经把化妆品丢在一边，好像无论这些东西曾经引起过他多大的兴趣，都已经是过去的事情了。

钱包里放着六张一英镑的钞票，大约五十便士的零钱，还有一张当地的公共汽车时刻表。莫尔斯只说了一句"没有驾照"，然后警督证实了，据他们所知，她到医院工作之后没有买车。

"她非常急于掩盖自己的行踪，警督。"他平静地补充道，"可能她害怕某个人会找到她。"但是他好像又对自己刚才的想法失去了兴趣，转而注意起两本袖珍日记，一本是今年的，一本是去年的。

"恐怕她不完全是萨缪尔·皮普斯①那样的人。"警督说，"到处都是只言片语，但是我觉得没有多少可以深究的。"

布伦达·约瑟夫斯夫人肯定在这两年的开头都有美好的愿望，一月前几天的日记都写得密密麻麻。但是，即便是那个时候，那些"六根炸鱼条"或者"八点半护士联谊会"之类的备忘录都很难帮助什罗普郡或者牛津郡的警察弄清凶手的身份。莫尔斯一页页翻过去，有些漫无目的，脸上的表情有些阴郁，其实他没有发现什么引起他注意的东西。他注意到布伦达遇害当天的日记只有一条"例假来了"；少得可怜，没有什么后果。

刘易斯觉得，目前为止自己对这次调查还没有贡献出什么有价值的东西，于是他拿起去年的日记，同以往一样用过度关注的眼光检查起来。字迹清晰而工整，但是大多数字都很小，他只能把日记举在一臂之远的地方，斜着眼睛从侧面去读。从年初到九月中旬，每个星期天的日记基本都写着"SF"两个字母，而且这两个字母在同一时期的

---

① 萨缪尔·皮普斯（Samuel Pepys, 1633—1703），英国海军官员和日记作家，用密码撰写日记，去世之后一百多年才被破译。

某些工作日里也反复出现,但是没有规律。"SF"?他现在只能想到"科幻小说"①,但是这显然不对。肯定是别的什么。从七月到九月末,在把本月日期和其他月隔开的蓝色横条上,有一排用铅笔写的几乎看不清的字母"P"。而且那一天都是星期三。

"'SF'代表什么,长官?"

"圣弗里德斯维德。"莫尔斯不假思索地说。

是的。肯定是这样。刘易斯现在想起来了,哈里·约瑟夫斯被吊销了驾照,所以他的妻子必须开自己的车送他去教堂。这样就都能对上了。星期天早晨有每星期最大的礼拜,然后每隔一段时间,就会有些工作日是一些圣人或者其他人物的纪念日。就是这样。毫无疑问。

"'P'代表什么,长官?"

莫尔斯流畅地把那些词在头脑里过了一遍,就像一辈子花了过多时间填字谜的人一样:柔软、主席、王子、页码、参加。

"还有别的吗?"

"磷?"

刘易斯摇了摇头。"可能是某个人名字的首字母。这是大写的'P'"。

"我想想看,刘易斯。"

"可能是'保罗'吗,长官?保罗·默里斯?"

"或者是彼得·默里斯——如果她是个恋童癖。"

"您说什么?"

"没什么。"

"不过都是在星期三,长官。可能她突然决定要多见他几次——"

---

① 英语里的"科幻小说"为"Science Fiction",缩写为"SF"。

186

"然后因为她的丈夫碍事,她就把他杀了?"

"我听到过更奇怪的事情。她说那晚她去看电影了。"

"嗯。"莫尔斯好像终于有了讨论的兴趣,"现在看一场电影要多少钱?"

"不知道,长官。一英镑?五十便士?"

"对她来说有点奢侈了,不是吗?她在那里最多只能待一小时。"

"如果她去了,长官,我是说,她可能根本就没去看电影。她可能溜回了教堂,然后——"

莫尔斯点了点头。"你说得没错。她可能有作案的最佳动机。但是你忘了一件事。那门的响声太可怕了。"

"只是北门。"

"真的吗?"但是莫尔斯很显然已经对吱嘎作响的门失去了全部兴趣,刘易斯再次发现自己在琢磨着为什么要大老远地跑到这里来。他们什么也没有得到。完全没有进展。

"还有一个'P',不是吗?"莫尔斯突然说,"我们忘记了菲利普·劳森。"

是的,刘易斯忘记了菲利普·劳森,但是他和现在这种情况究竟有什么关系呢?

警察把布伦达·约瑟夫斯的东西包好,分别放回到各自的塑料袋里,然后把袋子放回一个贴着标签的柜子里。莫尔斯和警督握手,感谢他的合作,然后钻进车里,坐在刘易斯的旁边。

他们开到什鲁斯伯里以南六七英里处的基德敏斯特路上的时候,一阵战栗的激动从莫尔斯的背上慢慢地爬上他的后颈。他尽力掩盖头脑里的一阵震荡,问刘易斯:"你刚才说布伦达·约瑟夫斯把自己开车送丈夫去教堂的日子都标出来了吗?"

"好像是的,长官。而且有好几次不是星期天。"

"'SF',你刚才说。她用的是'SF'?"

"就是这样,长官。就像您说的,那是'圣弗里德斯维德'。没有什么疑问。"他突然转过身看着莫尔斯,后者正在出神地盯着窗外黑暗的夜景,"除非,当然,您认为它代表别的什么?"

"不,不。它不代表别的什么。"然后,他非常平静地说,"请你掉个头。我们回去。"

仪表盘上的夜光钟显示的时间刚过十点半,而且事情远远落在了最悲观的时间表后面。不过刘易斯还是找了个最近的出口掉头。他也是个服从命令的人。

警察局停尸房的警察重新打开柜子,又把那些塑料袋拿了出来。这些人总是这样奇怪——外地的那些警察。

莫尔斯尽量控制住自己发抖的双手,拿起去年的日记,翻到其中一页。他看到那页的时候,面颊上的血好像凝固了,他的嘴角慢慢浮现出一丝满意的微笑。

"非常感谢你,警官。非常感谢。你不反对我们把这本日记拿走吧?"

"我不清楚这件事,长官。警督现在已经走了——"

莫尔斯伸出右手,好像牧师在宣福一样。"没关系!不要紧!"他很快转向刘易斯,"看到了吗?"他指着九月二十六日星期一的那页,就是哈里·约瑟夫斯遇害那天,刘易斯看着那页,慢慢皱起了眉头,然后又看了一眼。那页纸上一个字都没有。

"你还记得你的歇洛克·福尔摩斯吗,刘易斯?"但是尽管他现在看不出刘易斯对那位伟大作家的作品是不是熟悉,不过莫尔斯记得很多句福尔摩斯式的对话,并且烂熟于心,在刘易斯回答之前,他就开始背诵一段：

"'有什么东西你想让我关注一下吗？'

"'是晚上和狗有关的奇怪事件。'

"'晚上狗什么也没有做。'

"'这就是奇怪事件。'"

"我明白了。"刘易斯说道，其实他并不明白。

"这辆车能开多快？"莫尔斯再次吃力地钻进警车里，问道。

"大概九十英里——还能更快一点——在直道上。"

"好吧，把警灯和警笛都打开。我们必须赶快回牛津，好吗？"

汽车在漆黑的乡间飞速行驶，穿过布里奇诺斯和基德敏斯特，沿着旧伍斯特路开往伊夫舍姆，然后在用几乎短得令人难以置信的时间回到了牛津。一个半小时——几乎精确到分钟。

"回警察局，是吗？"刘易斯拐进北环线的时候问道。

"不。直接开到我家，刘易斯。我累死了。"

"但是我以为您说——"

"不是今晚，刘易斯。我快累死了。"他冲刘易斯眨了眨眼睛，关上了身后福特轿车的车门，"很有意思，不是吗？好好睡一觉！我们早晨还有工作要做。"

刘易斯开心地独自开车回家。他诚实的灵魂没有任何缺陷——但是超速驾驶肯定是其中之一。

31

可能前几天发生的那些事情并没有让基斯·米克尔约翰牧师感到多么困扰；他是个诚实的人，所以意识到这一点的时候倒是有些担心。确实，由于去年十一月才被任命，所以他并不认识默里斯一家，因此他对发现这对父子尸体的悲剧（如果相信流言的话）也确实无法表现出过多的关心。但是星期二上午九点半，他坐在自己书房里的时候，他知道自己应该表现出更多的同情，同时他又在想着自己，想着自己的教堂到底怎么了。

米克尔约翰身体强壮结实，现年四十一岁，是个快乐的单身汉。他的童年在一个充满福音的家庭里度过，顽固的布道人和重生的浸会宗[①]信徒经常光顾这里。早在他小时候，永生的应许和燃烧着火焰与硫黄的恐怖湖泊对他来说就像甘草什锦糖和家乡多塞特郡的景色一样

[①] 浸会宗（Baptism），基督教的宗派，十七世纪初期成立于英格兰、威尔士和美国，主张洗礼只能施于愿意亲自宣告相信耶稣基督的人。

真实。少年时代,他的同学都在讨论他们最喜欢的足球队的前景,或者是自己新买的竞速自行车的优点,而年轻的基斯对教会和神学的东西产生了极大兴趣。十六岁的时候,前途已经非常明确:他注定要担任圣职。作为年轻的助理牧师,他开始比较倾向于低教会派的观念;但是逐渐地,他越来越被牛津运动①的理念吸引,而且他还曾经吃过皈依天主教的圣饼。但那都是过去的事情了。他后来找到了一种平衡,使得自己能够稳稳地踩在高教会派的钢丝绳上安全地走下去,并且他很欣慰自己的信众好像很满意他这样做。他的前任,莱昂内尔·劳森,好像就是无法让所有人欢迎他那种明显高端的教派立场。其实,大约五年之前,劳森的助理牧师升为教区牧师的时候,劳森没有向主教要求派人接替,而是自己独立承担圣弗里德斯维德教区的各项职责。当然,礼拜次数不可避免地减少了,而米克尔约翰决心尽快恢复每天上午十一点一刻和晚上六点一刻的弥撒,因为他觉得对于一个致力于荣耀上帝的教堂来说,这些都完全不能少。

不过,他坐在古旧的盖板式书桌前的时候,提起的笔在空中悬了好几分钟,纸上还是一个字都没有写。现在他该再次宣讲变质论②了——复杂的问题,但是对教民的精神健康至关重要。但是这次布道或许可以推迟?他把软牛皮封面《圣经》摊在面前,翻到了《何西阿书》。一篇精妙而又容易记住的文章!这就像人类的善良和宽容犹如清晨的薄雾或者露水在朝阳下面渐渐消散,而全能的上帝却不知道拿自己的子民怎么办。教堂会失去自己的爱吗?如果没有了爱,崇拜上

---

① 牛津运动(Oxford Movement),英国圣公会的内部运动,于一八三三年在牛津发起,致力于恢复固有的教义与礼仪,引导出安立甘公教派与仪式主义的兴起。
② 变质论(transubstantiation),天主教和圣公会的圣体学说,确信在圣事中所用的饼和酒转变成基督的肉和血。

帝和关爱教民都只是自吹自擂……是的，宣讲的准备正在开始逐渐成形。口吻不要太强烈：没必要拍着讲坛的演说台大声吼叫。但这本预言书前面有一章的某段话引起了他的注意："以法莲亲近偶像、任凭他罢。"① 又是一句发人深省的话！不管怎样，崇拜偶像的人是教堂里面的人——不是教堂外面的人。那些人也崇拜上帝，但是崇拜的是上帝的虚假图像。而且不只是金牛犊②。其他图像可能都会妨碍真正的崇拜：是的——他必须承认！——焚香、蜡烛、圣水、画十字、跪地礼这些流程，还有仪式用的全部器具，可能都会阻碍圣灵的净化力量。他也可以——其实非常容易——对教堂的精神健康视而不见，只看教民的数量，特别是他颇为自豪地考虑到，自己上任以来，参加圣事的人无疑增加了。记录表明，劳森任职期间出席礼拜的人数不容乐观；甚至工作日的一些仪式都很难吸引多少教民前来！

但是上帝不只是清点人数——或者米克尔约翰这样告诉自己；他又开始认真思索之前一直占据思维的中心问题：他应不应该比以前更加关注教堂的精神健康？

他还是对下次布道的讲稿犹豫不决，笔下仍然是白纸一张，《何西阿书》里面困扰他的文字依旧摆在他面前。这时候门铃响了。

是上帝的意愿让他思考圣弗里德斯维德教堂灵魂的状况吗？至少，惊人的巧合是拜访他的人也问了他这些他同样在问自己的问题；而且问话的态度也很直率。

"上个星期天来做礼拜的人很多吗，先生？"

"同往常差不多，探长。"

---

① 原话出自《何西阿书》第四章第十七节。
② 根据《旧约·出埃及记》第三十五章的记载，以色列人在摩西不在的时候曾经铸造金牛犊作为偶像崇拜。

"我听说来听您布道的人比听劳森的多。"

"可能是的。我觉得工作日肯定如此。"

"这么说,教民都回归了。"

"您好像是在说足球比赛。"

"我希望比我上次看的那场比赛有趣一些。"

"而且他们不需要在旋转门前排队,探长。"

"不过,你们会比较详细地记录每次礼拜吧?"

米克尔约翰点了点头。"我在那方面延续了前任的做法。"

"不是在所有方面?"

米克尔约翰注意到探长的蓝眼睛盯着他。"您想说什么?"

"劳森的观点比您更倾向于低教会派吗?"

"我不了解他。"

"不过他是?"

"他有他的观点,我相信,大概是——呃……"

"低教会派?"

"呃——或许可以这样说,没错。"

"我注意到星期天上午,您的教堂里有三位牧师,先生。"

"关于这个您还要了解很多,探长。只有我和我的助理牧师。副执事不在神职人员范围之内。"

"不过和通常定量相比有点多了,不是吗?"

"圣事从来没有定量限制。"

"劳森有助理牧师吗?"

"他到这里刚开始的时候有。这片教区很大,我觉得应该一直有一位助理牧师。"

"那么,劳森都是一个人——后面的几年?"

"是的。"

"您有没有听说过，先生，关于劳森可能有点过于迷恋唱诗班男孩的传闻？"

"我——我觉得不管对您还是对我来说都不合适——"

"我最近见过他原来的校长。"莫尔斯插话道，声音里突然带上了权威的语气，"我感到他在隐瞒什么事情，而且我能猜到是什么：其实劳森是被学校开除的。"

"您确定吗？"

莫尔斯点了点头。"我今天打电话给那位老先生，直接问了他。他跟我说我是对的。"

"您是说因为同性恋被开除了？"

"他拒绝证实这一点。"莫尔斯慢慢地说，"恐怕他也拒绝否定这一点，我可以让您自己得出结论。您看，先生，我向您保证，不管您告诉我什么，都会得到极为严格的保密。但是出于警察的职责，我必须再问您一次。您有没有听过劳森喜欢那种事情的任何流言？"

米克尔约翰低头看着自己的脚，然后紧张而小心地选择词句。"我听到过一两句，没错。但是我本人不认为劳森是个积极的同性恋。"

"您是说他只是被动的同性恋？"

米克尔约翰抬起头，非常确信地说道："在我看来，劳森牧师不是同性恋。当然，我有时候会犯错，探长。但是在这件事情上我觉得我是对的。"

"谢谢。"莫尔斯说道，口气却像是在说"没什么好谢的"。他看了看房间里的书架，上面摆着一排排深蓝色或者棕色书脊的神学著作。劳森在圣弗里德斯维德教堂任职的十年时间里，每天就在这间昏暗而阴沉的房间里坐上七个小时。这里究竟有什么不对？如果这里的墙壁和书籍可以和他说话,它们会告诉他某些关于人心多么奇特异常、人性多么深不可测的故事吗?米克尔约翰会告诉他更多事情吗?哦,是的,他可以。还有最后一个问题,他要问的是整个案件里最关键的问题。这个问题直到昨天晚上才突然跳入他的脑海,当时他们还在什鲁斯伯里以南几英里的公路上。

他从口袋里掏出那份已经被压皱的四月礼拜日志。

"你们每个月都会印些这个?"

"是的。"

"您有没有——"就是这样,他问话的时候,嘴唇好像突然干燥起来,"——您有没有保存一些去年的复印件?"

"当然。编排礼拜日志的时候,有去年的复印件会很有帮助。当然,复活节期间不太用得上,但是——"

"请问我能看一下去年的日志吗,先生?"

米克尔约翰走到一个书架前面,拿出一个活页文件夹。"您想看哪个月的?"他的眼里闪现出一丝机灵,"可能是九月?"

"九月。"莫尔斯说。

"这里就是,没错。七月,八月……"他停住了,好像有点困惑,"十月,十一月……"他翻回到一月,然后非常仔细地把整本看了一遍,"不在这里,探长。"他慢慢地说,"不在这里。我不知道……"

莫尔斯也不知道。但是——拜托!——找到一份复印件不会太难,不是吗?他们肯定印了几百份——不管"他们"是谁?

"谁帮你们印这些东西,先生?"

"乔治街的某个小鬼。"

"他肯定会留着原件吧?"

"我想是的。"

"您能帮我找一份吗——马上？"

"着急要吗？"米克尔约翰平静地问道。

"我想是的。"

"您总是能在教堂登记簿上找到，探长。"

"什么？"

"我们在祭衣室里有一个登记簿。每次礼拜——我想您要找的就是某次礼拜吧？——每次礼拜都记录在案。时间、礼拜形式、主持牧师、奉献金——甚至参加礼拜的人数，尽管我必须承认这个数字有时候只是粗略估计。"

莫尔斯欣喜异常地露齿一笑。他的直觉没有错！他一直在寻找的线索就在他想的那个地方——就在教堂里面，他的眼皮底下。他决定自己下次再有什么直觉感应的时候，一定要比这次更加坚决地追逐下去。不过现在他什么也没有说。找到了——至少快找到了——他的兴奋感就像一个知道自己的足球彩票已经猜中了七场，正在出去买份体育报纸查找第八场比赛结果的人一样。

两个人从宽大的楼梯上走到大厅里，米克尔约翰从衣帽架上取下自己的大衣。和空旷的牧师住所里的其他家具一样，衣帽架也是斑驳的暗棕色。

"这里有很多空房间。"他们走到街上的时候，莫尔斯说。

牧师的眼里又闪过了一丝狡黠。"您是说我应该把这里变成一个招待所，是吗？"

"是的，没错。"莫尔斯直接说道，"我听说您的前任以前会时不时带一些无家可归者或者流浪汉来。"

"我想他是这么做的，探长。我想他是这么做的。"

他们在乔治街分头走了，莫尔斯压抑着自己的激动，手指已经攥住了雨衣口袋里沉甸甸的教堂钥匙,他穿过谷物市场,朝着圣弗里德斯维德教堂走去。

32

就像米克尔约翰说的,那本巨大的皮边登记簿就在祭衣室的架子上,莫尔斯期待而又焦虑的心情就像他小学时打开成绩单的信封一样:任何时刻都会跳出结果——而且他会知道。登记簿的每页上都划着褪色的蓝线,两行之间的间隔大约有三分之一英寸,每行都横跨两页,足够记录必要的信息。左侧那页上记录礼拜的日期和时间,后面是圣徒日和庆典日之类的简单描述;右侧那页上还记录着一些详细信息,比如庆典种类,到场参加礼拜的人数,奉献金的金额,最后是主持仪式的牧师的名字(几乎都是牧师的签名)。毫无疑问,在这样充满更为热忱的福音教义的教堂,登记簿上还有布道者阐述文本的《圣经》依据。莫尔斯对自己在上面找到的信息极为开心。登记簿翻到这个月,他注意到最后一条记录:"四月三日星期一,晚上七点三十分,奇切斯特的圣理查德。小弥撒。二十九人,五点一五英镑。基斯·米克尔约翰文学硕士(牧师)。"然后他把登记簿沉重的书页向前翻了厚厚的一沓。不过翻得有点多：去年七月。然后翻过八月，他的心好像猛地一缩，头脑里闪过一个念头，可能已经有人把他寻找的那页撕掉了？但是没有！它就在那里，就在他面前："九月二十六日星期一，晚上七时三十分。圣奥古斯丁①的皈依。隆重的大弥撒。十三人。莱昂内尔·劳森文学硕士（牧师）。"莫尔斯直愣愣地盯着那页看了几分钟。难道他还是错了吗？那都是劳森本人的笔迹——详细记录着约瑟夫斯遇害那次礼拜仪式的信息：日期和时间、地点、礼拜类型（当然可以证明保罗·默里斯在场）、参加人数、奉献金（金额当然没有人知道，也没有记录，除非这个数字可能在约瑟夫斯死前几秒钟在他脑海里短暂停留过），然后是劳森的签名。都在那里。顺序丝毫不差。莫尔斯希望在那里找到什么？这种愚不可及的行为对劳森来说会变成非常业余的错误，如果在他的罪行里重复，稍微有点水平的侦探就会在几个小时之内逮捕他。不。莫尔斯没有在寻找这种错误。事实的简单真相是他原先预计那里什么都没有写。

北侧门廊的门吱吱嘎嘎地开了，独自站在静谧的教堂里的莫尔斯突然感到一股原始的恐惧。在某个地方，可能就是某个很近的地方，凶手还逍遥法外，狠毒而精明的大脑正关注着每一点最新进展；甚至可能此刻就在关注，而且感到警方正危险地接近真相。莫尔斯蹑手蹑脚地走到挡在祭衣室入口的厚大的红色窗帘后面，警惕地窥视过去。

是米尔克约翰。

"这就是您要的东西，探长。"他轻松地说，"如果可能的话，您一定要原谅我。我们这里十一点有礼拜。"

---

①圣奥古斯丁（St Augustine, 354—430），最伟大的拉丁教父，三八六年在米兰受洗成为基督徒，著有《忏悔录》《上帝之城》和《论三位一体》等巨著，对基督教的发展产生过巨大影响。

他递给莫尔斯一张纸，正反面的黑色钢笔水已经褪去，一排星号把去年九月的教区日志分成印在一起的几段，第一段相同的两列都详细罗列着当月即将举行的典礼——有一处还有非常重要的典礼。莫尔斯在最后一排座位上坐了下来，仔细看着这张纸。

几分钟之后，他还在看那张纸的时候，沃尔什－阿特金斯夫人小心翼翼地走到中间的通道上，左手扶着椅子背，一排一排地前进，最后坐到自己习惯的位置上，跪下来，前额贴在左臂的肘部，再次谒见万能的上帝。另外几位虔诚的教民也走了进来，都是女性，但是莫尔斯没有听到她们进来时候的声音，南侧门廊的门铰链上显然最近才加了一些润滑油，而北侧门廊的没有。他记下了这个细节，好像这可能会比较重要。

莫尔斯一直坐到虔诚的仪式结束——就是那样坐着，没有模仿那几位老夫人的姿势和动作；但是中立的旁观者脸上还是会露出一丝满意的微笑，等了很久之后，米克尔约翰终于开始用庄严的声音开始吟诵大段的祝福语。

"我希望，这就是您想要的吧，探长？"米克尔约翰俯身靠在祭衣室里的矮桌上，用右手在登记簿里记下这次礼拜仪式的细节，左手从上往下解开长道袍的那排扣子。

"是的，没错，非常感谢您。还有一件事情，先生。您能跟我说说圣奥古斯丁吗？"

米克尔约翰眨了眨眼睛打量着他。"圣奥古斯丁？哪个圣奥古斯丁？"

"您告诉我。"

"有两个圣奥古斯丁。希波的圣奥古斯丁，生活在公元四百年前后。他主要因为《忏悔录》的手稿而闻名——您肯定知道，探长。另一个是坎特伯雷的圣奥古斯丁①，生活在几百年之后。他是把基督教传播到不列颠的人。我有几本书，如果您想借——"

"您是否知道他们中的哪位是什么时候皈依的？"

"皈依？呃——不，恐怕我不记得。其实我不知道还有这种传记资料——至少肯定不是我们自己的圣奥古斯丁。不过，就像我说的——"

"你们在教堂里赞美哪个圣奥古斯丁？"莫尔斯知道，米克尔约翰的答案是律法和先知一切道理的总纲②，他的淡蓝色眼睛目不转睛地盯着牧师，甚至有些敌意。

"两个人我们都不赞美。"米克尔约翰直截了当地说，"可能我们应该赞美。但是我们不能设定无数的特殊日。如果我们这样做，就没有哪个日子'特殊'了，如果您明白我的意思，'如果每个人都是人物，就没有人算老几。'"

呸！

米克尔约翰离开之后，莫尔斯赶快查看了登记簿上过去三年九月份的日志，然后开心地自言自语。纪念某个圣奥古斯丁的皈依而制定的赞美开始于——如果确实开始了——去年九月。莱昂内尔·劳森牧师的任职期间！

莫尔斯准备离开教堂的时候，看到沃尔什-阿特金斯夫人终于站了起来，就走到后面去帮助她。

"您是一位虔诚的老教民，对吗？"他轻轻说道。

"只要走得动，我就会来参加所有礼拜，探长。"

莫尔斯点了点头。"您知道，约瑟夫斯先生遇害当晚您不在这里，

---

①坎特伯雷的圣奥古斯丁（St Augustine of Canterbury, ？—604），英格兰第一任坎特伯雷大主教，成功地让盎格鲁·撒克逊人统治集团皈依基督教。
②原文出自《新约·马太福音》第二十二章第四十节。

真是让人吃惊。"

老夫人有些惨淡地笑了笑。"我觉得肯定是那个星期我忘记看教区日志了。恐怕人老了就会遇到这样的麻烦——记性不好了。"

莫尔斯把她搀到门边，看着她一直走到殉教者纪念碑那里。他希望自己告诉过她不要太在意自己记性不好。至少，在去年九月的教区日志这件事情上，她的记性一点不差。米尔克约翰刚刚找来给他的同样的日志上，没有一个字提到约瑟夫斯遇害当天有什么礼拜。

33

刘易斯的这个上午非常忙碌。他和警方验尸官协调安排了即将开始的默里斯父子一案的审理;他撰写了什鲁斯伯里之行的完整报告;他把案件的最新进展告诉了迅速康复的贝尔,现在刚刚回来,正好莫尔斯也从圣弗里德斯维德教堂回来了,看上去有点紧张,但是很兴奋。

"《牛津邮报》几点出刊,刘易斯?"

"现在就应该出第一版了吧,我觉得。"

"给我接主编的电话,好吗?快点!我有些新闻要告诉他。"

莫尔斯匆忙地写了几句,刘易斯把电话递给他的时候,他已经准备好了。

"我要这篇稿子登在今晚的《邮报》上,明白吗?绝对重要。还有,必须登在头版某个位置上。你手上拿好笔了吗?开始。标题:圣弗里德斯维德教堂谋杀犯即将被捕。记下来了吗?好的。现在把我说的记下来。要一个不差。我不想哪个副主编为了一个逗号没事找事。

'牛津警方今天表示他们针对去年九月哈里·约瑟夫斯先生遇害一案的长期侦查已经基本完成（句号）本版上星期报道的圣弗里德斯维德教堂另外几起死亡事件都和之前的谋杀案有关（逗号）警方发现的尸体（逗号）一具在塔楼上（逗号）还有一具在教堂的地窖里（逗号）已经证实是保罗·默里斯（逗号）基德灵顿罗哲·培根学校前任音乐教师（逗号）和他的儿子彼得·默里斯（逗号）同一所学校的离校学生和教堂唱诗班的成员（句号）警方还证实上星期在什鲁斯伯里的护士（复数所有格）宿舍里遇害的女性是布伦达·约瑟夫斯（逗号）哈里·约瑟夫斯的妻子（句号）泰晤士河谷警察局的莫尔斯（大写 M,o,r,s,e）高级探长今天告诉记者（逗号）公众对警方先前的提供信息的要求反应相当积极（逗号）证据现在已经基本搜集完毕'不，最后一句换一下：'最后一个关键证人站出来之后证据就可以搜集完毕（句号）无论如何警方都有信心在未来四十八小时之内逮捕嫌疑犯（句号）'结束。你都记下来了吗？头版，注意，标题要醒目——就像牛津联队赢球时候你们用的那种醒目的标题。"

"牛津联队上次赢球是什么时候？"主编问道。

莫尔斯挂上电话，转身对着刘易斯说："这里还有点儿打印工作要你去做。把这个打好，然后贴在圣弗里德斯维德教堂南门的外面。"

刘易斯低下头看着莫尔斯写的内容："由于门廊内侧房顶的砖石随时存在脱落的危险，在张贴新的通知之前，此门暂不开启。"

"做完以后就赶快回来，刘易斯。还有些事我要告诉你。"

刘易斯站起来，用指尖掸了掸这张纸。"我们为什么不干脆锁上门，长官？"

"因为那里只有一道锁，这就是原因。"

有一会儿，刘易斯不愿意上钩，他把一张干净的白纸放在打字机的托架上，然后把色带的颜色调成"红色"。

下午三点刚过，驼背的法医把头伸进贝尔的办公室里，发现莫尔斯和刘易斯正谈得起劲。

"我不想打断你们，莫尔斯。只是觉得你应该知道，你们在塔楼上找到的那个人，我们还没有发现什么。我也不知道我们什么时候才能确定。"

莫尔斯好像既不奇怪，也没有多少兴趣。"可能你老了，干不了工作了。"

"不奇怪，莫尔斯，老家伙。我们都是每天二十四小时不断变老，你知道的。"

没等莫尔斯回话，他就走了，刘易斯很开心他的插话这样简短。在这个案子里，他第一次清楚地知道（好吧，比较清楚）他们在哪里，还有他们为什么在那里。

四点半刚过，萨默顿报刊发行商的某个报童就踩着自己的竞速自行车拐进曼宁联排屋，将车把（以某种奇怪的反潮流方式）竖了起来。他没有下车，从肩上的帆布包里拿出一份《牛津邮报》，熟练地用一只手折好，把车子骑到七号门前，然后把报纸插到信箱里。下面一排有四家，都在右边，从 14A 开始。鲁思·罗林森正好从牛津市区购物回来，正把钥匙插到弹簧锁里。

她从报童那里拿过报纸，夹在右臂下面，然后提着两个满满的购物袋进了屋子。

"是你吗,亲爱的鲁思?"

"是的,妈妈。"

"报纸来了吗?"

"是的,妈妈。"

"拿过来,亲爱的。"

鲁思把手提包放在厨房的桌子上,雨衣搭在椅背上,走进客厅,俯身轻吻了一下母亲的面颊,然后把报纸放在她膝上;然后点燃了煤气炉,抱怨了两句天气,不知道自己怎么还没有疯,然后她意识到明天就是星期三——哦,上帝!这一切,她母亲,还有他——她还能忍受多久? 特别是他。她对母亲实在没有什么办法,但是对他还有点办法。她只是不愿意做——就是这样简单。

"鲁思!过来读读这个!"她母亲说道。

鲁思读完了头版上的文章。哦,上帝啊!

那个男人坐在大沙发里,印花棉布的沙发套有黄白相间的图案,他对在头版文章里面报道的事实材料并不吃惊,但是他深深忧虑其中的暗示。他反反复复读着这篇文章,目光始终停留在同一行上:"最后一个关键证人站出来之后证据就可以搜集完毕。无论如何警方都有信心在未来四十八小时之内逮捕嫌疑犯。"是"关键证人"这个词让他感到不安。他只能自己处理这件事,不借助别人,但是……同以往一样,他立刻做出了决定。是的,必须是明天——明天上午。就是明天上午。

* * *

并不只有鲁思·罗林森决定取消星期三晚上的固定幽会。某个人现在为她做了完全相同的决定。

34

  第二天上午十点五分,鲁思·罗林森虽然还有很多事情要忙,但她并没有忘记赞赏一下圣贾尔斯路两旁装饰路灯的一篮篮水仙花。不过,虽然这个上午阳光明媚,她的心里还是充满不祥的预感,因为事情正在惊人地失去控制。她知道了圣弗里德斯维德教堂发现的那两具尸体的身份,知道了布伦达·约瑟夫斯已经遇害,特别是她知道的比警方了解的多得多,因此她一直处在极度的不安之中。这一时刻,有什么能够阻止她骑车径直穿过谷物市场,沿着圣阿尔代路骑到牛津市警察局总部呢?不管怎样,她都应该这样做。这一直是她的道德责任,而且现在意义更加重大:这是她在走投无路时候的呼救。五分钟之前离开曼宁联排屋的时候,她下定决心立刻去见莫尔斯,把整个惨剧的来龙去脉都告诉他。但是现在这种信心正在慢慢消失,她告诉自己,现在需要给自己一个机会,把事情想得更清楚一些;需要一个机会振作精神,然后再把自己的生活,还有她母亲的生活,推向毁灭的深渊。

没错。她需要时间——只要一点时间。她把自行车靠在南侧门廊外的墙边，锁好后轮，然后注意到门上那张贴得有些过高的红色大写字母通告。鲁思·罗林森并没有感到特别意外，她绕到北侧的门廊那里。门是开着的。

斜对面那家大型商场顶楼的副经理办公室里，刘易斯正在用双筒望远镜注视着鲁思的一举一动——他从上午八点三刻开始就一直注视着走进教堂的每一个人，当时北侧门廊的门刚刚打开。但是来教堂的人很少，他的任务比预想的简单得多。上午九点十分，一群衣着光鲜的游客走进了教堂，看起来像是美国人：总共有十个人。九点二十二分，这十个人走出教堂，在阳光下面漫步走向拉德克利夫广场。九点三十五分，一位孤独的白发老夫人走了进去，大约十分钟之后，她做完了早祷，走出了教堂。这段时间里，一个留胡子的高个子年轻人扛着一台超大型半导体收音机走了进去，二十秒钟之后就走了出来，毫无疑问他是找错了地方。只有这些人——直到刘易斯发现鲁思·罗林森。她进去五分钟之后，他接过了副经理端来的一杯咖啡，但是仍然举着望远镜观察着北侧的入口，甚至没有转过头道谢。现在——如果莫尔斯判断正确（刘易斯觉得他是正确的）——就是那个关键时刻。但是半个小时过去了，好像这并不是关键时刻。如果不算那只在西墙下面撒尿、外表无辜的白色小猎犬，教堂并没有新的访客。

通向祭坛的台阶两边放着不少水仙花，现在都已经过了盛开期，鲁思把它们挑出来，然后把剩下的精心放好，决定再买一些。然后她来回查看了走廊两侧的座椅，把放在地上的跪垫挂回钩子上，用黄色的抹布轻拭椅背，同时把几本散落的颂歌簿和祈祷书拾了起来。她一度好奇地抬起头凝视着南侧门廊上方的砌石，不过好像并没有明显即将脱落的迹象。

莫尔斯心情复杂地望着她，看着她的大眼睛和细腻饱满的双唇，再次意识到她对自己有多么大的吸引力。即便是她的小动作也颇为讨喜：她轻轻吹去掉在脸上的一根头发；她站在那里，双手叉腰，脸上慢慢浮现出完成这份微不足道的工作之后的自豪。不过，与此同时，他也意识到她正处在危险之中，这种危险比南侧门廊的砖石带来的危险迫近得多。如果他是对的（不过到十点二十分的时候他也开始怀疑这一点），鲁思·罗林森不会穿着睡衣死去，而是会在这座教堂里死去，他现在就坐在教堂里，小心地藏在告解室暗红色门帘的后面。他不时担心她会决定彻底打扫一下自己的这个观察点，但是目前为止这种担心并没有必要；不过现在，她抱着双肩，正在四下搜寻。如果她发现了他，会有很大关系吗？他可以尽量解释——甚至可能带她去兰道夫喝一杯。不过，他听到水桶的叮当声，还有冷水倒进桶底发出的咕咚声的时候，顿时感到非常欣慰。

这期间有几个人走进了教堂，每当门闩发出叮当声、大门发出吱嘎声的时候，莫尔斯都会感到一阵紧张——这些游客只是茫然地四处观看，翻一翻教堂的资料册，过了不到十分钟，就无一例外地离开了，这时他才不再感到紧张。刘易斯看到他们走进去，又看到他们走出来——他手边的咖啡早就凉了。但是莫尔斯的警觉正在逐渐消失，他开始感到有些无聊。手边能拿到的书只有一本硬皮《圣经》，他胡乱地翻过书页，然后想到了自己年轻的时候。他肯定在精神发展的某个阶段犯了什么令人沮丧的错误，因此现在几乎完全丧失了当初虔诚的信仰，他不得不承认，构建生存和死亡的哲学存在极大困难，面对这种困难的时候，他只能求助于教会的那些冗长的说教。他当然可能犯错。很可能就是错的——就像他很可能对今早的事情判断错误一样。不过这好像是合乎逻辑的时间——如果是站在凶手的角度，他肯定会选择这个时间。

他陷入沉思的时候，觉得自己听到了拨动金属弦的声音，但是现在才注意到。这是北门上锁的声音吗？如果是这样，肯定是从外面上了锁。是的。该死的！他忘记了那个最近有人破坏公物的通知，肯定有人把这里锁起来了。不过这个人肯定要先看一下教堂里面吧？首先，鲁思就在里面，虽然她可能也有钥匙。她有一套钥匙吗？教堂的其他工作人员有吗？如果鲁思没有钥匙，他们都会被关在这里，不是吗？

莫尔斯非常明白自己的思维正在变得多么混乱不清——这时他突然僵在了座位上。他听到一个男人的声音，离他非常近。那个声音说："你好，鲁思！"就是这样。口气听起来比较愉快，但是好像让莫尔斯的血液凝固住了。某个人肯定把门锁上了。从教堂里面。

35

"你在这里干什么?"她厉声问道,"我都没听到你进来。"

"没错,你听不到。我在这里很久了。在塔楼上面。那上面很冷,但是景色很不错,而且我喜欢从上面看东西——还有看人。"

(哦,刘易斯!如果你的眼睛不是一直紧紧盯着门的话!)

"但是你必须走!你不能待在这里!你根本不应该出来!"

"你担心得太多了。"他们一起站在中间通道上的时候,他把手放在她的肩膀上,然后把她拉到自己的面前。

"别做傻事!"她急促地小声说道,"我告诉过你——我们同意——"

"门锁上了,我的美人,别害怕。我亲自锁上的,你明白。这里只有我们两个人,我们为什么不坐下来待一会儿?"

她把他的手从身上推开。"我告诉过你。这一切必须停止。"她情绪激动,双唇颤抖,几乎就要哭出来,"我再也受不了这一切了,我做不到！你必须离开这里。你一定要走！"

"我当然要离开。这就是我来看你的原因——你难道不明白吗？只要坐下来，不要多问，好吗，鲁思？"他的声音温柔，很有说服力。

她坐了下来，男人就坐在她身边，距离告解室只有十英尺。（莫尔斯现在可以看到，那个男人穿着质地上乘的深棕色皮鞋，不过好像已经好几个星期没有擦过了。）有一会儿，他们两个人都没有说话，男人的左臂搭在座椅背上，左手轻轻扶着她的肩膀。（莫尔斯现在可以看到，他的指甲很干净，而且修剪得非常整齐，这让他想起了牧师的指甲。）

"你读过那篇报道了。"她直截了当地说。这并不是提问。

"我们都读过了。"

"你必须跟我说实话——我不在乎你说什么，但是你必须跟我说实话。你是不是——（她的声音颤抖起来）——你是不是和那一切有关？"

"我？你肯定在开玩笑！你真的不能相信那些东西——当然不能，鲁思！"（莫尔斯现在可以看到，那个男人穿着一条脏兮兮的灰色法兰绒裤子，一件绿色的卡其布罩衫，两块皮质肩章一直延伸到颈部，因此看不清楚他有没有系领带。）

鲁思向前倾身，双肘撑在前面一排座位的上沿，两手捂着脸。看上去她好像是在祈祷，莫尔斯觉得，她可能就是在祈祷。"你没有跟我说实话。是你杀了他们！他们所有人！我知道是你做的。"她现在是个迷失的灵魂，把头埋在双手之中，陷入了痛苦的深渊，完全不在乎身边的事情。莫尔斯望着她，感到心里泛起了深沉而又苦涩的同情；但是他知道自己必须等待。昨天他已经猜测过了这一系列悲剧背后的真相，而此时此刻，这一真相正在自己展现，就在他面前几码远的地方。

男人没有否认针对他的这些指控，不过他的右手好像正在自己的喉咙周围摆弄着什么，他的脸转向一旁。（莫尔斯已经注意到，他的脸看上去将近五十岁——或者刚过五十岁，蓬乱的黑色长发和脸上的胡须里都夹着不少灰白色的发须。）

那么，真相都在这里——就在他面前。而且一切都是如此简单——简单到如此幼稚，莫尔斯的头脑同往常一样，拒绝相信这个事实，而是一直试图寻找（其实几乎就是正在寻找）最荒诞、最复杂的答案。为什么，哦，为什么他不愿暂时勉强接受任何案件里无可争辩的简单事实——这些事实直截了当地摆在他面前，简直就在呼唤一点最基本的常识和勤奋。现在坐在这里的人——就在鲁思·罗林森身旁。好吧，莫尔斯，当然就是这样！这是莱昂内尔·劳森的弟弟——菲利普·劳森；这个人会在任何布局精巧的侦探小说里受到鄙视，而且受到莫尔斯本人的鄙视；为了最微薄的回报，这个人犯下了这件并不聪明的案子；这个无业游民、大骗子、寄生虫，从最初一起上学开始，他就在搅扰自己忍耐已久的哥哥的生活；更聪明的男孩，更受欢迎的男孩，讨人喜欢的男孩——他长大之后身体里没有一丝道德的痕迹，把自己的大量财产浪费在寻欢作乐上面，现在又回来敲诈自己可怜的哥哥莱昂内尔；回来之后，他非常清楚哥哥的生活和弱点；回来之后，他威胁要公开莱昂内尔的秘密——莱昂内尔只能用帮助、善良和同情来打消这种威胁，当然还给了他不少钱。然后——是的，莱昂内尔第一次迫切需要自己一文不名的弟弟帮助，而且已经准备好了付出代价：兄弟二人计划好了杀害哈里·约瑟夫斯，并且计划好要如何掩盖证据，接着精心计划的谋杀案就在保罗·默里斯在风琴上奏响最后的和音、整个教堂浸没在"赞美归于至高君王"或者什么圣歌的最后一句歌词时发生了。最强音。

这些就是那一瞬间莫尔斯头脑里闪过的念头，这位多重杀人犯就坐在他面前,左手仍然搭在教堂座位的椅背上,右手仍然在抚弄着脖子上的什么东西;鲁思还是向前倾身,好像在祈祷,仍然显得那样可怜而无助。

然后,莫尔斯看到这一切的时候,感到肾上腺素在身体里流淌,每块肌肉都紧绷起来做好了准备。那个男人的左手攥着领带较窄的一头,那是一条海军蓝的领带,上面是红色的宽边斜纹,周围是黄绿色相间的窄边斜纹;莫尔斯看到这一幕在他眼前发生的时候,大脑突然停止了活动,好像翻了个跟头,然后进入一种完全麻木的状态。

然而留给思考的时间已经过去了;那个男人的左手已经把领带套到了女人的脖子上,右手伸出去够着左手——然后莫尔斯行动了。不走运的是,告解室的矮门是朝里开的,他只能吃力地跨过狭窄的空间,不过他走出去的时候,那种惊讶的感觉已经消失了;领带紧紧扼在鲁思喉咙上的时候,她凄惨地叫了出来。

"别过来!"男人咆哮道,然后他跳起来,把鲁思拽到身边,领带已经残忍地嵌进她的脖子里,"你听到了吧!站在那里!别再往前一步,不然——"

莫尔斯几乎没有听见他说话。他不顾一切地冲向这两个人,抓住那个男人的右臂,用尽浑身力气拧到他的背后。鲁思重重地摔在中间的通道里。但是他的对手毫不费力地挣脱了,然后站在那里,眼睛里燃烧着恶毒的憎恨。

"我认识你。"莫尔斯喘着粗气,说道,"而且你也知道我是谁,不是吗?"

"是的,我认识你,你这个混蛋!"

"你做什么都没有用了——我已经让我的人把教堂包围了——"这些话是气喘吁吁、断断续续地说出来的"你根本不可能从这里出去——根本不可能——现在——现在请你理智一点——我带你走——没什么好担心的。"

有一会儿,那个男人站在那里一动不动,只有眼睛在骨碌碌地转,好像在用疯狂的逻辑审视目前的局势,又好像在寻找什么绝望的挽救办法。然后,他的身体里好像有什么东西啪地折断,呆滞的双眼突然圆睁,最后一丝理智的光芒被抹得干干净净。他迅速而敏捷地转过身,跑到教堂后面,消失在祭衣室的窗帘后,疯狂的笑声在教堂的拱顶下面回荡,然后慢慢消失。

刘易斯后来这样抗议,那一刻莫尔斯有好几种行动方案比他最后选择的更加合理。他本来可以跑到北侧门廊的门边,立刻向刘易斯发出信号;他本来可以带着鲁思走出教堂,从外面把门锁上,这样一来陷于绝境的猎物就会无力抵抗,如果鲁思恢复了过来,他也可以让她去求助,而他自己就待在这里,暂时扮演监视者的角色,直到援军到来。但是这些事情莫尔斯都没有做。他感到一种奇妙而原始的猎手本能,这种本能驱使着他追逐自己的猎物。他相当勇敢地走到祭衣室门口,把门帘沿着拉杆猛地拖到一边。那里没有人。祭衣室的另一扇门通往塔楼,莫尔斯从镶木地板上面走过,推了推门。锁上了。他拿出自己的钥匙——第一次就选对了——打开锁,警惕地站在一侧,然后把门推开。他在环形石阶的底层看到了一件破旧而肮脏的长款男式大衣,整齐地放在大衣上面的是一副暗色的太阳镜。

36

莫尔斯一步步攀上环形阶梯的时候,看见头顶上石阶的边缘结着一张张黑色的蜘蛛网。他没有感到恐惧:好像他的偏执恐高症暂时痊愈,归入了头顶上那个男人带来的更直接、更急迫的危险。他一直向上爬,钟室的门在右侧闪过的时候,他听到了头顶上的声音。

"继续爬,莫尔斯先生。顶上的风景很不错。"

"我想和你谈谈。"莫尔斯喊道。他用双手撑着两侧的墙壁,抬头向塔楼顶上看去。透过左侧一扇低矮的小窗,他看到下面很远的地方,购物的人们沿着谷物市场行走,那一刻他几乎要失去平衡。但是头顶上传来的一阵嘶哑的笑声又让他恢复了平衡。

"我只想和你谈谈。"莫尔斯重复了一遍,然后又爬了六级台阶,"我只想和你谈谈。我告诉过你,我的人都在外面。理智一点,先生。看在上帝的分上,理智一点!"

但是没有回答。

他的左边又出现一扇窗户，俯视购物人流的角度现在几乎是垂直的。不过，奇怪的是，莫尔斯发现自己现在已经没有开始时的那种惊慌。他无论怎样努力也看不到斜对面的商店，他知道忠实的刘易斯还在那里，用他一如既往的警觉盯着北侧门廊的门。

又是六级台阶。再来六级。

"门开着，莫尔斯先生。不远了。"然后又是近乎疯狂的笑声，不过这次更加平静——而且更加阴险。

塔楼顶上的第二层台阶那里，莫尔斯停住了，就像那个男人说的那样，门敞开着。

"你能听到我说话吗？"他一边问，一边喘着粗气，沮丧地意识到自己的身体已经变得多么糟糕。

那里还是没有回答。

"把一具尸体搬到这上面肯定很费劲。"

"我一直坚持锻炼，莫尔斯先生。"

"不过很遗憾梯子塌了。你本来可以把两具尸体都藏在地窖里的，不是吗？"

"很好，很好！我们都很有观察力！"

"你为什么要杀死那个男孩？"莫尔斯问道。但是即便那里有回答，猛地刮来的一阵风也会截断这些话，然后吹散殆尽。

莫尔斯很清楚，那个男人没有藏在塔楼的门后面，莫尔斯向前走了一步，看到他站在塔楼的北墙那里，面对着莫尔斯，两人之间相隔三十英尺左右，那个人站的地方有一条窄沟，把塔楼的边缘和中间的高台分隔开来。莫尔斯晕头转向，发现风向标非常大，有一两秒钟，他不知道自己会不会很快从一场噩梦里醒来。

"下来吧。我们不能在这里说话。来吧。"莫尔斯的语气和蔼而有说服力。他终于知道了全部真相,而他剩下的责任就是把这个人安全地带下来。"来吧。下来。我们一会儿再说。"莫尔斯爬上最后一级台阶,感到大风撕扯着自己稀疏的头发。

"我们就现在说,莫尔斯先生,否则永远也不会说了。你明白我的意思吗?"那个男人一跃而起,坐在两个垛口的中间的墙墩上,两只脚在塔楼的地面上松弛地悬吊着。

"别做傻事!"莫尔斯大声喊道,声音里透出突然的恐慌,"那样不能解决问题。那不是你结束的方式。不管你是什么人,但你不是一个懦夫。"

最后这个词好像拨动了琴弦,仍然可以和前一次调音的某种旋律产生共鸣,这个男人轻快地跳了下来,现在他的话音非常坚定。"你说得没错,莫尔斯先生。那样坐着确实很危险,特别是在大风里。"

"来吧!"莫尔斯的头脑飞速旋转。现在他说的话和做的事必须完全正确,这一点至关重要。他很确定,在精神病学家的手册里肯定有一些恰当的辞藻可以抚慰一头暴怒的雄狮;但是他自己的头脑却想不出任何这样的和平咒语。"来吧,"他又说了一遍,然后,稍微改变了一下语气,"过来。"虽然莫尔斯已经穷尽了这些乏味的说教,他感到自己还是找到了正确的方法,因为那个人的举止现在好像有些迟疑,态度好像也变得更加理智了。

"来吧。"莫尔斯重复道,然后又朝这个男人慢慢迈了一步。再迈一步。再迈一步。男人仍然靠在塔楼的北墙上,一动不动地站着。现在两人之间只有五六码的距离,莫尔斯又朝着他走了一步。"过来。"他伸出手,好像在给一位刚刚走过危险的钢丝长绳、现在离最终的安全只剩下几英尺的人提供支撑。

男人蓄着胡须的双唇之间发出一声咆哮,然后他冲向莫尔斯,用邪恶的力量紧紧按住莫尔斯的双肩。"从来没有人叫过我懦夫，"他狂怒地低声吼道，"从来没有！"

莫尔斯勉强用双手抓住男人的胡子，用力把他的头一点一点向后推，直到两个人都失去了平衡，重重地摔在中间屋顶的铅皮斜坡上。莫尔斯被压在那个人的身体下面，双腿和双肩都没有任何力气。他感到一双有力的手掐住他的喉咙，大拇指深深地陷到肉里；他用双手疯狂地抓着那个人的手腕，暂时抵挡那种无法抗拒的冲击，他紧咬牙关，用尽全力抿住嘴唇，双眼因为绝望而紧紧闭着，好像这样做可以帮他多撑几秒钟，多提供一丝力量。他的耳朵里充满了血液，就像有一个人不停地拍打一扇厚重的大门，而这扇门永远不会打开，然后他听到什么地方传来了叮叮声，好像打碎了牛奶瓶；这声音平静而淡漠地留在他的大脑里，他的思维好像已经飘到了身体之外，从客观而超脱的角度审视整件事情，没有任何畏惧或者慌乱。他无比清晰地看到了眼前的景象。他开着车驶过夜色，在牛津通往比斯特的那条笔直而狭窄的快车道上飞驰，一股汹涌的车流向他扑来，离他越来越近，两盏前灯微微摇动，变成了两层连续的黄色光圈，更加接近——然后从他的身边闪过。现在又有一辆车径直向他驶来，这辆车逆向行驶，接近他的时候还闪烁着右侧的转向灯。但令人吃惊的是，他双手仍然稳稳地扶着方向盘……这可能是死亡看守最严的秘密之一吧？可能对死亡的恐惧，甚至死亡本身，到头来都只不过是巨大的骗局……前灯在他的头脑里变成了旋转的黄色光圈，他睁开双眼的时候，只能看到头顶阴沉沉的天空。他的双膝撑在那个男人的腹部；但是膝盖上承受的力量那么大，他根本无力施加任何影响。只要他有力气协调双臂和双膝的动作，可能就有机会让这个人失去平衡，把他掀到一边，双手掐在喉咙上的巨大压力就可以缓解几秒钟。但是他的力气基本耗尽了，他知道双臂上酸痛的肌肉正在尖叫着要求休息,自己的身体随时都会欣然投降。他已经开始放松,脑袋相当舒服地贴在中间屋顶冰凉的地面上。风向标真大啊!到底什么人才可以把这么重的东西抬上来——肩上扛着这么重的东西,走上环形阶梯,一级一级向上爬?

他最后一次清楚地意识到自己的处境,有几秒钟,他仍然紧紧抓着这个人的手腕,然后用尽了自己最后的一点力气。但是他再也使不出一点劲了。他紧握方向盘的双手慢慢松开,他闭上眼睛的时候,朝他开来的汽车射出晃眼的亮光。他想到了理查德·施特劳斯最后一首歌的最后几个字:"可能这就是死亡?"

37

莫尔斯意识到发生了什么神奇的事情。无情地压在他身上的那具躯体在同一时间变得又轻又重；扼住他喉咙的手变得又紧又松。那个人发出了一声低吟，好像有某种无法忍受的痛苦。这时，莫尔斯用膝盖轻而易举地把他顶开了。那个人蹒跚地退向塔楼的一侧，疯狂地把手伸向最近的垛口，想支撑住自己。但是他的冲击力太大了。他的右手撞上去寻找支撑的时候，砌石立刻崩塌了；他头朝下从护墙上栽了下去。

然后，莫尔斯听到的是他的身体翻滚着摔向下面很远处的地，恐怖的"吆哦"声逐渐变弱，最后是一声沉闷的巨响，然后是那些经过塔楼下面的人发出的惊声尖叫。

刘易斯站在那里一动不动，手里抓着一只长柄黄铜烛台的顶端。"您还好吗，长官？"

莫尔斯还躺在那里，欢快地大口呼吸着令他陶醉的空气。手臂的疼痛就像极端的牙痛，他摊开双臂，躺在微微倾斜的屋顶上，好像被钉上十字架的人。

"您还好吗？"现在是另一个人的声音，一个更加温和而柔软的声音，然后冰凉的细长手指贴在了他汗涔涔的额头上。

莫尔斯点了点头，抬起头来看着她的脸。他看见一缕秀发轻轻搭在她的脸上，鼻子两侧有些淡棕色的雀斑。她跪在他的身边，大眼睛里闪耀着快乐的泪花。她把他的头枕在自己的胳膊上，紧紧地搂住他，莫尔斯感觉时间好像过了很久很久。

他们什么也没有说。从塔楼上慢慢走下来的时候，她只在前面带了很短的一段路，他们的手还是紧紧相握，但是他们什么都没有说。几分钟之后，刘易斯看到他们坐在圣母堂的后排座位上，她的脸庞还留着泪渍，欣慰地枕在他的肩上。他们还是什么都没有说。

刘易斯看到了两个人在塔楼顶上，然后拼尽全力爬下了五层楼梯，在一楼的化妆品柜台撞到了几位挡着路的年轻女士，最后像某个挫败的复仇之神一样，不停地用拳头重重地砸着北门。他知道那个女人还在里面，但是他觉得她可能出了什么事；他绝望地把一块大石头砸向最低最顺手的那扇窗户，既是为了让她听到他的声音，也是为了制造可能的入口。女人听到了。门打开了，他从圣母祭坛上抓起一只烛台，然后冲上塔楼的阶梯，一步三级台阶地跑到塔顶之后，用尽全身力气把烛台砸向这个袭击莫尔斯的大胡子的后背。

刘易斯出来的时候，两位当值警察已经到了现场。一圈人站在四五码开外的地方围住死尸，救护车已经从拉德克里夫医院出发，正在沿着圣贾尔斯路鸣响警笛开过来。刘易斯从祭衣室的挂钩上拿下一件法衣,把它盖在尸体上面。

"您知道他是谁吗?"一位警察问道。

"我想是的。"刘易斯说。

"你还好吗?"驼背的法医是第三个问出同样问题的人。

"很好。去里维埃拉①待几个星期就好了。没什么大不了的。"

"哈!他们都这样说。不管什么时候,我问我病人他们的父母是怎么死的,他们都会说同样的话——'哦,没什么大不了的'。"

"我要是感觉不好会告诉你。"

"你知道的,莫尔斯,每个人这辈子至少都会生一场大病——最后一场。"

嗯。这是个好想法。

刘易斯回到了教堂,外面的事情基本准备完毕,"您还好吗,长官?"

"哦,看在上帝的分上!"莫尔斯说。

鲁思·罗林森仍然坐在圣母堂的后排座位上,目光茫然地盯着前方——平静、沉默而消极。

"我去送她回家。"刘易斯平静地说,"您就——"

但是莫尔斯打断了他。"恐怕她不能回家。你必须把她带回局里。"他深吸了一口气,目光从她身上移开,"她被捕了,而且我要你亲自给她录口供。"他转向刘易斯,声音带着一股无法解释的愤怒,"听明白了吗?你!亲自!"

---

①里维埃拉是地中海沿岸的狭长地带,有很多度假胜地。

鲁思一言不发,毫无抵抗地被一位警官带上警车。她离开之后,莫尔斯、刘易斯和法医也跟在后面出来了。

外面的人群在盖着法衣的尸体周围围了三四圈,他们出来的时候,这些人兴趣盎然地望着他们,好像一出戏里的主角刚刚走上舞台:一个有些驼背的年长男子,如果现在是一五五五年,他们便目睹了里德利[①]和拉蒂默[②]在几百码之外的贝利奥尔学院门口被烧死,自己却面不改色;一个表情沉着、体格健硕的男人,刚才似乎在负责全部行动,但是现在有点退居幕后,好像是因为他的上级在场;最后一个男人稍瘦一些,秃顶,脸色灰暗,他的目光锐利,举止沉着——同另外两个人相比——流露出自然的权威。

这三个人站在那里——站在盖着法衣的尸体前面。

"你想看看他吗,莫尔斯?"法医问道。

"我已经看够了。"莫尔斯咕哝道。

"他的脸还行——如果你感到反胃的话。"

法医拉开法衣的上端,露出死者的脸,刘易斯弯下腰,颇有兴趣地认真看了看。

"原来他长的是这个样子,长官。"

"什么?"莫尔斯说。

"劳森的弟弟,长官。我刚才说——"

"那不是劳森的弟弟。"莫尔斯轻声说道,其实他的声音很轻,另外两个人好像都没有听到。

[①]尼古拉斯·里德利(Nicholas Ridley,约 1500—1555),英国国教殉教者,曾任伦敦主教,爱德华六世驾崩之后因为支持信奉英国国教的格雷郡主而被信奉天主教的玛丽一世逮捕,在牛津被火刑处死。
[②]休·拉蒂默(Hugh Latimer,1485—1555),英国国教殉教者,曾任伍斯特主教,爱德华六世即位之后大力推行英国国教,后被信奉天主教的玛丽一世逮捕,在牛津被火刑处死。

鲁思之书

38

牛津曼宁联排屋 14A 号鲁思·罗林森小姐的证言，罗林森小姐口述并签字，泰晤士河谷警察局（刑事侦查部）刘易斯警官见证。

可能从二十年前说起更加容易。当时我在牛津高中预科一年级，攻读英语、历史和经济的高级教育证书。有一天早晨，校长到班上来把我喊了出去。她告诉我要做个坚强的姑娘，因为她要告诉我一个噩耗。我的父亲，当时是牛津大学出版社的印刷工人，突患严重的冠状动脉血栓症，在被送往拉德克里夫医院之后，不到一个小时就去世了。我记得当时最大的感觉是麻木，还有一点真正的悲痛。其实，接下来的几天里，老师和同学们用前所未有的善意对待我的时候，我甚至感到了一丝自豪。好像我是一个用无比的坚毅忍受巨大不幸的英雄。但是事实并非如此。我并不讨厌我的父亲，但是我们从来没有多么亲密。我睡觉之前会例行公事的亲吻，或者考了好成绩之后他会给我一英镑零花钱，但是他对我的关心很少，而且没有真正的爱。可能这并不是他的错。我母亲已经被多重硬化症折磨垮了，虽然当时她大体还能活动，但是父亲把全部心思都花在了她的健康和幸福上。他肯定爱她至极，而他的去世是对她的沉重打击。几乎就是从那时候开始，她好像变了。她这样的女人好像永远无法忍受丧夫之痛，因此完全变成了另一个人。我也遇到了一些事情，我突然开始失去对学业的全部兴趣，而且开始失去对母亲的关爱。我怀疑她夸大了自己的残疾，我为她洗衣做饭打扫购物得到的感谢越来越少。我继续上学，并且参加了次年的高级教育证书考试，但是我没有申请大学，虽然奇怪的是，我的母亲希望我申请。我去高街上的马尔伯勒秘书学校读了一年，很快就发现自己在这方面很有天赋。我在毕业之前就收到了三份录用通知，最后我接受了牛津大学出版社条件优厚的录用通知，为一位和我父亲稍熟的先生做私人机要秘书。他是个非常和蔼的上司，也是个非常聪明的人，我们在一起工作的五年是我人生中最快乐的时光。他是个单身汉，我为他工作一年左右以后，他开始偶尔请我出去吃饭，或者去普雷豪斯看戏，我答应了。他从来没想占我的一点便宜，只有他挽着我的胳膊走向汽车的时候，我们之间才会有最轻微的身体接触。但是我爱上了他——我觉得不能自拔。后面的几天里接连发生了两件事。我的上司问我愿不愿意嫁给他，而我母亲的情况突然严重恶化。我很难说这两件事之间有没有联系。我告诉过她求婚的事情，而她把自己的想法直截了当地告诉了我。他只是个寻找固定性伴侣的老色鬼，而且我们的年龄差距太大。荒唐！我应该给自己找一个年龄相仿的好小伙子。我最后会把她留在某个偏僻的慢性病患者疗养院里腐烂——这是她为自己设想出的最糟糕的状况，我意识自己告诉她这条消息的时候，可能并不应该这样怀疑她的震惊感。不管怎样，她的医生告诉我她的身体很差，必须立刻住院。然后，另外两件事情几乎同时发生。我的母亲回到家里，现在每天都需要精心的照料，我告诉我的上司不能接受他的求婚，而且在这种状况下，我最好还是辞职。我记得他的眼睛里透出那孩子般的忧伤与失望。三个星期之后，我离开的时候，他带我去伊丽莎白饭店吃了一顿丰盛的晚餐，整晚他都在开心地说话。他送我回家的时候，我们坐在车里，非常尴尬地试图道别，这时候我转过身，无拘无束、充满爱怜地亲吻了他。从那一天开始，我筑起了心中的堡垒，就像我母亲那样。毫无疑问，我比自己认为的更像我的母亲。不管怎样，母亲可能非常正确。我辞职的时候二十四岁，上司四十一岁。我之后只是偶尔在街上遇到过他一两次。我们礼貌地寒暄之后，就各走各的了。他一直没有结婚。两年之后他死于脑溢血，我去参加了他的葬礼。回想起这件事来，我并没有因为我们没有结婚而感到非常懊悔，但是我一直后悔没有答应做他的情人。这些事实好像没有关系，但是我说出来，只是希望有人能够理解为什么事情开始变糟，而不是要为自己在即将发生的惨剧中所扮演的角色做任何开脱。

我现在得谈谈钱。失去了那份还算丰厚的工资，我们的生活就必须精打细算。母亲认为，既然我在高级教育证书经济学的考试里得了及格分，我就肯定能有足够的智慧和才能去打理钱财。因此，很快我就完全了解了我们的全部财务情况，我的母亲很快就欣慰地把全部责任交给了我。房子没有问题，因为我父亲在房子上设定了组合按揭和人寿保险。对于我们两个人来说这房子太大了，但是现在的市价是父亲二十五年前购买时候的十倍，而且他去世之后房产归我们所有。当时我母亲的各种股票还有两千英镑左右的可变现市值，我自己在劳埃德银行的储蓄账户里也有八百多英镑。除此之外，我的母亲还有一小份遗孀养老金，这是父亲当时在出版社办理的保险，从这时候开始，我还向社会保障部申请了一份赡养津贴。随后的十年里，我在家里接了不少打字的活——大部分是博士论文或者文坛新星的手稿之类。所以我们的生活还算安稳舒适。接着，两年前股市暴跌，我听从别人的劝说，抛出了母亲的全部股票，换回不到五百英镑。其实只要我再持有六个月，一切都会好起来，至少远没有这样糟糕，但是当时人们都很害怕股市完全崩盘。后面几个星期里股价跌得更低，好像我这样做是明智的，但是其实是我被误导而做了灾难性的决定。

我尽量不把这些告诉母亲，其实这也不难。她对金融事务一窍不通。父亲还活着的时候，他精打细算地用好自己的一点点钱，而且从来不让母亲操心或是过分关注这类事情。父亲去世之后，责任的重担都落在了我纤弱的肩膀上，我的母亲满心希望一切都好。如果让她担忧，我就会为自己的无能而感到羞愧。我随后决定（要记住这只是两年之前）把我们剩余的全部资产用在一项我认为不错的投资上。我已经提到过，我们的房子住两个人实在太大，我对此也有自己的计划。我们可以把房子分成两部分，母亲和我住在一楼，另外一家住在二楼。我想把前厅分割一下，这样楼梯就可以直接通往完全独立的居所。楼上已经有厕所和淋浴间了，主要的改建工程只是楼上的厨房水池和楼下的淋浴房，还有第二扇前门，这样就不需要共用钥匙或者门铃，而且没有邮件投递的问题。圣弗里德斯维德教堂的一位朋友（是的，我马上就会提到)为我做了一份简洁的小方案,得知不需要申请规划批准之后,我开始询问工程预算。虽然报价高得惊人,但是我认定我们可以接受报价最低的一千五百英镑。所以我继续下去,几个月之后工程开始了,大堆的沙土和建筑木板出现在前门的车道上。事情进展都很顺利,直到去年二月,母亲收到了一位老朋友的来信,她听说在瑞士有一家很棒的诊所,专门治疗并且照看多重硬化症的病人。虽然没有保证什么神奇疗效,但是有很多满意的病人都写来了热情洋溢的感谢信,随信寄来的宣传册上包括了三星期疗程的全部细节,还有诊所的彩色照片,诊所俯瞰图恩湖,背后是阿尔卑斯山积雪的山顶,还有山麓上生机勃勃的虎耳草和火绒草。花费是六百三十英镑,包括希思罗到巴塞尔[①]的往返机票和往返诊所的交通费。我之前一直不清楚金钱有多么残酷无情,如果我有这笔钱,母亲就可以去。如果我没有,她就不能去。没有任何讨价还价的余地。我比较怀疑母亲的病能否治好,但是那家诊所明显声誉很好,而且我知道母亲出国一段时间会有好处。她已经有十八个月没有离开过家了,甚至经常懒得起床坐到她的轮椅里。但是现在,很多年来第一次,她自己下定了决心。她想去那里,而且对此充满期待。她真的去了。她离开的三个星期里,尽管我尽量拼命工作,白天做临时打字员,晚上做侍者,但是这段时间我过得很开心,而且再次发现了生活的一些乐趣。然而事情并非都很顺利。建筑工人们发现了意料之外的房屋断裂,然后我收到了建筑公司老板的来信,他说如果工程需要正常开展,总预算就要增加三百五十英镑。母亲的归来当然没有解决问题,他们发现

[①]巴塞尔(Basel),瑞士第三大城市,有始建于十四世纪的巴塞尔大学,化工和制药行业发达。

一楼的排水管也需要更换，而这时，我不得不让建筑工人停工几个星期，因为我没办法支付下个月的工钱。夏天过到一半的时候，我已是山穷水尽。就在那个时候，我去见了劳森牧师。

39

鲁思·罗林森小姐的证言（续）

我第一次去圣弗里德斯维德教堂的时候，我还是牛津高中唱诗班的成员，当时我们和牛津扩充唱诗班一起演唱斯坦纳的《耶稣受难记》[①]。我们之中有些人后来还去那里演唱过，特别是唱诗班缺少女高音和女低音演唱帕莱斯特里纳的弥撒音乐。因此我认识了那里的一些人，而且开始感到在那里非常自在。不久我就成了唱诗班的正式成员，不是因为我笃信英国国教高教派，而是因为我喜欢拥有不同的活动和社交对象。那里有一位老夫人，每天早上都打扫教堂——她是因为关节炎而腿瘸得厉害，提着拖把和水桶这样的行为本身就足以证明她的信仰和意愿，我和她很熟，有一天我和她聊

[①] 约翰·斯坦纳（John Stainer, 1840—1901），英国作曲家和管风琴家，牛津大学音乐教授，《耶稣受难记》（*The Crucifixion*）创作于一八八七年。

天，她简单而高兴地说，她希望某一天上帝会因为她所做的一切而奖赏她，但是如果上帝认定她不值得奖赏，她还是愿意赞美和荣耀上帝，感激他赐给她的祝福。我对此没有感到惊讶或者怀疑，而是被深深地打动了，她去世之后，我发誓自己至少要接过她这份善功的一部分。所以现在我在这里做些擦擦洗洗的事情，而且就像这位老夫人经历过的一样，体会到一些满足感。在这段自我强加的休行期间，我自然和莱昂内尔·劳森熟悉起来，就像我说过的，当我再也无法处理我们的财务危机的时候，我去向他求助。他告诉我，如果我只是为钱发愁，那么我可以而且应该立刻忘掉这些烦恼，这时候我得到了生命里最大的惊喜之一。他问我需要什么，我告诉他之后，他坐到办公桌前（我注意到那里有一把十字架形状的裁纸刀），给我写了一张五百英镑的支票。这一切就像是奇迹，我告诉他我不知道什么时候才能还钱或是如何才能感谢他，他只是说可能有一天他也会遇上麻烦，而如果他真有麻烦，他想知道我会不会尽力帮助他。我当然保证会为他做任何事，我清楚地记得当时我多么希望并且祈祷有一天，我可以帮他一个大忙作为回报。那天离开牧师住所的时候，我注意到一个男人从楼下的厨房里走出来。我一下子没有认出他，尽管他的面孔看上去很熟悉。他衣着相当寒酸，但是刚刚刮过脸，头发也刚刚理过。我知道莱昂内尔会带一些教会军旅馆里的人和自己住上一两天，有时候还会劝他们参加教堂礼拜。然后我认出了他。他和莱昂内尔年纪相仿，身材也差不多，但是上次我看到他的时候，他已经有一个星期没有刮脸，长长的头发也是脏兮兮的。后来我才知道这个人是莱昂内尔的弟弟菲利普。

这件事之后不久，哈里·约瑟夫斯进入了我的生活。去年夏

236

末的时候,出于各种原因,教堂一些成员之间的关系逐渐紧张起来。然后我第一次听到了那条恶心的传言,说莱昂内尔喜欢唱诗班男孩的程度可能超出了应有的范围,但是我对此很难相信。直到现在,我都还坚信如果莱昂内尔确实有某种同性恋倾向,他的这种弱点也非常轻微,而且完全消极。但是另一条流言好像所有人都听说过,就是教堂风琴手保罗·默里斯非常迷恋哈里·约瑟夫斯的妻子布伦达,后者总是送哈里来参加礼拜。因为某些原因,哈里的驾照被吊销了。人们经常看到布伦达和保罗说话,虽然她自己很少留在教堂里做礼拜。还有一位女教民告诉过我,她曾经看到他们手牵着手。我必须承认,虽然我没有任何直接证据,但是我越发怀疑第二则流言可能是真的。然后我知道确有其事,因为哈里·约瑟夫斯告诉了我。他第一次到我家的时候,家里有三个人,因为那天母亲刚好起来了,他待了两个小时,显得友善而礼貌。从那之后,他经常在早晨来访,母亲还没起床的时候,我们一起坐在客厅里。他在某些方面让我想起了我以前的上司,因为他从来没想占我一点便宜。不管怎样,那时候没有。但是他无法掩藏自己是个孤独而失望的男人这一事实,很快他就告诉了我他知道自己的妻子和保罗·默里斯私通的事情。开始我认为他来找我只是寻找一点安慰,因为他从来没有问过我他应该做什么。但是有一天,我们走到前门口的时候,他转身对着我,告诉我他觉得我很迷人,而且他很想和我上床。我当然感到一点受宠若惊,而且我没有什么道德顾虑。我们一起喝了雪利酒,我感觉自己比平常更加活泼勇敢。我还能说什么?我还是处女。我已经四十一岁了,我拒绝了自己到现在唯一爱过的男人。我知道岁月正在流逝,如果短期之内我还不了解性的事情,我就永远不会了解了。

这些我都没有告诉哈里。有几次，我觉得自己应该提醒他已经结婚，而且我喜欢并且非常尊重他的妻子，因此我不想我们之间发生任何事情。当时我想我只是笑着告诉他不要做蠢事。他什么也没有说，站在前门边，看上去沮丧而羞愧，我突然感到非常对不起他。我们的右手边就是14B号新装上的刚刚漆成剑桥蓝色的大门。钥匙就在我的口袋里，我问他想不想看一看这套公寓。我们在里间里还没有铺好的床垫上发生了关系。这种开始对我来说不算非常快乐，我甚至感到一点懊悔。其实我基本感到了一些满足，接下来的几个月，我们每星期都会上一次床。我对床上的事更加熟稔之后，发现自己越来越享受性生活。但是我知道某些事情肯定是令人悲哀的错误，因为每次结束之后我都感到自己是如此的卑微和低俗，我开始怨恨自己对性的渴求。我尝试停止，但是现在回想起来，我的尝试只是三心二意。这个男人好像有某种控制我的力量，我开始越来越提心吊胆地生活着。我开始担心母亲会发现，尽管她好像没有怀疑什么。我也开始担心邻居们，但是天知道为什么，因为我们周围的房子里都住着搬来搬去的短租房客或者本科生。最重要的是我担心自己。其实现在我对哈里的需要超过了他对我的需要，而且他知道。不管在他离开之后我的良心受到了怎样的煎熬，我都会一直在想象下次见面的情形。我开始怨恨他，也怨恨自己。他就像那种我很快就会上瘾的毒品。

    如果您想理解之后在我身上发生的事情，那么知道这些事情可能很重要。

40

鲁思·罗林森小姐的证言（续）

九月初一个星期三的早晨，母亲的病严重发作了一次，我只能决定把星期三上午的打扫工作推迟到星期三傍晚。不过我有教堂的钥匙，随时想去都可以，所以偶尔背离常规时间表并无大碍。我锁上身后的门（我几乎都是从南门进去，那样就可以把自行车停在门廊那里），正在打扫告解室的时候，听到北门打开的声音。保罗·默里斯和莱昂内尔·劳森的弟弟（现在我认识他了）菲利普走了进来。不知道为什么我感到很害怕，所以一直安静地坐在原处。我听不清他们在说什么，但是保罗显然受到了勒索，而且他不能也不愿意继续付钱。我不清楚发生了什么，因而感到迷惑不解，忧心忡忡。我只是坐在原处，不确定下面发生了什么。但是几分钟之后，保罗肯定离开了，莱昂内尔本人走进了教堂，现在我能听见兄弟两人正在交谈。我还是没有听清他们说的是什么，但是听到的只言片语都像晴天霹雳。他们在谈论谋杀哈里·约瑟夫斯。我大吃一惊，手里握着的刷子当的一声掉在了地板上——他们发现了我。菲利普·劳森立刻离开了，然后莱昂内尔和我谈了很长时间。直到现在，我都没有准备好把他告诉我的一切揭露出来，但是简单地说，他就是求我合作。当然，他提醒我之前向他做出的承诺，并且答应如果我按照他说的去做，他就马上给我开一张五千英镑的支票（五千英镑！）。他说这笔款项是让我留着楼上的公寓，这样他的弟弟菲利普可以住进去，他只会在外间住不超过一个月的时间。我完全呆住了，几乎根本意识不到这些预示着什么。家里的情况越来越糟。莱昂内尔借给我的五百英镑已经全部用光了，尽管现在整个公寓工程已经完毕，我们自己的房子却岌岌可危。工人们说整个一楼都急需重新铺线，水槽侵蚀严重，随时都可能爆裂。更糟糕的是，整个中央供暖系统时断时续地工作了几天之后，就在那个星期彻底坏了。我还没有算上装修楼上改装好的厨房的费用，那项工程仅有的预算是可怕的两百英镑。想想我当时的感受！但是还有别的事情。我早就应该提到，但是因为这是整个案子里唯一必然会让我获罪的事情，您可能会明白我不愿——几乎是拒绝——提及它。莱昂内尔向我解释，我现在可以把所有责任推卸给他，而这样做就需要我撒个谎。不。直到现在我也不是很诚实。他要我用自己的全部人格发誓我会撒这个谎。他反复强调这只是一个谎言——我不需要做其他事情，而且他坚持说我要做的事情非常简单。我不在乎！我极其欣慰自己能够帮助他，所以不假思索地答应了。那天晚上当我离开教堂的时候，头脑已经彻底混乱。我尽量不去想哈里·约瑟夫斯。我觉得我几乎让自己相信自己听错了整件事情。但是我当然没有。我知道出于某种原因,哈里·约瑟夫斯就要死了,而我承诺撒一个小谎的行为肯定和这件(对我而言)不愉快的事件有联系。菲利普·劳森是怎么掺和进来的?我当时不太确定,不过如果我是因为钱而牵扯进来——那么他牵扯进来肯定也是出于这个原因。我逐渐坚信,莱昂内尔雇用了自己的弟弟杀害哈里·约瑟夫斯,如果这就是实情,那么我在事件里的角色——我的谎话——就是某个时间和某个人在一起。不在场证明。是的。我开始相信这就是实情——而我仍然不在乎!这段时间里,我没有感到良心的负担。现在是金钱主宰的时候。性也不再是支配力量,就算它以前是,我也还有很多机会。我好几次在兰道夫的鸡尾酒吧里遇到一个男人,我显然把他吸引住了。他是某个大企业的销售顾问,我确信他在兰道夫的房间肯定舒适到几乎无以复加的程度。我怀疑他已经和另一个女人搭上了,但是他真正想要的人是我。也就是在这段时间,我在钱上变得更加吝啬。同以前的生活相比,我现在更不愿意花钱喝一杯或是吃一顿昂贵的大餐,基本变成了一只极端自私的寄生虫。我不买新衣服,不买香水,不吃山珍海味。我开始吝啬钱之后,在其他事情上也变得吝啬起来。同样是那个星期,我给哈里·约瑟夫斯打了电话,告诉他我们的约会取消了,因为我母亲又病得很严重。现在像那样撒个谎对我来说太容易了。做得不错!他们说家里的锅炉还可以修一修,所以我没有再买新的。我觉得第一次重新布线的预算高得离谱,所以我找了个打零工的本地人,只花了一半的价钱就做好了。当然,他搞得不是很好。我决定自己装修楼上的厨房,随后发现自己非常喜欢这项工作。很多年来,每个星期天的早晨我都会在献祭盘里放上五十便士。现在我只放二十便士。但是我仍然打扫教堂。这是我的一种休行,而我好像比以前更加为这份自愿承担的责任感到自豪。您会觉得这一切都很奇怪,但这就是我的感受,我也正是这么做的。从我刚才说话的方式看来,我意识到这听起来像是很长时间里发生的事情。但是情况当然不是这样。这些事情都发生在三个星期之内,直到九月二十六日。

那天晚上七点,我们五个人到了圣弗里德斯维德教堂:布伦达·约瑟夫斯、保罗·默里斯、莱昂内尔·劳森、菲利普·劳森,还有我。门锁上之后,我接到了自己的指令。圣母堂的蜡烛点了起来,祈祷书都摆好了,好像有十三个人来做礼拜一样——包括教堂管理员!我觉得最后这件事是整个事件里最糟糕的。保罗在风琴上弹着什么曲子,我觉得他看上去比我们之中任何一个人都要紧张。布伦达站在圣洗池旁边,穿着一套绿色的西服,看上去面无表情。莱昂内尔好像正为一次寻常的弥撒忙碌地做着准备——我觉得他当时面色如常。莱昂内尔的弟弟像我上次看到他时一样衣着整洁,他坐在祭衣室里喝酒,显然那瓶酒是莱昂内尔给他的。大约七点一刻,莱昂内尔让我和布伦达站到圣母堂的祭坛旁边,在那里一直等到他喊我们走。我们几乎立刻听到了钥匙插进北门的声音,哈里·约瑟夫斯走了进来,胳膊下面夹着一个很大的棕色纸包。他看上去满脸通红,兴奋异常,显然喝了很多酒。他看到我们两人之后点了点头——不过我不清楚是朝我还是布伦达点头。我们坐在祭坛前面的台阶上,我觉得我们两人都在发抖。然后风琴声突然停止了,保罗走了过来,把手轻轻地按在布伦达的肩膀上,然后径直走进祭衣室里。有几分钟,我们能听到男人们低沉的说话声,然后是一阵杂乱的脚步声,还有一声沉闷的呻吟。莱昂内尔喊我们的时候,身上穿着白色法衣和斗篷。他喘着粗气,看上去抖得厉害。他说警察来了之后,我要告诉他们的就是刚才有十几个人在这里做礼拜,大多数是美国游客,在奏响最后一支圣歌的时候,我听到哈里在祭服室里大声呼救的声音。我记不得布伦达是不是还在那里。我只是茫然地慢慢走到祭衣室里。我可以清楚地看见他。他躺在那里一动不动,身上穿着平时在教堂里穿的法衣和棕色西装,劳森的裁纸刀深深地插在他的背上。

我完全不知道这件噩梦般的案子里的其他人是怎么死的。但是我坚信莱昂内尔是自杀的,因为他无法面对自己做的事情。至少我很高兴他不会被指控杀害了布伦达·约瑟夫斯和默里斯父子。我做完这份长长的证言的时候,心里想的都是我的母亲,我求您替我好好照顾她,告诉她——但是我不知道您可以告诉她什么。我觉得您只能告诉她真相。

签名:鲁思·罗林森

"怎么样?"

莫尔斯放下这份陈述,有些不悦地看着刘易斯。他离开局里六个多小时,而且没有跟任何人说自己去了哪里。现在是晚上八点,他看上去很疲惫。"打印这份证言的人不太喜欢逗号,不是吗?"

"她是个非常棒的姑娘。真希望她能去基德灵顿工作。"

"她不会拼'修行'这个词。"

"不过她一分钟可以打一百三十个字。"

"罗林森小姐说话的速度有那么快吗?"

"比较快,没错。"

"非常奇怪。"莫尔斯说。

刘易斯看着自己的上司,脸上带着疲惫而迷惑的神色。"弄清楚了一点情况,不是吗,长官?"

"这个?"莫尔斯又拿起那份证言,把最后几页扯下来,撕成两半,然后扔到字纸篓里。

"不过您不能就撕了——"

"什么该死的?这几页里的东西连一卷卫生纸都不值!如果她决心坚持作伪证,她会再加一倍刑期!你当然很清楚,嗯?"

刘易斯一点也不明白。他对自己今天的工作很满意——仍然很满意;但是他现在也感到非常疲倦,他摇了摇头,没有感到痛苦。"我觉得我可以休息一会儿了,长官。"

"休息?你在说什么该死的东西?你救了我的命,而你只想享受一点埃及理疗①!见鬼!我们要去庆祝,你和我。"

"我想我还是——"

"难道你不想听听我去了哪里吗,老朋友?"他狡黠地盯着刘易斯看了一分钟,然后笑了——要不是因为笑容里透着一丝苦涩,就可以算大获全胜之后的笑容了。

---

① "埃及理疗"(Egyptian Physical Therapy),英国俚语,意为睡觉。

启示录

41

培根修士酒吧离 A40 公路的北侧环线很近，这个名字是为了纪念十三世纪那位伟大的科学家和哲学家[1]，这里的啤酒对于莫尔斯探长挑剔的口味来说还算可口。这家酒吧外面的招贴画是一个穿着方济各会[2]道袍、满脸堆笑的壮汉，正在倒一杯看上去像是黑啤酒的东西，但是仔细看过去就会发现，他是把某种化学药品从一个小玻璃瓶里倒到另一个里面。好吧，这就是莫尔斯说的。他们走进去要了啤酒，然后坐了下来。莫尔斯说了下面这些话。

"这个案子里有一些非常奇怪的疑点，刘易斯——或者曾经有过——这些疑点本身都能引起联想，不过也很费解。这些疑点曾经让我们都很困惑，恐怕现在仍然在某种程度上困惑着我们，因为结案

---

[1] 罗哲·培根（Roger Bacon, 1220—1292），英国方济各会哲学家，人称"不可思议的博士"，牛津大学毕业生，专攻亚里士多德的物理学和形而上学，有《大著作》等作品。
[2] 方济各会（Franciscans），十三世纪初意大利修士圣方济各创立的修道会，以传教和社会工作驰名。

的时候，我们手上有五具尸体，而我们永远不会知道这五个人都能告诉我们什么。因此，如果我们首先寻找动机，可能就更像智力猜谜，尽管我们有一些零碎的证据来帮助我们前进。我们从哈里·约瑟夫斯开始。他特别缺钱，而且他弄来的那一点钱立刻供给了庄家。他在妻子不知情的情况下，用房子做抵押，向自己的保险公司贷款——这笔钱很快也用完了。那么——我非常怀疑，刘易斯——他开始贪污教堂的钱，那可是一笔数目可观的款项，他可以轻而易举地得到。然后——我还在猜测——莱昂内尔·劳森肯定发现了这件事；如果他把这件事传扬出去，让人们知道一位特别受人尊敬的退役军官从钱柜里偷钱，他肯定会感到羞耻。他已经失去了工作和金钱，而且很有可能再失去妻子，这肯定是压垮他的最后一根稻草。然后我们再来看莱昂内尔·劳森。关于他的流言已经开始传了出去——关于他和唱诗班男孩之间关系的恶心流言，有个人很快就让他知道了这些流言——这个人几乎肯定是保罗·默里斯，他的儿子彼得就在唱诗班里。我们同样可以预见到当众蒙羞的情况：英国国教一位受人敬仰的牧师被人发现和唱诗班男孩搞上了。然后是保罗·默里斯本人。他和哈里·约瑟夫斯的妻子有外遇，而且希望没有人知道这种关系，但是关于这件事的流言也开始传了出去，没过多久，哈里就知道了这件事。接下来是鲁思·罗林森。她比大多数人都要耳聪目明，因此很快就知道了很多事——其实知道得这么多对她来说不是什么好事。但是她自己也有很多问题，而且就是因为这些问题才被直接卷进了这个案子。最后是劳森的弟弟菲利普，我觉得去年夏天他才开始到牛津长住。他这辈子都是个无所事事的乞丐，而且他当时也是——已经山穷水尽，再次打算向自己的哥哥求助。莱昂内尔让他住在牧师寓所，没过多久，过去的紧张情绪又开始升温。顺便说一句，刘易斯，最后这点我还没说完，过一会儿我就会说到。那么我们现在有什么？我们有各种各样的动机，足够杀死一群人。牵扯其中的每个人都有害怕另外至少一个人的原因，同时也有一些从中获利的希望。这里有太多潜在的勒索与憎恨，很快就会搅成无比恶劣的局面。启动整个反应只需要一种催化剂，而我们知道这个催化剂是谁——莱昂内尔·劳森牧师。他在这个案子里有一件无价之宝——金钱：大约四千英镑。更重要的是，这笔钱对他个人没什么用处。他非常乐意靠着吝啬的国教委员会给他的那点少得可怜的牧师薪酬过活，不管他有怎样的弱点，贪财肯定不是其中之一。所以，他小心翼翼地试探了一下，试探性地走出几步之后，发现湖上的冰面足够厚实，可以支撑住他们所有人。他答应给其他人什么？给他的弟弟菲利普——钱，还有让他再过几年放荡生活的机会。给约瑟夫斯——钱，还有还清他的一切债务，到什么地方开始新生活的机会，不用管他的妻子。给默里斯——毫无疑问还是钱，如果默里斯需要钱的话；不过他也可以保证默里斯得到布伦达·约瑟夫斯，还有两个人离开这里、开始新生活的机会，外加一笔可观的银行存款。给鲁思·罗林森——钱，还有一次性治愈她因为家庭问题而产生的长期焦虑症的机会。这样，莱昂内尔·劳森制订好了自己的计划，其他人愿意成为帮凶。他安排了一次假的礼拜，纪念某个不存在的节日——然后交易完成。目击者都乐意作伪证，同时保证对方不在场。莱昂内尔站在祭坛前面。保罗·默里斯在弹风琴，鲁思·罗林森坐在教民中间，布伦达·约瑟夫斯在马路对面的电影院里。如果他们都坚持自己的故事，就能全部洗清罪责。当然，所有的怀疑都会落在弟弟菲利普的身上；但是莱昂内尔已经告诉了他——可能还告诉了其他人——他的一切已经非常详细地安排好了：谋杀之后的几分钟之内，他就会坐上火车离开牛津，前往某个订好的宾馆房间，口袋里揣着作为酬劳的几千英镑。对于这一切而言，一点点怀疑是非常廉价的代价，你说呢？"

莫尔斯喝完了酒，刘易斯刚才就抢在了他前面，现在又走到吧台旁边。他很清楚，就像莫尔斯刚才说的，这个案子里有很多动机相互交错，而且（如果莫尔斯是对的）相互补充和协助。但这些针对哈里·约瑟夫斯的仇恨又是如何产生的呢？好吧，他们这些人搅得一团混乱，但是（如果莫尔斯仍然正确）钱好像完全可以解决他们的问题。然而为什么，哦，为什么还要在教堂里费这么多事？这一切好像是一起奇特而复杂、而又毫无必要的假戏。为什么不直接杀了约瑟夫斯，把他的尸体扔到某个地方？这样做对他们来说不是要简单得多吗？还有，谋杀本身又是怎么回事？吗啡下毒，然后在背上补上一刀。不。这不合常理。

他买了酒，谨慎小心地走回桌边。只要他洒了一丁点酒在桌布上，莫尔斯都不会感谢他。

莫尔斯喝了一大口啤酒，继续说道。"我们现在得问我们自己一个关键问题：我们怎么解释足够的仇恨——某个人——针对哈里·约瑟夫斯？除非我们能回答这个问题，否则就还是在黑暗里摸索。同这个问题紧密相关，我们还要问自己，为什么在这个虚假的礼拜里完成这些笨拙的闹剧，还有为什么要用两种方式杀害约瑟夫斯。好吧，我们先说后一个问题。我肯定你听过那些行刑队的故事，比如说四个人拿着枪，他们都很乐意对捆在柱子上的那个可怜的家伙开枪，但是里面有三个人清空了枪筒，只有一个人有实弹。这样他们都不知道是谁射出了致命一枪。好吧，我想在这里发生的可能就是这种事情。他们有三个人，记住，而且我们可以说他们都不太愿意独自为杀人一事负责。那么，如果约瑟夫斯被下毒、被捅的同时，头部还受到了重击，我觉得证据就足以表明我是对的。但是我们从验尸报告中得知死因有两个，不是三个。有人在约瑟夫斯的红酒里下了吗啡;然后有人,不管是同一个人还是别人,在背后捅了他一刀。为什么要用两种方法杀掉他?好吧,可能是其中两个人参加了实际的谋杀;基于我刚才提到的原因,他们可能会同意分工协作。但是还有比那个重要得多的原因。你准备好大吃一惊了吗,刘易斯?"

"什么都准备好了,长官。"

莫尔斯喝完了他的啤酒。"天哪,这里的啤酒太棒了!"

"该您买酒了,长官。"

"是吗?"

店主走到酒吧间里,有几分钟,刘易斯可以听到他正在和莫尔斯讨论英格兰足球队的选拔人是多么愚蠢透顶。

"这是酒吧赠送的。"莫尔斯说道,然后把两品脱啤酒小心翼翼地放在莫雷尔牌①的啤酒垫上。(虽然他提出请客,要对自己下属的工作表示感谢,但是刘易斯觉得他好像在极为草率地敷衍了事。)"我说到哪里了?啊,是的。你还没问我今天去了哪里,不是吗?好吧,我又去了拉特兰郡。"

"莱斯特郡,长官。"

莫尔斯好像没有听到。"我在这件案子里犯了一个糟糕的错误,刘易斯。只有一个。我听信了太多的流言,而流言是一种可怕的东西。如果我告诉所有人你和那个不用逗号的女打字员有绯闻,你会突然发现自己得竭尽全力去证明根本没有这回事——尽管我的话里绝对没有任何真相。就像他们说的,把足够多的泥扔到墙上,总有一些会粘住。好吧,我觉得这就是发生在莱昂内尔·劳森身上的事情。如果他真的

---

①莫雷尔酿酒公司(Morrells Brewery Company),牛津的酿酒公司,始建于一七八二年,一九九八年关闭。

是同性恋，我觉得他也肯定也是那种非常轻微的种类。但是一旦有人提出了这种指控，他就会发现自己受到非常多的怀疑，而我就是那些把他想的一无是处的人之一。虽然我没有任何证据，但是我甚至说服了自己，他被学校开除肯定是因为他在那里和某些低年级的孩子乱搞。但是我突然开始怀疑。如果我错了会怎么样？如果莱昂内尔·劳森原来的老校长并不愿意让我相信我做出的猜测——因为这件事的真相糟糕得多？我觉得自己知道真相是什么，而且我是对的。今天我又去见了迈耶，还有莱昂内尔以前的宿舍管理员。你知道，劳森兄弟是非常奇怪的混合体。哥哥莱昂内尔是个勤奋学习的书呆子，不过在学业上没有多少天分，一直在挣扎着做到最好，甚至当时就戴上了眼镜，缺乏信心——简而言之，刘易斯，各方面都很平庸。然后是菲利普，聪明的小家伙，拥有所有男孩都想要的一切天赋——头脑敏捷、体育优异、讨人喜爱、相貌堂堂，但是他懒散而自私。而且父母溺爱——猜猜是谁？——年轻的花花公子菲利普。不需要太多的想象，就可以从莱昂内尔的角度看待这种局面，不是吗？他嫉妒自己的弟弟——越来越嫉妒，最终嫉妒至极。据我所知，莱昂内尔十八岁、菲利普十七岁的时候，有一位年轻姑娘卷到了里面来。不管怎样，她都算不上相貌出众——但是她是莱昂内尔的姑娘。然后，没错，菲利普决定插手；可能仅仅是出于对哥哥的怨恨，他夺走了她。整个悲剧就是从那个时候开始的。在家里，一个周末，莱昂内尔想要杀死他的弟弟。他用菜刀捅了他[①]，而且确实把他伤得很重——捅了他的背。事情被尽量压了下来，警方很乐意把这件事交给学校和家长来处理。他们做了一些安排，两个孩子都退了学。没有遭到任何指控，而且事情好像平息了下

[①] 英国的菜刀为尖长型。

来。但是记录无法更改,刘易斯。事实就是莱昂内尔·劳森十八岁的时候谋杀自己的弟弟未遂。所以,就像我说的,如果我们要在这件案子里寻找某种日积月累、无法释怀的仇恨,那么我们找到了:莱昂内尔·劳森和他的弟弟之间存在的仇恨。"

这些说法非常有趣,而且能够引起联想,刘易斯能够看出来;但是他不明白这会怎样影响到目前这个案子里的诸多问题。不过莫尔斯还在继续说,而他就要说到那令人大吃一惊的内容了。

"一开始我觉得莱昂内尔·劳森杀死了哈里·约瑟夫斯,然后把法衣穿在弟弟身上,把他从塔楼顶上扔下去,造成自己自杀的假象。天衣无缝?你只需要有人在辨认尸体的时候撒谎,而那个人就是保罗·默里斯,他在约瑟夫斯遇害之后可以双重获利:首先得到数量可观的一笔钱;然后是得到约瑟夫斯的妻子。但是你以前跟我说过,刘易斯,而且你绝对正确:给死人穿上别人的衣服是极为困难的工作。但是这并非不可能,不是吗?如果你做好准备应付困难,而且有足够的时间,这就不难。但是在这个问题上,我相信你是对的。去年十月从塔楼上面跳下来的是莱昂内尔·劳森,不是他的弟弟菲利普。凭良心说,莱昂内尔肯定意识到自己做了一件非常可怕、无法原谅的事,他再也无法继续面对。所以他摘下眼镜,放在眼镜盒里——然后跳了下去。而我们辨认尸体的时候,刘易斯,我必须承认我相当怀疑我们在塔楼上找到的那具尸体是不是真的是保罗·默里斯。如果不是,那种可能性就极为有趣。不过,虽然尸体辨认到现在还没有满意的答案,但是你相信我的话,那就是保罗·默里斯。是的,绝对是他。最后我开始把这些奇妙的理论放到一边,察看我们从一开始就完全忽略了的简单可能。鲁思·罗林森本人说的话已经非常接近真相,她说自己准备撒一个谎——只有一个谎,而这句可笑的证言泄露了机密。她告诉我们，你还记得吧，这个谎是圣弗里德斯维德教堂的那次从未举行的礼拜，还有她在谋杀哈里·约瑟夫斯的阴谋里保持沉默。但是，听着，刘易斯！那完全不是真正的谎言。真正的谎言是另一件事：她对去年九月的那个晚上，在圣弗里德斯维德教堂的祭衣室遇害的人的身份撒了谎！那才是撒的弥天大谎。因为，你知道，当天晚上我们找到的那具尸体根本不是哈里·约瑟夫斯的尸体！那是莱昂内尔·劳森的弟弟——菲利普·劳森的尸体。"

42

摘自牛津刑事法院七月四日的庭审记录，鲁思·伊莎贝尔·罗林森小姐被控做伪证和密谋杀人，吉尔伯特·马绍尔御用大律师代表政府指控，安东尼·约翰斯御用大律师代表被告人辩护。

马绍尔：如果可以，我们可以抛开这些模糊不清的动机问题，只关注去年九月发生的事情，特别是九月二十六日星期一傍晚的事情。我知道，法庭很愿意听到您个人对那个可怕的夜晚发生的事情的解释。

莫尔斯：我觉得，先生，这是一起谋害菲利普·劳森先生的密谋，参加密谋的人有莱昂内尔·劳森先生、保罗·默里斯先生和哈里·约瑟夫斯先生。我可以说自己相当肯定，被告人对当晚事件的描述基本正确。就是说，就其内容而言是正确的，因为我确信，罗林森小姐无法了解事件的详细经过，她既没有积极参加密谋,也没有亲眼目睹谋杀。

马绍尔:请您只就问题本身回答,探长,好吗?应当由法庭来认定被告人涉嫌本案的程度——而不是您。请您继续。

莫尔斯:如果要我猜测当晚的事件经过,先生,情况应该是这样的:莱昂内尔·劳森以某种方式说服了他的弟弟菲利普,只要他当晚某个时间到教堂来,就会大有好处。他们在那里等着的时候,莱昂内尔轻易地说服他喝了一杯红酒——红酒里面已经被下了吗啡。其实根据验尸报告的结论推断,当晚在教堂遇害的那个人可能——或者肯定——是因为吗啡中毒身亡,但是尽管警方做了大量调查,始终没有找到吗啡的出处。不过这三个人里面,有一个人以前能够每天直接接触全套药品,他曾经在牛津为一位药剂师当了十八个月的助手。这个人,先生,就是哈里·约瑟夫斯。我觉得,是约瑟夫斯提议并且亲手把致命剂量的吗啡倒在了酒里。

马绍尔:您能告诉我们如果这个人已经死了,为什么还要再捅他一刀呢?

莫尔斯:我觉得他当时还没有死,先生,虽然我同意他在喝了酒后很快就会失去知觉。不过无论发生什么,他都必须在警察到来之前死掉,否则他仍然可能会苏醒过来,告诉警方他知道的事情。所以要用刀捅他。因此,如果我可以这样说,先生,关键的问题不是为什么要在他背上捅一刀——而是为什么要给他下吗啡。我反复考虑,原因应该是这样的:从莱昂内尔·劳森的角度来看,关键是他弟弟的衣服必须换掉,而你不可能先在一个人的背上捅一刀,然后换掉他的衣服,除非你把刀拔出来,然后再捅进去。根据安排,当晚约瑟夫斯换掉了大家看到他一直穿着的棕色西服,然后带到教堂里来。我觉得,毫无疑问,那件西服包在一个棕色的纸包里,罗林森小姐在她的证言里提到过。警方显然会极其认真地检查死者的衣物,而换掉衣服肯定可以让这个骗局变得天衣无缝。所以,菲利普·劳森在祭衣室里失去知觉的时候,他的衣服就被脱掉了,换上了约瑟夫斯的衣服——我可以想象这是困难而漫长的工作,但是他们有三个人,而且时间非常充裕。然后他们给他穿上约瑟夫斯的法衣,现在到了莱昂内尔·劳森的关键时刻。我怀疑他让另外两人离开,然后自己完成了一件事,这件事他尝试过一次,但是彻底失败了。他低头看着自己憎恨已久的弟弟,然后把裁纸刀捅进了他的背里。就像我说的,我觉得那时候菲利普·劳森还没死,被告人的证言也可以证明这一点,因为她听到的差不多肯定是这个濒死的人最后的哀号。他们立刻找来了警察,被告人和保罗·默里斯都提供了虚假的尸体指认,我觉得接下来的事情您都知道了,先生。

马绍尔:您觉得这件事情是不是极其复杂,探长?我觉得,至少,复杂到显得非常荒唐。莱昂内尔·劳森牧师为什么不自己动手杀死他的弟弟?

法官:我有责任提醒控方律师,现在在法庭上受审的不是劳森牧师,让证人回答这样的问题不太恰当。

马绍尔:谢谢您,大人。请问证人能否向法庭解释,在他看来,假设劳森牧师必须对自己弟弟的死负责,他为什么不用更加简单的方式处理呢?

莫尔斯:在我看来,先生,劳森牧师有两件绝对必须办到的事。首先,他的弟弟必须死——就像您说的,只要他尝试,他或许可以凭借一己之力完成这件事。但是第二件迫切的需要更加棘手,不管他怎样努力,他一个人也无法做到这件事。他必须找某个愿意被当成死人的人,这个人同时也必须准备立刻离开牛津。请让我解释一下,先生,我为什么会这样想。菲利普·劳森已经让好几个人知道了自己是莱昂内尔·劳森的弟弟,比如我们的被告。因此,如果他被谋杀,而且有人认出他就是那个经常出现在牧师住所和教堂的人,那么警方发现他的身份只是时间问题。一旦弄清他的身份,其他事就会很容易被发现。以前已经有人想要结果他的性命——用刀捅了他——就是他的哥哥。警方的调查很快就会进入正确的方向,嫌疑几乎肯定会集中在劳森牧师身上。就像我说的,先生,绝对重要的是菲利普·劳森不仅必须死,而且必须被指认为另一个人——哈里·约瑟夫斯;哈里·约瑟夫斯自己要从这里消失,尽管其实他并没有消失得太远。当天晚上,他住进了曼宁联排屋14B号楼上的公寓,而且一直在那里住到死前。他从教堂拿走了菲利普·劳森的衣服,他肯定觉得自己应该毁掉这些衣服。但是出于各种原因,约瑟夫斯变得不安起来——

马绍尔:您继续举证之前,探长,我必须问您,在您看来,被告人和约瑟夫斯先生的关系是否曾经更加——我们能否这样说?——更加亲密,而不仅仅是给他提供日常生活的必需品?

莫尔斯:不。

马绍尔:毫无疑问,在您知道前面有一位证人向法庭举证,约瑟夫斯先生去年夏天曾经去过曼宁联排屋好几次。

莫尔斯:我知道,先生。

马绍尔:而在您看来这些拜访只是纯粹的——呃——纯粹的社交活动?

莫尔斯:是的,律师先生。

马绍尔：请继续，探长。

莫尔斯：我觉得本来的计划是约瑟夫斯待在那里，直到尘埃落定，然后便立刻离开牛津去某个地方。但那也是我的猜测。可以肯定的是，他很快便知道莱昂内尔·劳森牧师自杀了，而且——

马绍尔：请原谅我又要打断您，但是在您看来，至少那桩死亡没有牵连到已故的约瑟夫斯先生？

莫尔斯：是的，先生。就像我说的，劳森已死的消息对约瑟夫斯是个很大的打击。他觉得一定是哪里出了错。他肯定会怀疑劳森是不是留下了什么字条，如果有，这张纸条是归罪于他自己还是别人。不过，除此之外，约瑟夫斯还要依靠劳森。是劳森为他安排了现在的藏身之处，并且正在安排他很快离开牛津。但是现在他只能靠自己了，肯定感到越来越孤立。不过这些还是猜测。显然，冬天的头几个月，他跑到牛津城里，穿上菲利普·劳森的旧衣服，把脏兮兮的大衣上的纽扣一直扣到脖子；他戴上一副暗色的太阳镜；他蓄起了胡子；他发现自己可以隐姓埋名地融入牛津。我觉得，也就是在这个时候，他肯定意识到了现在只有一个人还清楚地知道九月的那天晚上祭衣室里发生了什么；那个人就是保罗·默里斯，这个人抢走了他妻子，学期结束之后很可能就要和她一起生活，这个人把自己和整个事情完全撇清，而其实也没有做多少事情。在我看来，保罗·默里斯可能已经不像以前那样渴望和约瑟夫斯夫人私奔了。但是约瑟夫斯肯定意识不到，他对默里斯的仇恨开始滋长，他的力量感开始增加，同时找回了自己做这种事情的能力，他还是皇家海军突击队上尉的时候就知道如何去做。约瑟夫斯找了个借口，在圣弗里德斯维德教堂安排了一次同默里斯的会面,然后在那里杀死了他,不过他当时可能并没有把尸体藏在塔楼顶上。请记住,在祭衣室里遇害的那个人身上没有钥匙,显然约瑟夫斯私藏了钥匙,这样他就可以利用教堂谋杀保罗·默里斯和他的儿子彼得。不过,不仅如此。他不得不用教堂,因为他被吊销了驾照,没有驾照,他甚至不能租车。如果他有车,他可能就会把尸体藏在别的地方,但是至少在这个问题上,他是为形势所迫。当天晚些时候——应该是下午茶时间——他还安排了同彼得·默里斯见面,而且肯定是在圣弗里德斯维德教堂里杀害了这个小男孩。我很肯定,他最初想把两具尸体藏在地窖里,天色刚暗下来,他就把男孩装在麻袋里,然后打开南侧门廊的门。一切都显得很安全,他顺利地走到教堂墓园南侧,来到地窖的铁栏杆入口前面——离门只有十五码左右。但这时候出事了。约瑟夫斯扛着尸体下去的时候,梯子折断了,他肯定狠狠地摔了下去。他认定自己不能再扛着一具重得多的尸体重复这一过程,于是他改变了计划,把保罗·默里斯的尸体扛到了塔楼的屋顶上。

马绍尔:然后他决定谋杀自己的妻子?

莫尔斯:是的,先生。这时候,他是否知道她在哪里,是否和她保持联系,他是否从保罗·默里斯那里得到了什么消息——我都不清楚。不过只要两具尸体——或者其中一具——被发现,他就要绝对保证她无法开口,而且,不管怎样,保罗·默里斯现在死了,他那种妒忌的仇恨更加疯狂地指向他的妻子。不过,当时他要做的是一件危险的工作。他必须去默里斯父子在基德灵顿的住处,把一切安排得像是他们两人正常合理地离开。他进到房子里没有问题。默里斯父子的身上都没有发现钥匙,尽管他们两人肯定应该有钥匙。只要进去了——

马绍尔：是的，是的。谢谢您，探长。现在您能否告诉法庭，被告人究竟是如何同您对这些事的设想相契合的？

莫尔斯：我相当肯定，先生，罗林森小姐只要不知道圣弗里德斯维德教堂的那两具尸体的身份，她本人就仍然安全。

马绍尔：但是一旦她知道了——如果我说错了请告诉我，探长——约瑟夫斯就认定自己也要杀掉被告？

莫尔斯：是的，先生。您知道，我是罗林森小姐谋杀未遂的目击证人，而且直到那一刻我才确信了凶手的真实身份——我认出了他想用来勒死她的那条领带：皇家海军突击队的领带。

马绍尔：是的，非常有趣，探长。不过对于凶手而言，被告和布伦达·约瑟夫斯构成的威胁程度相同，您不觉得吗？还有，如果真是这样，您觉得他对待两个女人的方式为什么如此不同？

莫尔斯：我觉得约瑟夫斯对他的妻子充满憎恨，先生。我在刚才的证言里已经提到过了。

马绍尔：但是他对被告没有这种憎恨——是吗？

莫尔斯：我不知道，先生。

马绍尔：您还坚持认为被告和约瑟夫斯先生之间没有特殊关系吗？

莫尔斯：我对刚才的回答没有什么要补充的，先生。

马绍尔：很好。请继续，探长。

莫尔斯：就像我说的，先生，我确信约瑟夫斯几乎立刻就会试图杀死罗林森小姐，因为他觉得事情显然发展得非常快，除了他本人之外，罗林森小姐是剩下的人里唯一知道部分真相的——他肯定觉得她知道得太多了。所以我的同事刘易斯警探和我本人决定把凶手引到光天化日之下。我们在《牛津邮报》的显著位置刊登了一则比较模糊的案件报告，唯一目的就是让他怀疑法网已经降临到他头上。我觉得无论他在哪里——要记住，我完全不知道他和罗林森小姐住在同一幢房子里——他几乎肯定会再用一次教堂。他非常清楚罗林森小姐什么时候去那里打扫卫生，于是做好了自己的计划。其实那天早上他很早就去了教堂，毁掉了我们周密安排的预防措施。

马绍尔：但是所幸事情的结果很好，探长。

莫尔斯：我觉得您可以这么说。感谢刘易斯警探。

马绍尔：我没有其他问题了。

约翰斯：探长，我得知您在约瑟夫斯先生试图勒死我的委托人之前，听到了他们之间的对话。

莫尔斯：是的。

约翰斯：您在他们的对话里，有没有听到了什么——可以被法庭认定为减轻我的委托人罪责的证据？

莫尔斯：是的。我听到罗林森小姐说她——

法官：证人能向整个法庭说吗？

莫尔斯：我听到罗林森小姐说她决定去警察局，然后把她知道的一切全盘托出。

约翰斯：谢谢您，没有其他问题了。

法官：您可以退下了，探长。

43

"我无法理解的是——"贝尔说,"世界上有那么多骗子——教堂里也有!我一直以为那些人都径直走在正义的光明大道上。"

"可能大多数都是。"刘易斯轻声说道。

他们坐在贝尔的办公室里时,鲁思·罗林森小姐的定罪和量刑刚刚宣布:

有罪;监禁十八个月。

"我还是无法理解。"贝尔说。

莫尔斯也坐在那里,一言不发地抽着烟。他要么抽得凶,要么根本不抽,他无数次尝试着改掉这个习惯。他漫不经心地听着他们的絮叨,完全清楚贝尔的意思,但是……他最喜欢的一句吉本①的话在脑

---

①爱德华·吉本(Edward Gibbon, 1737—1794),英国历史学家,著有《罗马帝国衰亡史》。

海里闪过,这句话说的是十五世纪的教皇约翰二十三世①,从孩提时代就让他颇感震撼,这些年里也一直留在他的记忆里:"最恶劣的丑行被压制了下去,教皇的罪名仅仅是强盗、谋杀、强奸、同性恋和乱伦。"他早已意识到基督教会要对很多事情负责,教会世俗管理人的手上沾满了鲜血,教会精神领袖的心里充满了仇恨和残酷。但是在这一切的后面,莫尔斯知道——而且超越这一切——仍然矗立教会缔造者简单、久远和难以接受的形象——这个神秘人物曾经让年轻的莫尔斯为之癫狂,直到现在还困扰着他那种质疑一切的精神。他记起自己第一次到圣弗里德斯维德教堂礼拜的情形,他身边的那位妇人唱道:"荡涤我吧,我要比雪更洁白。"绝妙的可能性!或者说万能的上帝洗净了石板,不只是宽恕,还有遗忘。而遗忘是一件很难的事情。莫尔斯发现,即便他这种愤世嫉俗的人也可以原谅——但是很难忘记。他怎么能忘掉呢?那天在圣弗里德斯维德教堂,几个幸福的瞬间,他对那个女人萌生出一份珍爱的情愫,这种感觉他以前只有过一次;但是他们的轨迹交叉的时候已经太晚了,她就像劳森兄弟、约瑟夫斯和默里斯这些迷失的灵魂一样,犯下错误,然后偏离了轨道,其行为已经超出了人们可以接受的范畴。但是他的思绪怎么才能不被她揭露出来的真相所困扰呢?她想见他,他应该去吗?如果他真要去见她,就必须赶快去。

他再次漫不经心地听到了两人的交谈。"我考虑的显然不太够,是吗,警探?我负责这个案子好几个月,然后莫尔斯过来,两个星期就破案了。让我看上去像个傻瓜,如果你问我……"他慢慢地摇了摇头,

---

① 约翰二十三世 (John XXIII, 1370—1419),原名巴尔达萨勒·科萨,一四一〇年于意大利比萨僭位,康斯坦茨公会之后被废黜,后世天主教会认为他的道德生活并非完善,但是针对他罪行的指责也有很多夸大的成分。

"聪明的家伙！"

刘易斯想说些什么，但是找不到合适的词。他知道，莫尔斯有令人疯狂的超能力，可以透过幽暗的迷宫观察人类的行为和动机，他很自豪能和莫尔斯共事；那天莫尔斯在法庭上提到他名字的时候，他尤其感到骄傲。不过这些不是刘易斯的强项，他自己也很清楚。而且结束了莫尔斯的工作之后——他又可以重新开始自己习惯的例行公事——他几乎感到如释重负。

莫尔斯又听到有人提到他的名字，意识到贝尔正在对他说话。

"你知道，我还是不明白——"

"我也不明白。"莫尔斯打断他。他在整个案子里做了太多的推测，再也无法构思出新的想法。他清晰地回忆起圣保罗对哥林多人说的话："有显在，有奥秘"，[1]他确信，贝尔困惑的事情肯定不是那些更大的人生奥秘之一。那种缓慢而无情地滴入莱昂内尔·劳森灵魂里的毒药是否源于这样的奥秘呢？这就像亚当的后代那样古老，该隐和亚伯把自己的祭品献到上帝面前的时候……[2]

"什么？"

"我说酒吧马上就要开门了，长官。"

"今晚我不行，刘易斯。我——呃——我不太想喝。"

他起身走出办公室，没有再说一句话，刘易斯有些迷惑地盯着他的背影。

---

[1] 原文引用的这句话是对《新约·哥林多前书》两段内容的总结。第二章第七节："我们讲的，乃是从前所隐藏，神奥秘的智慧，就是神在万世以前预定使我们得荣耀的。"第十二章第七节："圣灵显在各人身上，是叫人得益处。"
[2] 出自《旧约·创世纪》第二章到第四章，亚当是人类的祖先，亚当的长子该隐是农夫，次子亚伯是牧羊人，上帝接受亚伯的祭品而拒不接受该隐的礼物，因此该隐把亚伯杀死，他受到的惩罚是永远过流浪的生活。

"古怪的家伙!"贝尔说道。刘易斯再次感到自己只能赞同贝尔的观点。

鲁思显然之前一直在哭,但是现在已经恢复过来了,声音低沉而顺从。"我就是想谢谢你,探长,就是这样。你一直——你一直对我很好,还有——还有我一直觉得,如果有人能理解我,那个人可能就是你。"

"可能是的。"莫尔斯说。这不是他习惯的表达方式。

"还有——"她深深地叹了口气,动人的眼睛里涌出一汪泪水,"我就是想说,那次你约我出去的时候——你记得吗?——当时我说——当时我——"她的感觉现在完全写在了脸上,莫尔斯点了点头,把目光移开了。

"不要担心。我知道你想说什么。没关系。我明白。"

她强迫自己忍住眼泪说下去。"但是我想告诉你,探长。我要你知道——"她又说不下去了,莫尔斯轻抚着她的肩膀,就像菲利普·劳森遇害当晚,保罗·默里斯轻抚着布伦达·约瑟夫斯的肩膀那样。然后他站起来,沿着走廊快步走了出去。是的,他明白——而且他也原谅了她。不过,和万能的上帝不同,他无法忘记她。

艾米丽·沃尔什-阿特金斯夫人被叫去辨认哈里·约瑟夫斯摔烂的尸体——这是莫尔斯的主意——她当然很乐意这样做。过去的一年多么刺激!这些惨剧都发生在她做礼拜的教堂里,想到自己在这些惨剧里的角色,她的头脑里就好像有只金鱼正在欢快地摆动尾巴。她的名字又登在了《牛津邮报》上，还登在了《牛津时报》上。她小心地把这篇文章剪下来，然后像鲁思·罗林森之前那样，把这篇文章和其他文章一起放在自己的手袋里。这一切结束之后的夏天，一个炎热的星期日早晨，她真诚地祈祷上帝宽恕她骄傲的罪过，基斯·米克尔约翰牧师温和地站在北侧门廊旁边，比平时等了更长的时间，直到她走到教堂外面耀眼的阳光下面。

艾莉丝·罗林森夫人在女儿被捕之后就被送到了考利的老年之家。鲁思服完了十八个月刑期的第十一个月之后获释，这位老夫人再次回到了曼宁联排屋14A号，她仍然非常硬朗，看上去还能活很多年。她被抬进救护车送回家的时候，有人听到一位男护理员低声抱怨，任何预测这样一个病人还能活多久的人都是该死的蠢货。

人们在曼宁联排屋14B号楼上哈里·约瑟夫斯的公寓里找到了几本书。案子结束之后，这些书都被捐给了牛津赈济委员会，然后放在牛津北部的慈善二手书店里，以极为低廉的价格慢慢卖了出去。初夏，一个十七岁的小伙子（巧合的是，这个小伙子叫保罗·默里斯）花了五便士买了其中的一本。他一直对侦探小说很感兴趣，因此立刻注意到了那本亮光纸封面的《谋杀墨水》。当天晚上，他翻阅里面各式各样文章的时候，发现第三百四十九页上有一段关于自杀的话，有人用红色圆珠笔在下面加了粗重的下划线：跳楼的近视眼在跳楼之前都会摘下眼镜，放到口袋里。

44

　　第二年的下半年，莫尔斯休了假，他又决定去希腊的小岛。不过不知道为什么，他的护照还放在抽屉里没有更新，六月中旬一个阳光明媚的早晨，这位高级探长搭上一辆从牛津北部开来的公共汽车去了城里。他在阿什莫里安博物馆心满意足地逛了一个小时，面对众多喜爱的展品，他在乔尔乔涅和提埃坡罗的画作前面驻足了很久。快到中午的时候，他走到兰道夫的鸡尾酒吧，买了一品脱啤酒，他向来至少得喝这么多。然后又是一品脱。十二点半的时候，他离开酒吧，穿过谷物市场，然后走进了圣弗里德斯维德教堂，北侧的门不再吱嘎作响，但是里面唯一的生命迹象只是圣母像前面闪烁的烛光。他要找的女人不在那里。像以前那样，他决定步行去牛津北部，不过这次他没有在马斯顿费里路的路口目睹任何车祸。他到达萨默顿的商店区之后，走进露水酒馆，又喝了两品脱啤酒，然后继续前行。那里原本有一家地毯店，布伦达·约瑟夫斯曾经在里面监视自己的丈夫，现在已经成了一家保险公司，不过除此之外好像没有什么变化。走到曼宁联排屋之后，莫尔斯拐了进去，稍稍停留了一两秒，然后继续朝前走。他在14A号门前停下脚步，轻快地敲了敲门，然后站在原地等着。

"你！"

"我听说你回家了。"

"嗯！进来！进来！你是第一个来看我的人。"

"不，我不进来了。我只是顺道来告诉你我一直在想你，自从你——呃——离开之后，如果我告诉你我梦到了什么，你肯定会脸红的。"

"我当然不会！"

"别太在意我的话——我喝了太多的啤酒。"

"请你进来吧。"

"你妈妈在里面。"

"你为什么不跟我上床？"

她的大眼睛紧紧盯住他的目光，那一瞬间四目交会，都闪烁着快乐。

"我能用一下你们家的'男厕所'吗？"

"楼上有一间——同时也是'女厕所'。"

"楼上？"

"等一下！"

她很快就回来了，手里拿着一把标着14B号的弹簧锁钥匙。

"最好告诉你妈妈——"

"我觉得不用。"她说道，嘴角浮现出一丝浅笑，然后轻轻关上了14A号的门，把钥匙插进14B号里。

她在前面走上铺着地毯的楼梯的时候，莫尔斯的眼神一直跟随着她纤巧的脚踝。

"卧室还是客厅?"

"我们先到客厅待一会儿。"莫尔斯说。

"这里有些威士忌。你想喝一杯吗?"

"我想要你。"

"你可以拥有我。你知道的,不是吗?"

他们站在那里,莫尔斯搂住她,温柔地亲吻她甜蜜而饱满的双唇。然后,好像这样快乐至极的瞬间再也无法延长似的,他紧紧地抱着她,把面颊贴在了她的脸上。"我也梦到你了。"她在他耳边轻语道。

"我还算守规矩吗?"

"恐怕是的。不过你现在不打算守规矩了,是吗?"

"当然不。"

"你的教名是什么?"她问。

"我过会儿再告诉你。"莫尔斯平静地说道,然后把手指轻轻地放在她那件图案鲜亮的夏裙背后的拉链上。

SERVICE OF ALL THE DEAD
Copyright © Colin Dexter 1979
First published 1979 by Macmillan
Simplified Chinese edition copyright: ©2014 NEW STAR PRESS
All rights reserved.

图书在版编目（CIP）数据

众灵之祷／（英）德克斯特著；徐晋，许懿达译．—北京：新星出版社，2014.12
ISBN 978-7-5133-1635-4

Ⅰ.①众… Ⅱ.①德… ②徐… ③许… Ⅲ.①长篇小说－英国－现代 Ⅳ.①I561.45

中国版本图书馆 CIP 数据核字（2014）第 236758 号

午夜文库
谢刚 主持

众灵之祷

(英)柯林·德克斯特 著；徐晋 许懿达 译

责任编辑：王　欢
责任印制：韦　舰
装帧设计：周伟伟

出版发行：新星出版社
出 版 人：谢　刚
社　　址：北京市西城区车公庄大街丙3号楼　　100044
网　　址：www.newstarpress.com
电　　话：010-88310888
传　　真：010-65270449
法律顾问：北京市大成律师事务所

读者服务：010-88310811　　service@newstarpress.com
邮购地址：北京市西城区车公庄大街丙3号楼　　100044

印　　刷：三河兴达印务有限公司
开　　本：910mm×1230mm　　1/32
印　　张：8.875
字　　数：129千字
版　　次：2014年12月第一版　　2014年12月第一次印刷
书　　号：ISBN 978-7-5133-1635-4
定　　价：30.00元

版权专有，侵权必究；如有质量问题，请与印刷厂联系调换。